LUCIA BERLIN

Abend im Paradies

STORYS

Mit einem Vorwort
von Mark Berlin

Aus dem amerikanischen Englisch
von Antje Rávik Strubel

KAMPA

Die amerikanische Originalausgabe erschien 2018
unter dem Titel *Evening in Paradise. More Stories*
im Verlag Farrar, Straus & Giroux, New York.

Die meisten Erzählung erschienen bereits in den Bänden
Angels Laundromat (Turtle Island, 1981), *Phantom Pain* (Tombouctou,
1984), *Safe & Sound* (Poltroon, 1988), *Homesick* (Black Sparrow Press,
1991), *So Long* (Black Sparrow Press, 1993) und *Where I Live Now*
(Black Sparrow Press, 1999). Das Vorwort »Was zählt, ist die Story«
(OT: »The Story is the Thing«) erschien in den USA zuerst in der
Zeitschrift *Square One*, Nr. 3 (Frühjahr 2005).

Das Zitat aus der Novelle *Erste Liebe* von Iwan Turgenjew auf Seite 56
wurde der Neuübersetzung von Vera Bischitzky entnommen
(C. H. Beck textura, München 2018, S. 34).

Für den Blick hinter die Verlagskulissen:
www.kampaverlag.ch / newsletter

Lektorat der deutschsprachigen Ausgabe:
Ulrike Ostermeyer, Berlin

INHALT

WAS ZÄHLT, IST DIE STORY
Ein Vorwort von Mark Berlin

Lucia war eine Rebellin und eine bemerkenswerte Handwerkerin, Gott hab sie selig, und zu ihrer Zeit tanzte sie. Ich wünschte, ich könnte all die Geschichten erzählen, darüber, wie sie zum Beispiel Smokey Robinson auf der Central Avenue in Albuquerque abholte und auf dem Weg zu seinem Auftritt in der Tiki-Kai-Lounge einen Joint rauchte. Sie kam spät nach Hause, noch ein bisschen Chanel unter dem Geruch nach Schweiß und Rauch. Auf Einladung eines rangniederen Älteren besuchten wir einen heiligen Tanz im Santo Domingo Pueblo in New Mexico. Als ein Tänzer stürzte, dachte Lucia, es wäre ihre Schuld. Unglücklicherweise war der gesamte Pueblo dieser Meinung, weil wir die einzigen Fremden waren. Jahrelang war das unser Totem fürs Unglück. Unsere ganze Familie lernte, wie man am Strand tanzt, durch Museen, in Restaurants und Clubs, und zwar so, als gehörten sie uns, wie man durch Ausnüchterungszellen und Gefängnisse und Preisverleihungen tanzt, mit Junkies, Zuhältern, Prinzen und Unschuldigen. Würde ich allerdings Lucias Geschichte erzählen, hielte man sie, auch wenn es sich um meine Perspektive handelt (objektiv oder nicht), für magischen Realismus. Niemand würde diesen Mist glauben.

Meine erste Erinnerung an Lucia ist ihre Stimme, mit der sie meinem Bruder Jeff und mir etwas vorlas. Es spielte keine Rolle, um was für eine Geschichte es sich handelte, weil jeder Abend von einer Erzählung in ihrem weichen Singsang erfüllt war, gemischt aus den Sprachmelodien aus Texas und Santiago, Chile. Lieder wie »Red River Valley«. Klug und zugleich wie ein Volkslied, und glücklicherweise ohne das El-Paso-Näseln ihrer Mutter. Ich wäre sicherlich der Letzte gewesen, der mit ihr geredet hätte, und sie las mir ja vor. Ich erinnere mich nicht an das, was sie las (eine Buchrezension, etwas aus den Hunderten von Manuskripten, die die Leute ihr zu lesen gaben, eine Ansichtskarte?), nur ihre klare, liebevolle Stimme, waberndes Räucherwerk, Streifen des Sonnenuntergangs, danach saßen wir beide still da und schauten auf ihren Bücherschrank. Waren uns der Macht und Schönheit der Worte in diesen Regalen bewusst. Etwas, das man genießen und über das man nachsinnen sollte.

Außer ihrem Humor und dem Schreiben erbte ich ihre Rückenprobleme, und wir klagten und lachten im Gleichklang, harmonisch, wenn wir nach mehr Cambozola, einem Cracker oder einer Weintraube griffen. Gejammer über Medikamente und Nebenwirkungen. Wir lachten über das erste Gebot des Buddhismus: Leben ist Leiden. Und über die mexikanische Ansicht, dass das Leben hart ist, ganz sicher aber Spaß machen könnte.

Als junge Mutter schob sie uns durch die Straßen von New York: in Museen, zu Treffen mit anderen Schriftstellern, wollte, dass wir sehen, wie eine Druckmaschine funktioniert und wie Maler arbeiten, dass wir Jazz hörten. Und dann waren wir auf einmal in Acapulco, später in Albuquerque. Die ersten Haltestellen eines Lebens, das im Durchschnitt nie länger als jeweils etwa neun Monate in irgendeinem Lehmhaus verbracht wurde … Aber Zuhause war immer bei ihr.

Das Leben in Mexiko ängstigte sie zu Tode. Skorpione, Würmer im Verdauungstrakt, herabfallende Kokosnüsse, korrupte Polizisten und gierige Drogenhändler; aber als wir am Tag vor ihrem Geburtstag in Erinnerungen schwelgten, hatten wir irgendwie überlebt. Sie überlebte drei Ehemänner und wer weiß wie viele Liebhaber; als sie vierzehn war, hatten Ärzte ihr gesagt, sie würde keine Kinder bekommen und nicht älter als dreißig werden! Sie brachte vier Söhne zur Welt, von denen ich der älteste bin und der, der die größten Schwierigkeiten machte, wir alle waren schwierig zu erziehen. Aber sie tat es. Und gut.

Über ihre Alkoholabhängigkeit gab es viel Gerede, und sie musste gegen die Scham ankämpfen, die es mit sich brachte, aber am Ende lebte sie beinahe zwanzig Jahre nüchtern, Jahre, in denen sie ihre besten Texte schrieb und einen Großteil der jüngeren Generation durch ihren Unterricht inspirierte. Letzteres ist keine Überraschung, da sie seit ihrem zwanzigsten Lebensjahr immer wieder unterrichtete. Es gab harte Zeiten, auch Zeiten voller Gefahr. Als es ihr richtig schlecht ging, fragte Ma sich laut, warum niemand kam und ihr die Kinder wegnahm. Keine Ahnung, aber wir sind gut geraten. In den Vorstädten wären wir alle verwelkt; wir waren die Berlin-Gang.

Ein Großteil unserer Erfahrung ist unglaublich. Die Geschichten, die sie hätte erzählen können. Als sie beispielsweise in Oaxaca mit einem Malerfreund, von Pilzen berauscht, nackt baden ging. Sie flippten aus, als sie aus dem Wasser kamen, von Kopf bis Fuß grün vom Kupfer im Fluss. Unvorstellbar, wie sie in ihrem rosafarbenen Rebozo ausgesehen haben muss!

Ich versuche gar nicht erst, das Junkie-Rehabilitationszentrum außerhalb von Albuquerque zu beschreiben (siehe ihre Erzählung »Streuner«)*, aber stellen Sie sich Buñuel und Tarantino vor, die einen Film im Film drehen, in dem sechzig Hardcore-Ex-Knackis, Angie Dickinson, Leslie Nielsen,

---

* auf Deutsch erschienen in: *Was ich sonst noch verpasst habe*, Zürich – Hamburg 2016, S. 257 ff.

ein Dutzend Science-Fiction-Zombies und die zuvor bereits erwähnte Berlin-Gang vorkommen.

Meine liebste Erinnerung ist die an einen Sonnenuntergang in Yelapa, der an Buddy Berlins Saxophon verglühte, an Bebop-Wolken und den Rauch vom Holzfeuer, während Ma auf einer Kochplatte aus Ton das Abendessen kochte, ihr Gesicht strahlend im korallenfarbenen Licht, Flamingos in der Lagune draußen auf der Jagd nach Fischen, die ihre Beine in die Hüften gestemmt hatten, das Geräusch der Brandung und das Klopfen der Frösche, das Knirschen des groben Sandbodens unter unseren Füßen. Hausaufgabenmachen beim Licht der Laterne und der kratzigen Billie Holiday.

Ma schrieb wahre Geschichten, nicht unbedingt autobiografisch, aber treffend. Unsere Familiengeschichten und Erinnerungen formten sich langsam um, wurden verschönert und so weit überarbeitet, dass ich nicht sicher bin, was die ganze Zeit wirklich passierte. Lucia sagte, das spiele keine Rolle: was zähle, sei die Story.

Mark Berlin, Lucias erster Sohn, war Schriftsteller, Koch, Künstler, Freigeist, er mochte Tiere und alles mit Knoblauch. Er starb 2005.

SPIELUHR-SCHMINKKÄSTCHEN

Gehorche der Zucht deines Vaters und verlass nicht das Gebot deiner Mutter. Denn solches ist ein schöner Schmuck deinem Haupt und eine Kette um deinen Hals. Mein Kind, wenn dich die bösen Buben locken, so folge nicht.«

Mamie, meine Großmutter, las es zweimal durch. Ich versuchte, mich an die Anweisungen zu erinnern, die ich bekommen hatte. Bohr nicht in der Nase. Aber eine Kette wollte ich trotzdem, eine, die klimperte, wenn ich lachte, wie die von Sammy.

Ich kaufte eine Kette und ging zum Greyhound-Busbahnhof, wo eine Maschine etwas auf Metallscheiben prägte … einen Stern in die Mitte. Ich schrieb LUCHA und hängte sie mir um den Hals.

Es war Ende Juni 1943, als Sammy und Jake mich und Hope an einer Sache beteiligten. Sie redeten mit Ben Padilla und schickten uns zuerst weg. Als Ben gegangen war, rief Sammy uns zu sich unter die Veranda.

»Setzt euch, wir beteiligen euch.«

Sechzig Karten. Auf der Oberseite jeder Karte war die mit Tinte gemalte Abbildung eines Spieluhr-Schminkkästchens zu sehen … Daneben gab es ein rotes Siegel, auf dem NICHT ÖFFNEN stand. Unter dem Siegel stand ein Name von der Karte. Dreiunddreißig Namen aus drei Buchstaben mit jeweils einer Zeile daneben. AMY, MAE, JOE, BEA usw.

»Ein Los für einen Namen zu kaufen, kostet fünf Cent. Man schreibt den Namen der Person daneben. Wenn alle Namen verkauft sind, öffnen wir das rote Siegel. Die Person, die sich diesen Namen ausgesucht hat, gewinnt das Schminkkästchen.«

»Verdammt viele Schminkkästchen!« Jake kicherte.

»Halt's Maul, Jake. Ich kriege diese Karten aus Chicago. Jede ist anderthalb Dollar wert. Ich schicke ihnen für jede einen Dollar, und sie schicken mir die Kästchen. Kapiert?«

»Ja«, sagte Hope. »Also?«

»Also kriegt ihr zwei einen Vierteldollar für jede Karte, die ihr verkauft, und wir kriegen einen Vierteldollar. Das macht uns zu Fifty-fifty-Partnern.«

»So viele Karten können die gar nicht verkaufen«, sagte Jake.

»Klar, können sie«, sagte Sammy. Er gab Hope die Karten. »Lucha hat die Verantwortung fürs Geld. Es ist halb zwölf … legt los … wir stoppen die Zeit.«

»Viel Glück!«, riefen sie. Sie schubsten einander übers Gras, lachten.

»Die lachen uns aus … die glauben, wir können's nicht!«

Wir klopften an die erste Tür … eine Dame kam und setzte ihre Brille auf. Sie kaufte den ersten Namen. ABE. Sie schrieb ihren Namen und ihre Adresse daneben, gab uns fünf Cent und ihren Bleistift. Reizende Schätzchen nannte sie uns.

Wir besuchten jedes Haus auf dieser Seite der Upson Street. Als wir den Park erreichten, hatten wir zwanzig Namen verkauft. Wir setzten uns vor die Mauer des Kakteengartens, atemlos, triumphierend.

Die Leute fanden uns goldig. Wir waren beide sehr klein für unser Alter. Sieben. Wenn eine Frau öffnete, verkaufte ich das Los. Meine blonden Haare standen in doppelter Breite vom Kopf ab, wie ein großer, gelber Steppenroller. »Ein gesponnener, goldener Heiligenschein!« Weil meine Zähne fehlten, wölbte ich meine Zunge hoch, wenn ich lächelte, als wäre ich schüchtern. Die Damen tätschelten mich und beugten sich herunter, um mich hören zu können … »Worum geht es, Engel? Aber ja, das würde ich liebend gern machen!«

Wenn es ein Mann war, verkaufte Hope. »Fünf Cent … suchen Sie sich einen Namen aus«, sagte sie gedehnt, reichte ihnen die Karten und den Bleistift, ehe sie die Tür schließen konnten. Sie sagten, sie hätte Mumm, und kniffen in ihre dunklen, knochigen Wangen. Ihre Augen unter dem schweren schwarzen Haarschleier blitzten sie an.

Nur wegen der Zeit machten wir uns Sorgen. Es war schwer zu sagen, ob jemand zu Hause war oder nicht. Die Klingelgriffe runterdrücken, warten. Am schlimmsten war es, wenn wir die einzigen Besucher seit »wer weiß wie lange« waren. Alle diese Menschen waren sehr alt. Die meisten von ihnen sind sicher wenige Jahre später gestorben.

Außer den einsamen Menschen und denen, die uns goldig fanden, gab es einige … zwei an diesem Tag … die wirklich glaubten, es wäre ein Omen, die Tür zu öffnen und ein Los angeboten zu bekommen, eine Chance. Sie brauchten am längsten, aber das störte uns nicht … warteten, ebenso atemlos, während sie mit sich selbst redeten. Tom? Dieser verdammte Tom. Sal. Meine Schwester nannte mich Sal. Tom. Ja, ich nehme Tom. Was, wenn er gewinnt?

Wir gingen gar nicht erst zu den Häusern auf der anderen Seite der Upson Street. Den Rest verkauften wir an den Wohnungen gegenüber vom Park.

Eine Uhr. Hope gab Sammy die Karte, ich schüttete das Geld über seiner Brust aus. »Gott!«, sagte Jake.

Sammy küsste uns. Wir wurden rot, grinsten auf dem Rasen.

»Wer hat gewonnen?« Sammy setzte sich auf. Die Knie seiner Levi's waren grün und nass, seine Ellbogen grün vom Gras.

»Was steht da?« Hope konnte nicht lesen. Sie war in der ersten Klasse sitzen geblieben.

ZOE.

»Wer?« Wir sahen uns an ... »Wer war das?«

»Es ist die Letzte auf der Karte.«

»Oh.« Der Mann mit der Salbe an den Händen. Schuppenflechte. Wir waren enttäuscht, es gab zwei sehr nette Leute, denen wir gewünscht hatten, sie würden gewinnen.

Sammy sagte, wir könnten die Karten und das Geld behalten, bis wir sie alle verkauft hätten. Wir nahmen sie mit über den Zaun und unter die Veranda. Ich fand eine alte Brotbüchse zum Aufbewahren.

Wir nahmen drei Karten und den Weg durch die Gasse auf der Rückseite. Wir wollten nicht, dass Sammy und Jake uns für zu eifrig hielten. Wir überquerten die Straße, rannten von Haus zu Haus, klopften an Türen, überall auf der anderen Seite der Upson Street. Eine ganze Seite der Mundy Street hinunter bis zum Sunshine-Lebensmittelmarkt.

Wir hatten zwei Karten vollständig verkauft ... saßen auf dem Bordstein und tranken Traubenlimonade. Mr. Haddad stellte Flaschen für uns in den Gefrierschrank, sodass die Flüssigkeit sulzig herauskam ... wie geschmolzenes Eis am Stiel. Die Busse mussten an der Straßenecke eine enge Kurve nehmen, kamen gerade so an uns vorbei, hupten. Hinter uns, am Mount Cristo Rey, stiegen Staub und Rauch auf, gelber Schaum in der texanischen Nachmittagssonne.

Ich las die Namen laut vor – wieder und wieder. Wir machten ein X bei denjenigen, von denen wir hofften, dass sie gewinnen würden ... Ein O bei den schlechten.

Der barfüßige Soldat ... »Ich BRAUCHE ein Schminkkästchen!« Mrs. Tapia ... »Na, dann kommt mal rein! Wie schön, dass ihr da seid!« Ein sechzehnjähriges Mädchen, frisch verheiratet, die uns gezeigt hatte, wie sie die Küche in rosa gestrichen hatte, allein. Mr. Raleigh – gruselig. Er hatte zwei

Dänische Doggen zurückgerufen, hatte Hope ein sexy Ferkelchen genannt.

»Weißt du … wir könnten tausend Namen pro Tag verkaufen … wenn wir Rollschuhe hätten.«

»Ja, wir brauchen Rollschuhe.«

»Weißt du, was nicht stimmt?«

»Was?«

»Wir sagen immer … ›Wollen Sie ein Los kaufen?‹ Wir sollten sagen ›Lose‹.«

»Wie wäre es mit … ›Wollen Sie nicht eine ganze Karte kaufen?‹«

Wir lachten, glücklich, saßen auf dem Bordstein.

»Lass uns die letzte verkaufen.«

Wir gingen um die Ecke, zur Straße unterhalb der Mundy Street. Es war dunkel, das Licht gedämpft von Eukalyptus-, Feigen- und Granatapfelbäumen, mexikanische Gärten, Farne, Oleander und Zinnien. Die alten Frauen sprachen kein Englisch. *No, gracias«,* schlossen die Türen.

Der Priester von Holy Family kaufte zwei Namen. JOE und FAN.

Dann kam ein Häuserblock mit deutschen Frauen, Mehl an den Händen. Sie schlugen die Türen zu. Tsch!

»Lass uns nach Hause gehen … das wird nichts.«

»Nein, oben an der Vilas-Schule gibt es viele Soldaten.«

Sie hatte recht. Die Männer waren draußen, in Khaki-Hosen und T-Shirts, wässerten gelbes Bermudagras und tranken Bier. Hope verkaufte. Ihr Haar klebte jetzt wie ein schwarzer Perlenvorhang in Fäden auf ihrem olivfarbenen syrischen Gesicht.

Ein Mann gab uns einen Vierteldollar, und seine Frau rief nach ihm, bevor er das Wechselgeld erhielt. »Gib mir fünf!«, schrie er durch die Fliegengittertür. Ich fing an, seinen Namen aufzuschreiben.

»Nein«, sagte Hope. »Wir können sie noch mal verkaufen.«

Sammy öffnete die Siegel.

Mrs. Tapia hatte mit SUE gewonnen, dem Namen ihrer Tochter. Wir hatten bei ihr ein X gemacht, sie war so nett. Mrs. Overland gewann die Nächste. Keiner von uns konnte sich erinnern, wer das war. Der dritte Gewinner war ein Mann, der LOU gekauft hatte, aber eigentlich hätte der Soldat, der uns einen Vierteldollar gegeben hatte, damit gewinnen müssen.

»Wir sollten es dem Soldaten geben«, sagte ich.

Hope wischte ihre Haare nach oben, um mich anzusehen, lächelte beinahe …

»Okay.«

Ich sprang über den Zaun in unseren Hof. Mamie wässerte die Pflanzen. Meine Mutter spielte Bridge, mein Abendessen war im Ofen. Ich las Mamies Lippen wegen der Nachrichten mit H. V. Kaltenborn, die von drinnen zu hören waren. Großvater war nicht taub, er stellte nur laut.

»Kann ich für dich gießen, Mamie?« Nein, danke.

Ich schlug die Eingangstür, gerifeltes Buntglas, an die Wand.

»Komm rin hier!«, schrie er lauter als das Radio. Überrascht rannte ich hinein, lächelnd, wollte auf seinen Schoß klettern, aber er raschelte mich mit einem Zeitungsausschnitt weg.

»Warst du bei diesen schmutzigen Arabern?«

»Syrer«, sagte ich. Sein Aschenbecher glühte rot wie die Buntglastür.

Dieser Abend … Fibber McGee und Amos und Andy im Radio. Ich weiß nicht, warum er sie so mochte. Er sagte immer, er hasste Farbige.

Mamie und ich saßen mit der Bibel im Speisezimmer. Wir waren noch bei den Sprichwörtern.

»Offene Strafe ist besser denn heimliche Liebe.«

»Warum?«

»Egal.« Ich schlief ein, und sie brachte mich ins Bett.

Ich wachte auf, als meine Mutter nach Hause kam … lag wach neben ihr, während sie Käsecracker aß und einen Krimi las. Jahre später wurde mir klar, dass meine Mutter allein während des Zweiten Weltkriegs mehr als 950 Schachteln Käsecracker gegessen hatte.

Ich wollte mit ihr reden, ihr von Mrs. Tapia erzählen, von dem Mann mit den Hunden, wie Sammy uns fifty-fifty beteiligt hatte. Ich legte meinen Kopf auf ihre Schulter, Käsecrackerkrümel, und schlief ein.

Am nächsten Tag gingen Hope und ich zuerst zu den Wohnungen auf der Yandell Avenue. Junge Soldatenfrauen in Lockenwicklern, Morgenmänteln aus Chenille, wütend, weil wir sie geweckt hatten. Keine von ihnen kaufte ein Los. »Nein, ich habe *keine* fünf Cent.«

Wir nahmen einen Bus zur Plaza, stiegen in einen Mesa Bus zum Kern Place um. Reiche Leute … Gartengestaltung, Glockenspiele an den Türen. Das war noch besser als die alten Damen. Texanische Junior League, gebräunt, Bermudashorts, Lippenstift und June-Allyson-Pagenfrisuren. Ich glaube nicht, dass sie jemals Kinder wie uns gesehen hatten, Kinder, die die alten Kreppblusen ihrer Mütter trugen.

Kinder mit Frisuren wie unseren. Hopes Haar floss wie dicker schwarzer Teer an ihrem Gesicht herab, meins stand vom Kopf ab wie ein buschiger, gelber Strandball, der in der Sonne Risse bekam.

Sie lachten immer, wenn sie begriffen, was wir verkauften, gingen hinein, um »Wechselgeld« zu holen. Wir hörten, wie eine von ihnen mit ihrem Mann sprach … »Komm, das musst du dir ansehen. Richtige Straßenkinder!« Er kam wirklich, und er war der Einzige, der ein Los kaufte. Die Frauen gaben uns einfach Geld. Ihre Kinder starrten uns an, blass, von ihren Schaukeln aus.

17

»Lass uns zum Busbahnhof gehen.«

Dort waren wir schon vor den Karten gewesen ... zum Zeitvertreib, um alle küssen und weinen zu sehen, verlorene Münzen zwischen dem Absatz unterm Zeitungsstand aufzuheben. Sobald wir zur Tür herein waren, stießen wir einander in die Seite, kicherten. *Warum* war uns das nie in den Sinn gekommen? Millionen von Menschen mit Fünfcentstücken, die nichts anderes taten, als zu warten. Millionen Soldaten und Matrosen, die eine Freundin oder eine Frau oder ein Kind mit einem Namen aus drei Buchstaben hatten.

Wir machten einen Zeitplan. Morgens gingen wir zum Bahnhof. Matrosen hatten sich auf den Bänken ausgestreckt, die Hüte über ihren Augen gefaltet wie runde Klammern. »Hä? Ach, guten Morgen, ihr Süßen! Na klar.«

Alte Männer saßen herum. Zahlten fünf Cent, um über den anderen Krieg reden zu können, über einen Toten mit einem Namen aus drei Buchstaben.

Wir gingen in den Warteraum für FARBIGE, verkauften drei Namen, ehe uns ein weißer Schaffner an den Ellbogen gepackt hinauswarf. Die Nachmittage verbrachten wir im USO auf der gegenüberliegenden Straßenseite. Die Soldaten gaben uns kostenloses Mittagessen, fade, in Wachspapier gewickelte Schinken-Käse-Sandwiches, Cola, Milky Ways. Wir spielten Tischtennis und Flipper, während die Soldaten die Karten ausfüllten. Einmal gewannen wir jede einen Vierteldollar, indem wir auf den kleinen Zähler schlugen, der zählte, wie viele Soldaten hereinkamen, während die Frau, die das normalerweise machte, mit einem Matrosen irgendwohin ging.

Mit jedem Zug kamen weitere Soldaten und Matrosen herein.

Die, die schon da waren, forderten die Neuen auf, unsere Lose zu kaufen. Sie nannten mich Himmel und Hope Hölle.

Der Plan bestand darin, alle sechzig Karten zu behalten, bis sie abverkauft waren, aber wir bekamen immer mehr Geld und extra Trinkgeld und konnten es nicht einmal mehr zählen.

Wir konnten es sowieso nicht erwarten, zu sehen, wer gewonnen hatte, auch wenn nur noch zehn Karten übrig waren. Wir brachten die drei Zigarrenschachteln mit Geld und die Karten zu Sammy.

»Siebzig Dollar?« Verdammt. Sie setzten sich im Gras auf. »Verrückte Kinder. Sie haben es geschafft.«

Sie küssten und umarmten uns. Jake rollte sich von einer Seite auf die andere, hielt sich den Bauch, quiekte »Gott … Sammy, du bist ein Genie, ein Superhirn!«

Sammy umarmte uns. »Ich wusste, dass ihr es könnt.«

Er schaute sich alle Karten an, fuhr sich mit einer Hand durch sein langes Haar, das so schwarz war, dass es beinah nass aussah. Er lachte über die Namen, die gewonnen hatten. PFC Octavius Oliver, Fort Sill, Oklahoma. »Hey, wo habt ihr diese Typen *gefunden*?« Samuel Henry Throper, Überall, USA. Das war ein alter Mann im FARBIGEN Teil, der sagte, wir könnten das Schminkkästchen haben, wenn er gewinnen würde.

Jake ging zum Sunshine-Lebensmittelmarkt und brachte uns tropfendes Bananeneis am Stiel. Sammy fragte uns nach all den Namen und danach, wie wir es angestellt hatten. Wir erzählten ihm von Kern Place und den schönen Ehefrauen in Hemdblusenkleidern aus Chambray-Stoff, von USO, den Flipperautomaten, dem schmutzigen Mann mit den Dänischen Doggen.

Er gab uns siebzehn Dollar … mehr als fifty-fifty. Wir nahmen nicht erst den Bus, rannten einfach ins Zentrum zu Penney's. Weit. Wir kauften Rollschuhe und Rollschuhschlüssel, Zauberarmbänder bei Kress und eine Tüte mit roten, gesalzenen Pistazien. Wir saßen bei den Krokodilen auf der Plaza … Soldaten, Mexikaner, Alkis.

Hope schaute sich um … »Wir könnten hier verkaufen.«

»Nein, hier hat niemand Geld.«

»Außer uns!«

»Am schlimmsten wird es, die Schminkkästchen vorbeizubringen.«

»Nein, wir haben Rollschuhe.«

»Lass uns morgen Rollschuhlaufen lernen … hey, wir können sogar die Talbrücke hinunterfahren und die Schlacke in der Schmelzhütte anschauen.«

»Wenn die Leute nicht zu Hause sind, legen wir sie einfach hinter die Fliegengittertür.«

»Hotellobbys wären ein guter Ort zum Verkaufen.«

Wir kauften tropfende Cony Islands und Rootbeer-Smoothies zum Mitnehmen. Dann war das Geld alle. Wir warteten mit dem Essen, bis wir den leeren Bauplatz am Anfang der Upson Street erreicht hatten.

Der Bauplatz lag auf einem ummauerten Hügel, hoch über dem Gehweg, überwuchert von struppigen, grauen Pflanzen mit lila Blüten. Zwischen den Pflanzen lag überall auf dem Bauplatz zerbrochenes Glas, das die Sonne in verschiedenen lavendelfarbenen Schattierungen gebleicht hatte. Um diese Tageszeit, am späten Nachmittag, traf die Sonne den Platz in einem Winkel, in dem das Licht von unterhalb zu kommen schien, aus dem Inneren der Blüten, der amethystfarbenen Steine.

Sammy und Jake wuschen ein Auto. Eine blaue Schrottkarre ohne Dach oder Türen. Wir rannten die letzten Querstraßen, die Rollschuhe polterten in den Schachteln.

»Wem gehört das?«

»Uns, wollt ihr mitfahren?«

»Wo habt ihr das her?«

Sie wuschen die Reifen. »Von einem Typen, den wir kennen«, sagte Jake. »Wollt ihr mitfahren?«

»Sammy!«

Hope stellte sich auf einen Sitz. Sie sah aus, als wäre sie verrückt geworden. Ich verstand es noch nicht.

»Sammy – wo hast du das Geld für dieses Auto her?«

»Ach, von hier und da …« Sammy grinste sie an, trank aus dem Schlauch und wischte sich mit dem T-Shirt übers Kinn.

»Wo habt ihr das Geld her?«

Hope sah aus wie eine uralte blasse gelbe Hexe. »Ihr hinterhältigen Arschlöcher!«, schrie sie.

Da verstand ich es. Ich folgte ihr über den Zaun und unter die Veranda.

»Lucha!«, rief Sammy, mein erster Held, aber ich folgte ihr bis zur Brotbüchse, wo sie sich hinhockte.

Sie gab mir den Stapel ausgefüllter Karten. »Zähl sie.« Es dauerte lange.

Mehr als fünfhundert Leute. Wir schauten die durch, hinter denen wir ein X gemacht hatten in der Hoffnung, dass sie gewannen.

»Wir könnten für einige von ihnen Schminkkästchen kaufen …«

Sie schnaubte. »Mit welchem Geld? Solche Spieluhr-Schminkkästchen gibt's doch sowieso nicht. Hast du jemals von einem Spieluhr-Schminkkästchen gehört?«

Sie öffnete die Brotbüchse und nahm die zehn unverkauften Karten heraus. Sie war verrückt, kroch im Staub unter der Veranda herum wie ein sterbendes Huhn.

»Was machst du, Hope?«

Keuchend und zusammengekrümmt hockte sie in der Öffnung, die durch die Heckenkirsche zum Hof führte. Sie hielt die Karten hoch, wie den Fächer einer wahnsinnigen Königin.

»Sie gehören jetzt mir. Du kannst mitkommen. Fifty-fifty. Oder du kannst hierbleiben. Wenn du mitkommst, heißt das, dass du mein Partner bist und dein ganzes Leben lang nie wieder mit Sammy reden darfst, oder ich ermorde dich mit einem Messer.«

Sie ging weg. Ich legte mich in den feuchten Schmutz. Ich war müde. Ich wollte einfach nur da liegen, für immer, und nie wieder irgendetwas tun.

Ich lag dort eine lange Zeit, und dann kletterte ich über den Holzzaun in die Gasse. Hope saß auf dem Bordstein an der Ecke, ihre Haare wie ein schwarzer Eimer auf dem Kopf. Vornübergebeugt wie eine Pietà.

»Lass uns gehen«, sagte ich.

Wir gingen den Hügel in Richtung Prospect Road hinauf. Es war Abend … die Familien waren alle draußen, wässerten den Rasen, Gemurmel von den Verandaschaukeln, die so rhythmisch knarzten wie die Zikaden.

Hope stieß hinter uns ein Tor auf. Wir gingen über den nassen Beton auf die Familie zu. Eistee, auf den Stufen sitzen, der Absatz. Sie hielt ihnen eine Karte hin.

»Suchen Sie sich einen Namen aus. Zehn Cent das Los.«

Am nächsten Morgen zogen wir zeitig mit dem Rest der Karten los. Wir erzählten nichts von dem neuen Preis oder von den sechs Karten, die wir am vergangenen Abend verkauft hatten. Vor allem erzählten wir nichts von unseren Rollschuhen … zwei Jahre lang hatten wir uns Rollschuhe gewünscht. Wir hatten sie noch nicht einmal anprobiert.

Als wir an der Plaza aus dem Bus stiegen, sagte Hope noch einmal, dass sie mich töten würde, wenn ich jemals wieder mit Sammy sprechen würde.

»Niemals. Willst du Blut?« Wir schnitten uns immer in die Handgelenke und besiegelten Versprechen.

»Nein.«

Ich war erleichtert. Ich wusste, dass ich eines Tages wieder mit ihm reden würde, und ohne Blut wäre es nicht so schlimm.

Das Gateway Hotel wie aus einem Dschungelfilm. Spucknäpfe, klickende Pankhas, Palmen, sogar ein Mann im weißen Anzug, der sich selbst Luft zufächerte wie Sydney Greenstreet. Alle wedelten uns weg, schüttelten ihre Gesichter wieder zurück hinter die Zeitungen, als wüssten sie über uns Bescheid. Menschen, so anonym wie Hotels.

Draußen, über den hitzeweichen Teer der Straße, um einen Omnibus nach Juarez zu erwischen. Mexikaner in *rebozos* – sie rochen wie amerikanische Papiertüten und Candy Corn von Kress, gelb-orange.

Unvertraute Gegend … Juarez. Ich kannte nur die verspiegelten Bars mit den Fontänen, die »Cielito Lindo«-Gitarrenspieler der Kriegswitwennächte meiner Mutter, als sie mit den »Parker Girls« ausgegangen war. Hope kannte nur die Dirty-Donkey-Filme. Mrs. Haddad schickte sie immer mit, wenn Darlene mit einem Soldaten verabredet war, damit nichts passierte.

Wir blieben auf der in Juarez gelegenen Seite der Brücke, lehnten wie die Taxifahrer, die Verkäufer der Holzschlangen an den Jalousien von Follies Bar, drängten uns nach vorn wie sie, wenn die Touristengruppen, die wippenden Soldatenjungen von der Brücke kamen.

Einige lächelten uns an, unsicher vor Angst, bezaubert zu sein, zu bezaubern. Zu sehr in Eile und zu verlegen, um unsere Karten anzuschauen, schoben sie uns Pennys, Fünfcentstücke, Zehncentstücke zu. »Hier!« Wir hassten sie; als ob wir Mexikaner wären.

Am späten Nachmittag spritzten sie auseinander, verschwanden die Soldaten und Touristen von der Rampe, trappelten den Gehweg entlang in den langsamen, heißen Wind aus schwarzem Tabak und CartaBlanca-Bier, rotgesichtig, voller Hoffnung ... was werde ich sehen? Sie strömten an uns vorbei, drückten uns Fünf-, Zehncentstücke in die Fäuste, ohne unsere erhobenen Karten überhaupt anzuschauen oder in unsere Gesichter zu sehen.

Uns war taumelig, schwindlig vom nervösen Lachen, vom Wegtorkeln, blitzartigen Ausweichen. Wir lachten, mutig jetzt, wie die Verkäufer der Holzschlangen und Tonschweine. Unverschämt stellten wir uns ihnen in den Weg, zerrten an ihnen. »Oh, bitte, nur zehn Cent ... Kaufen Sie einen Namen, zehn Cent ... Hey, reiche Dame, lausige zehn Cent!«

Staub. Müde und verschwitzt. Wir lehnten an der Wand, um das Geld zu zählen. Die Schuhputzerjungs beobachteten uns, machten sich über uns lustig, obwohl wir sechs Dollar verdient hatten.

»Hope, lass uns die Karten in den Fluss werfen.«

»Was, und betteln wie diese kranken Penner?« Sie war aufgebracht. »Nein, wir werden jeden Namen verkaufen.«

»Wir müssen irgendwann was essen.«

»Stimmt.« Sie rief einen der Straßenjungen ... »*Oye*, wo kriegen wir was zu essen?«

»Essen, *mierda*, gringa.«

Wir verließen die Hauptstraße von Juarez. Man konnte sie hinter uns sehen, sie hören, riechen, ein riesiger verschmutzter Fluss.

Wir fingen an zu rennen. Hope weinte. Ich hatte sie noch nie weinen sehen.

Wir rannten wie Ziegen, wie Fohlen, die Köpfe gesenkt, klapper, klapper über den matschigen Gehweg, dann leichter Galopp, gedämpft. Die Gehwege aus hartem rotem Schmutz.

Ein paar Lehmstufen hinunter ins Gavilán-Café.

In El Paso hörte man damals, 1943, viel vom Krieg. Mein Großvater klebte den ganzen Tag lang Ernie Pyle in Einklebebücher, Mamie betete. Meine Mutter arbeitete als freiwillige Helferin im Krankenhaus, spielte Bridge mit den Verwundeten. Sie brachte blinde oder einarmige Soldaten zum Abendessen mit nach Hause. Mamie las mir aus dem Buch Jesaja vor, wie eines Tages alle ihre Schwerter zu Pflugscharen machen würden. Aber ich dachte nicht an den Krieg. Ich vermisste und verklärte einfach nur meinen Vater, der ein Leutnant irgendwo auf der anderen Seite des Atlantiks war … Okinawa. Ein kleines Mädchen, zum ersten Mal dachte ich an den Krieg, als wir ins Gavilán-Café gingen. Ich weiß nicht, warum, ich erinnere mich nur daran, dass ich an Krieg dachte.

Es schien, als wäre jeder im Gavilán-Café ein Bruder, Cousin oder Verwandter, obwohl sie getrennt voneinander an Tischen oder an der Bar saßen. Ein Mann und eine Frau, die diskutierten, sich berührten. Zwei Schwestern, die hinter dem Rücken der Mutter flirteten. Drei Brüder, schlank, in Arbeitskleidung aus Drillich, die gebeugt und mit der gleichen, fallenden Bruder-Haarlocke über ihren Tequillas saßen.

Es war dunkel, kühl und still, obwohl alle redeten und jemand sang. Das Lachen war ungezwungen, privat, intim.

Wir saßen auf Hockern an der Bar. Eine Kellnerin kam, sie trug ein Tablett mit einem blaulila Pfau darauf. Ihr hennagefärbtes, an den Wurzeln schwarzes Haar war zu welligen Hügeln aufgetürmt, festgesteckt mit Kämmen aus Gold, gehauenem Silber und zerbrochenen Spiegeln. Fuchsiafarben vergrößerter Mund. Grüne Augenlider … ein Kruzifix aus blaugrünen Schmetterlingsflügeln glitzerte zwischen ihren konischen, gelben Satinbrüsten. »*Hola!*« Sie lächelte. Glanz der Goldkopfzähne, roter Gaumen. Umwerfender Paradiesvogel!

»*¿Qué quieren, lindas?*«

»Tortillas«, sagte Hope.

Die Vogeldame-Kellnerin lehnte sich vor, fegte Krümel mit ihren blutroten Nägeln weg, murmelte uns immer noch in ihrem grünen Spanisch zu.

Hope schüttelte den Kopf … »*No sé.*«

»¿*Son gringas?*«

»Nein.« Hope zeigte auf sich. Syrisch. Dann redete sie syrisch, und die Kellnerin hörte zu, ihr fuchsiafarbener Mund bewegte sich zu den Worten. »He!«

»Sie ist eine *gringa*«, sagte Hope über mich. Sie lachten. Ich beneidete ihre dunklen Sprachen, ihre dunklen Augen.

»¡*Son gringas!*«, sagte die Kellerin zu den Leuten im Café.

Ein alter Mann kam zu uns herüber, er trug sein Glas und eine Flasche Corona Bier. Aufrecht … er stand und ging aufrecht, spanisch, und trug einen weißen Anzug. Sein Sohn kam in einem schwarzen Anzug mit wattierten Schultern und eng zulaufender Hose hinter ihm her, dunkle Brille, Uhrenkette. Es war die Zeit des Bebop, die Zeit des *pachuco* … Die Schultern des Sohnes fielen nach vorn, wie es Mode war, der Kopf gesenkt bis hinunter zu Vaters Stolz.

»Wie heißt ihr?«

Hope nannte ihm ihren syrischen Namen … Sha-a-hala. Ich nannte ihm den Namen, den die Syrer mir gegeben hatten … Luchaha. Nicht Lucia oder Lucha, sondern Lu-cha-a. Er sagte allen, wie wir hießen.

Die Kellnerin hieß Chata, weil ihre Nase sich wie eine Regenrinne nach oben bog. Wörtlich bedeutet es »hocken«. Oder »Schieber«. Der alte Mann war Fernando Velasquez, und er schüttelte uns die Hand.

Nachdem sie uns begrüßt hatten, ignorierten uns die Menschen im Café wieder wie zuvor, sie akzeptierten uns in ihrem lässigen Gleichmut. Wir hätten uns an jeden von ihnen anlehnen und einschlafen können.

Velasquez trug unsere Schüsseln mit grünem Chili hinüber an einen Tisch. Chata brachte uns Limettenlimonade.

Er hatte Englisch gelernt in El Paso, wo er arbeitete. Auch sein Sohn arbeitete dort auf dem Bau.

»*Oye, Raúl … diles algo …* Er spricht gut Englisch.«

Der Sohn blieb stehen, hielt sich elegant hinter seinem Vater. Seine Wangenknochen leuchteten bernsteinfarben über dem Bebop-Bart.

»Was macht ihr Kinder hier?«, fragte sein Vater.

»Verkaufen.«

Hope hielt den Kartenstapel hoch. Fernando schaute sie an, drehte jede von ihnen um. Hope fing mit ihrem Verkaufsspruch zu den Schminkkästchen an … »Der Name, der gewinnt, bekommt ein Spieluhr-Schminkkästchen.«

»*Válgame Dios* …« Er brachte die Karte zum nächsten Tisch, erklärte sie, gestikulierte, schlug auf den Tisch. Alle sahen die Karte und uns an, unsicher.

Eine Frau in einem Bandana-Turban gab mir ein Zeichen. »*Oye*, jemand gewinnt die Dosen, oder?«

»*Sí.*«

Raúl war näher gekommen, schweigend, um sich eine der Karten zu nehmen, schaute zu mir herunter. Seine Augen waren weiß unter der dunklen Brille.

»Wo sind die Dosen?«

Ich sah Hope an.

»Raúl …«, sagte ich. »Natürlich gibt es keine Spieluhr-Schminkkästchen. Die Person, deren Name gewinnt, gewinnt das ganze *Geld*.«

Er verbeugte sich vor mir mit der Grazie eines Matadors. Hope senkte ihren nassen Kopf und fluchte auf Syrisch. Auf Englisch sagte sie: »Warum haben wir nie daran gedacht?« Sie lächelte mich an.

»Okay, *chulita* … gib mir zwei Namen.«

Velasquez erklärte das Spiel den Leuten an den Tischen, Chata einer Gruppe von Männern mit starken, nassen Rücken an der Bar. Sie schoben zwei Tische zu unseren heran.

Hope und ich saßen jeweils am Kopfende. Raúl stand hinter mir. Chata schenkte allen, die am Tisch saßen, Bier ein, wie bei einem Bankett.

»*¿Cuánto es?*«

»Ein Vierteldollar.«

»*No tengo … ¿un peso?*«

»Okay.«

Hope türmte das Geld vor sich zu einem Stapel. »Hey … wir kriegen noch unseren Anteil von einem Vierteldollar.« Raúl sagte, das wäre fair. Ihre Augen glitzerten unter dem Pony, das ihr in die Stirn hing. Raúl und ich schrieben die Namen auf.

Die Namen selbst machten auf Spanisch mehr Spaß, niemand konnte sie richtig aussprechen, und sie hörten nicht auf zu lachen. BOB. Verschüttetes Bier. In drei Minuten war eine Karte ausgefüllt. Raúl öffnete das Siegel. Ignacio Sanchez gewann mit TED. *Bravo!* Raúl sagte, er verdiente ziemlich genau das Gleiche, wenn er den ganzen Tag arbeitete. Überschwänglich streute er die Münzen und zerknitterten Scheine auf Chatas Pfauentablett. *¡Cerveza!*

»Warte …« Hope nahm unseren Vierteldollar Beteiligung heraus.

Zwei Hausierer waren hereingekommen, zogen Stühle an den Tisch.

»*¿Qué pasa?*«

Sie hielten im Sitzen ihre Strohkörbe im Schoß. »*¿Cuanto es?*«

»*Un peso* … ein Vierteldollar.«

»Lass uns zwei draus machen«, sagte Raúl. »*Dos pesos*, fifty cents.« Die neuen Männer mit den Körben konnten sich das nicht leisten, also beschlossen alle, dass sie diesmal, weil sie neu waren, nur einen setzen sollten. Beide legten einen Peso auf den Stapel. Raúl gewann. Die Männer standen auf und gingen, ohne ein Bier getrunken zu haben.

Als wir vier Karten verkauft hatten, waren alle betrunken. Keiner der Gewinner hatte das Geld behalten, nur weitere Lose gekauft, mehr Essen, jetzt Tequila.

Die meisten Verlierer gingen. Wir alle aßen Tamales. Chata brachte die Tamales in einem Waschbottich, eine Kasserole mit Bohnen, in die wir unsere warmen Tortillas dippten.

Hope und ich gingen zum Plumpsklo hinter dem Café. Stolperten, schützten die Kerze vor dem Wind, die uns Chata geliehen hatte.

Gähnen … man wird nachdenklich beim Pinkeln, reflektiert, wie an Silvester.

»Hey, wie spät ist es?«

»Oh.«

Es war fast Mitternacht. Alle im Gavilán-Café küssten uns zum Abschied. Raúl brachte uns zur Brücke, hielt uns beide an den winzigen Händen. Sanft, wie das Ziehen einer Wünschelrute, brachte er unsere knochigen Körper in den *pachuco*-Rhythmus seines Gangs, so leicht, langsam, schaukelnd.

Unter der Brücke waren auf der Seite von El Paso die Schuhputzer-Strichjungen, die wir am Nachmittag gesehen hatten, sie standen im schlammigen Rio Grande und hielten Eistüten in die Höhe, um Geld aufzufangen, tauchten im Schlamm danach, wenn es danebenfiel. Soldaten warfen Pennys, Kaugummipapier. Hope ging hinüber ans Geländer. »*¡Hola pendejos!*«, brüllte sie und warf ihnen Vierteldollars zu. Finger in die Luft. Gelächter.

Raúl setzte uns in ein Taxi und bezahlte den Fahrer. Wir winkten ihm aus dem Rückfenster, sahen zu, wie er schaukelnd in Richtung Brücke ging. Auf die Rampe sprang wie ein Reh.

Hopes Vater fing in dem Moment an, sie zu schlagen, als sie aus dem Taxi stieg, peitschte sie mit einem Gürtel die Treppe hinauf, schrie auf Syrisch.

Niemand außer Mamie war zu Hause, die einen Kniefall zum Dank für meine sichere Rückkehr machte. Das Taxi bereitete ihr mehr Sorgen als Juarez. Ohne eine Tüte mit schwarzem Pfeffer fuhr sie nie irgendwo mit einem Taxi hin aus Angst, überfallen zu werden.

Im Bett. Kissen hinter mir. Sie brachte mir Vanillepudding und Kakao, das Essen, das sie den Kranken oder den Verdammten reichte. Der Pudding schmolz wie eine Hostie in meinem Mund. Ich trank das Blut ihrer versöhnlichen Liebe, während sie dastand, am Fußende meines Bettes, und in einem rosafarbenen Engelskittel betete. Matthäus und Markus, Lukas und Johannes.

MANCHMAL IM SOMMER

Hope und ich waren sieben. Ich glaube nicht, dass wir wussten, welcher Monat oder auch nur welcher Tag es war, außer es war Sonntag. Der Sommer war schon so heiß und lang gewesen und jeder Tag genau wie der nächste, dass wir uns nicht daran erinnerten, dass es im Jahr zuvor geregnet hatte. Wir baten Onkel John, wieder ein Ei auf dem Gehweg zu braten, daran immerhin erinnerten wir uns.

Hopes Familie war aus Syrien gekommen. Es war unwahrscheinlich, dass sie herumsitzen und über das Sommerwetter in Texas reden würden. Oder erklären würden, dass die Tage im Sommer länger waren, aber dann begannen, kürzer zu werden. In meiner Familie redete man überhaupt nicht miteinander. Manchmal aßen Onkel John und ich zusammen. Meine Großmama Mamie aß mit meiner kleinen Schwester Sally in der Küche. Meine Mutter und Großpapa aßen, wenn sie überhaupt aßen, jeder in seinem Zimmer oder auswärts.

Manchmal waren alle im Wohnzimmer. Um Jack Benny oder Bob Hope oder Fibber McGee und Molly zuzuhören. Aber auch dann redete niemand. Jeder lachte allein und starrte das grüne Auge des Radios an, so wie die Leute heutzutage den Fernseher anstarren.

Was ich sagen will, ist, dass Hope oder ich noch nie etwas von der Sommersonnenwende gehört hatten oder davon, dass es in El Paso im Sommer immer regnete. Niemand redete bei mir zu Hause je von den Sternen, sie wussten wahrscheinlich nicht einmal, dass es im Sommer manchmal Sternschnuppenschwärme am nördlichen Himmel gab.

Schwere Regenfälle überfluteten die Arroyos und die Abflussgräben, zerstörten Häuser in Smeltertown und spülten Hühner und Autos davon.

Als es anfing zu blitzen und zu donnern, reagierten wir mit simpler Angst. Zusammengekauert auf Hopes Vorderveranda, in Decken gewickelt, lauschten wir voller Furcht und Fatalismus dem Krachen und Grollen. Wir konnten allerdings auch nicht wegsehen, drängten uns zitternd aneinander und ließen uns gegenseitig hinschauen, wenn die Pfeile über der ganzen Länge des Rio Grande aufleuchteten und ins Kreuz von Mount Cristo Rey einschlugen, im Zickzack in den Schornstein der Schmelzhütte fuhren, blitz blitz. Wumm. Zur gleichen Zeit brach die Straßenbahn durch einen Kurzschluss in eine Funkenkaskade aus, und alle Passagiere kamen herausgerannt, als es gerade anfing zu regnen.

Es regnete und regnete. Es regnete die ganze Nacht. Die Telefone fielen aus, und die Lichter gingen aus. Meine Mutter kam nicht nach Hause, und Onkel John kam nicht nach Hause. Mamie machte im Holzofen ein Feuer an, und als Großpapa nach Hause kam, nannte er sie eine Idiotin. Der Strom ist ausgefallen, du Dummkopf, nicht das Gas, doch sie schüttelte den Kopf. Das verstanden wir vollkommen. Keiner Sache war zu trauen.

Wir schliefen auf Pritschen auf Hopes Veranda. Wir schliefen tatsächlich, obwohl wir beide schworen, wir wären die ganze Nacht wach gewesen und hätten den Regenvorhängen zugesehen, die herunterkamen wie Fenster aus Glasbaustein.

Wir frühstückten in beiden Häusern. Mamie machte Biskuit und Soße, bei Hope aßen wir *kibbe* und syrisches Brot.

Ihre Großmutter flocht unsere Haare in feste französische Zöpfe, sodass unsere Augen für den Rest des Vormittags nach außen gezogen wurden, als wären wir Asiaten. Wir verbrachten den Morgen damit, im Regen herumzuwirbeln, bis uns kalt wurde, wir uns abtrockneten und wieder hinausgingen. Unsere beiden Großmütter kamen heraus, um zuzuschauen, wie ihr Garten gänzlich weggespült wurde, die Mauern hinab, hinaus auf die Straße. Rotes kalkhaltiges Lehmwasser schwoll rasch bis über den Gehweg an und stieg bis zur fünften Stufe der Betontreppen unserer Häuser hoch. Wir sprangen ins Wasser, das warm und dick wie Kakao war und uns mehrere Seitenstraßen weit mit sich trug, schnell, unsere Zöpfe trieben oben. Wir sprangen raus, rannten im kalten Regen zurück, an unseren Häusern vorbei und bis zum Ende der Straße, sprangen zurück in den Fluss der Straße und wurden wieder fortgerissen, noch mal und noch mal.

Die Stille verlieh dieser Flut eine besonders gespenstische Magie. Die Straßenbahnen fuhren nicht, und tagelang sah man keine Autos. Hope und ich waren die einzigen Kinder in der Straße. Sie hatte sechs Brüder und Schwestern, die aber größer waren und entweder im Möbelladen helfen mussten oder einfach immer irgendwo anders waren. Auf der Upson Avenue wohnten hauptsächlich Schmelzhüttenarbeiter im Ruhestand oder mexikanische Witwen, die kaum Englisch sprachen, frühmorgens und abends in die Holy Family zur Messe gingen.

Hope und ich hatten die Straße für uns allein. Zum Rollschuhfahren und Himmel-und-Hölle und Jacks spielen. Früh am Morgen oder abends gossen die Frauen ihre Pflanzen, aber die übrige Zeit blieben sie drinnen, hielten Fenster und Fensterläden fest geschlossen, damit die furchtbare texanische Hitze, vor allem aber der rote Kalkstaub und der Rauch der Schmelzhütte nicht hineindrangen.

Jede Nacht verbrannten sie in der Schmelzhütte Holz. Wir saßen draußen unter den Sternen, und dann schossen die Flammen aus dem Schornstein, gefolgt von gewaltigen, üblen Ausstößen schwarzer Rauchwolken, die den Himmel verdunkelten und über alles um uns herum einen Schleier legten. Eigentlich war es ziemlich entzückend, die Schwaden und Wogen am Himmel, aber unsere Augen brannten, und der Geruch nach Schwefel war so stark, dass wir würgen mussten. Hope machte das immer, aber sie tat nur so. Damit man eine Vorstellung davon hat, wie beängstigend das jede Nacht war: Als in der Wochenschau im Plaza Kino die erste Atombombe gezeigt wurde, brüllte ein mexikanischer Witzbold: »*Mira*, die *esmelter*!«

Der Regen hörte kurz auf, und da geschah die zweite Sache. Unsere Großmütter schaufelten den Sand weg und fegten ihre Gehwege. Mamie war eine furchtbare Haushälterin. »Sie war an farbige Haushaltshilfen gewöhnt, deshalb«, sagte meine Mutter.

»Und du hattest Daddy!«

Sie fand das nicht lustig. »Ich werde meine Zeit nicht damit verschwenden, diese kakerlakenverseuchte Bude sauberzumachen.«

Aber Mamie gab sich Mühe mit dem Hof, fegte Stufen und Gehweg, goss ihren kleinen Garten. Manchmal stand sie direkt dort am Zaun, wo auf der anderen Seite Mrs. Abraham stand, aber sie ignorierten einander komplett. Mamie traute Ausländern nicht, und Hopes Großmutter hasste Amerikaner. Mich mochte sie, weil ich sie zum Lachen brachte. Eines Tages standen alle Kinder in einer Reihe am Herd, und sie gab ihnen *kibbe* auf frischgebackenem warmem Brot. Ich stellte mich einfach an, und bevor es ihr klar wurde, hatte sie mir ein Stück gegeben. Auf diese Weise wurde auch mein Haar jeden Morgen gekämmt und geflochten. Beim ersten Mal tat sie so, als würde sie es nicht bemerken, sagte auf Syrisch zu mir, ich solle stillhalten, schlug mir mit der Bürste auf den Kopf.

Neben dem Haus der Haddads gab es einen leeren Platz. Im Sommer war er von Unkraut überwuchert, schlimme Disteln, durch die man nicht hindurchlaufen wollte. Im Herbst und im Winter sah man, dass der Platz mit zerbrochenem Glas bedeckt war. Blau, braun, grün. Meistens von Hopes Bruder und seinen Freunden, die mit Luftgewehren auf Flaschen schossen, aber auch von weggeworfenen Flaschen. Hope und ich suchten nach Flaschen, die wir gegen Pfand zurückbringen konnten, und die alten Frauen trugen Flaschen in ihren ausgebleichten mexikanischen Körben zum Sunshine-Lebensmittelmarkt. Aber damals warfen die meisten, wenn sie eine Limonade getrunken hatten, die Flasche irgendwohin. Ständig flogen Bierflaschen aus Autofenstern, gefolgt von kleinen Explosionen.

Ich verstand jetzt, dass es mit der Sonne zusammenhing, die so spät unterging, erst, nachdem wir beide Abendbrot gegessen hatten. Wir waren wieder draußen, hockten auf dem Gehweg und spielten Jacks. Nur wenige Tage lang konnten wir von unserer Position dicht am Boden in dem Augenblick unter das Unkraut auf dem Platz sehen, in dem die Sonne den Mosaikteppich aus Glas traf. Sie schien in einem bestimmten Winkel durch das Glas wie durch das Fenster einer Kathedrale. Diese magische Vorführung dauerte nur wenige Minuten, ereignete sich nur an zwei Tagen. »Schau!«, sagte sie beim ersten Mal. Wir saßen da, gebannt. Ich hielt die Metallsternchen fest umschlossen in meiner verschwitzten Hand. Sie hielt den Golfball hoch in die Luft, wie die Freiheitsstatue. Wir sahen zu, wie sich das Kaleidoskop aus Farben schillernd vor uns ausbreitete, dann weich und verschwommen wurde, dann verschwand. Am nächsten Tag geschah es wieder, aber am Tag darauf wurde die Sonne nur still zu Staub.

Irgendwann, kurz nach dem Glas, oder vielleicht war es auch vorher, machten sie die Feuer in der Schmelzhütte frühzeitig. Natürlich machten sie sie immer zur selben Zeit. Um neun Uhr abends, aber das war uns nicht klar.

Am Nachmittag hatten wir bei mir auf den Stufen gesessen und die Rollschuhe abgeschnallt, als das große Auto vorgefahren war. Ein glänzend schwarzer Lincoln. Ein Mann saß auf dem Fahrersitz, er trug einen Hut. Er ließ das Fenster an unserer Seite heruntergleiten. »Elektrische Fenster«, sagte Hope. Er fragte, wer im Haus wohnen würde. »Sag's ihm nicht«, sagte Hope, aber ich sagte es ihm. »Dr. Moynahan.«

»Ist er zu Hause?«

»Nein. Niemand ist zu Hause, außer meiner Mutter.«

»Ist das Mary Moynahan?«

»Mary Smith. Mein Vater ist ein Leutnant im Krieg. Wir bleiben solange hier«, sagte ich.

Der Mann stieg aus dem Auto. Er trug einen Anzug mit Weste und einer Uhrenkette, ein gestärktes weißes Hemd. Er gab jedem von uns einen Silberdollar. Wir hatten keine Ahnung, was das war. Er sagte uns, dass es Dollars waren.

»Werden sie das als Geld in einem Laden annehmen?«, fragte Hope. Er sagte ja. Er ging die Treppe hinauf und klopfte an die Tür. Als niemand antwortete, drehte er an der Metallkurbel, die ein kratzendes Klingeln auslöste. Nach einer Weile ging die Tür auf. Meine Mutter sagte wütende Dinge, die wir nicht hören konnten, und schlug die Tür zu.

Als er wieder nach unten kam, gab er jeder von uns noch zwei Silberdollars.

»Ich muss mich entschuldigen. Ich hätte mich vorstellen sollen. Ich bin F. B. Moynahan, dein Onkel.«

»Ich bin Lu. Das ist Hope.«

Dann fragte er, wo Mamie sei. Ich sagte ihm, dass sie in der First-Texan-Baptist-Kirche im Stadtzentrum gegenüber der Bibliothek wäre. »Danke«, sagte er und fuhr weg. Wir stopften die Dollars in unsere Socken. Gerade rechtzeitig, denn meine Mutter kam die Stufen hinuntergerannt, Lockenwickler in den Haaren.

»Das war dein Onkel Fortunatus, die Schlange. Wag es nicht, auch nur einer Menschenseele zu sagen, dass er da war. Hörst du mich?« Ich nickte. Sie schlug mir auf Schulter und Rücken. »Sag kein Wort zu Mamie. Er hat ihr das Herz gebrochen, als er weggegangen ist. Hat sie alle dem Hunger überlassen. Es wird sie aufregen. Kein Wort. Verstanden?« Ich nickte noch einmal.

»Antworte mir!«

»Ich sag kein Wort.«

Zur Sicherheit gab sie mir noch einen Klaps und ging wieder hinauf.

Später waren alle zu Hause, jeder in seinem Zimmer, wie üblich. Das Haus hatte vier Schlafzimmer, die auf der linken Seite des Flurs lagen, ein Badezimmer am Ende, und auf der anderen Seite waren die Küche, das Speisezimmer und das Wohnzimmer. Der Flur war immer dunkel. Pechschwarz in der Nacht, blutrot von den Buntglasspiegeln tagsüber. Ich hatte Angst, auf die Toilette zu gehen, bis Onkel John mir beibrachte, an der Haustür zu beginnen und mir immer wieder zuzuflüstern »Gott wird mich beschützen. Gott wird mich beschützen« und wie der Teufel zu rennen. An diesem Tag ging ich auf Zehenspitzen, weil meine Mutter im vorderen Schlafzimmer Onkel John erzählte, dass Fortie hergekommen war. Onkel John sagte, er wünschte, er wäre da gewesen, damit er ihn hätte erschießen können. Dann blieb ich vor der Tür zu Mamies Zimmer stehen. Sie sang Sally in den Schlaf. So süß. »Way down in Missoura when my mammy sang to me.« Als ich aus dem Bad kam, war Onkel John in Großpapas Zimmer. Ich lauschte, als Großpapa zu Onkel John sagte, dass Fortunatus versucht hatte, in den Elks Club hineinzukommen. Großpapa hatte ihm ausrichten lassen,

37

er solle verschwinden, sonst würde er die Polizei rufen. Sie redeten noch ein bisschen weiter, was ich aber nicht hören konnte. Nur Bourbon, der in die Gläser gluckerte.

Schließlich kam Onkel John in die Küche. Ich bekam Eistee, während er trank. Er tat sich Minze ins Glas, damit Mamie glaubte, auch er würde Eistee trinken. Er sagte mir, dass Onkel Fortunatus vor vielen Jahren von zu Hause weggegangen war, als sie ihn gerade wirklich brauchten. Sowohl John als auch Großpapa hatten heftig gesoffen und konnten nicht arbeiten. Onkel Tyler und Fortunatus unterstützten die Familie, bis Fortunatus mitten in der Nacht nach Kalifornien gegangen war. Hatte eine Nachricht hinterlassen, in der stand, dass er genug hätte vom Moynahan-Gesindel. Er hatte nie Geld oder auch nur einen Brief geschickt, kam nicht nach Hause, als Mamie beinahe gestorben wäre. Jetzt war er der Präsident irgendeiner Eisenbahngesellschaft. »Besser, du erwähnst nicht, dass du ihn getroffen hast«, sagte Onkel John zu mir.

Wegen Jack Benny waren alle im Wohnzimmer. Sally schlief weiter. Mamie saß auf ihrem kleinen Stuhl, die Bibel wie immer aufgeschlagen vor sich. Aber sie las nicht darin. Sie sah auf das Buch, und in ihrem alten Gesicht lag ein Ausdruck von Glück. Ich begriff, dass Onkel Fortunatus sie gefunden und mit ihr gesprochen hatte. Als sie aufsah, lächelte ich. Sie lächelte zu mir zurück und schaute wieder nach unten. Meine Mutter stand im Türrahmen, rauchte. Das Lächeln machte sie nervös, und hinter Mamies Rücken warf sie mir lauter Shh!-Zeichen zu und machte Gesichter. Ich schaute sie einfach mit einem ausdruckslosen Blick an, so, als hätte ich keine Ahnung, was sie meinte. Großpapa hörte Radio und lachte über Jack Benny. Er war schon betrunken. Er schwang heftig in seinem Schaukelstuhl vor und zurück und zerriss Zeitungspapier in kleine Streifen, verbrannte sie in dem großen roten Aschenbecher. Onkel John stand trinkend und rauchend im Türrahmen des Speisezimmers, nahm alles in sich auf. Er ignorierte die Zeichen, die meine Mutter ihm gab, damit er mich aus dem Zimmer brachte. Ich nahm an, dass auch er sah, wie Mamie lächelte. Meine Mutter machte husch! zu mir, damit ich ging. Ich gab vor, es nicht zu bemerken, und sang die Werbung von Fitch mit: »Wenn dein Kopf juckt, nicht kratzen! Fitch nehmen! Benutz deinen Kopf! Rette dein Haar! Nimm Fitch Shampoo!« Sie schaute mich so böse an, dass ich es nicht aushielt, also holte ich einen Silberdollar aus meiner Socke.

»Hey, guck mal, was ich gekriegt habe, Großpapa!«

Er hörte auf zu schaukeln. »Wo hast du das her? Du und die blöden Araber, habt ihr das gestohlen?«

»Nein. Es ist ein Geschenk!«

Meine Mutter schlug mir ins Gesicht. »Du miese kleine Göre!« Sie schleifte mich aus dem Zimmer und warf mich zur Tür hinaus. In der Erinnerung kommt es mir so vor, als hätte sie mich am Schlafittchen gepackt wie eine Katze, aber ich war schon sehr groß, also kann das nicht stimmen.

Sobald ich draußen war, rief Hope, ich sollte schnell rüberkommen. »Sie verbrennen heute frühzeitig!« Das meine ich damit, dass wir dachten, es wäre frühzeitig. Es war einfach noch nicht dunkel gewesen.

Gewaltige Schwaden und Fahnen schwarzen Rauchs stiegen aus dem Schornstein hoch in die Luft, drehten sich und wirbelten mit einer wahnsinnigen Geschwindigkeit herum, die Schwaden breiteten sich über unserem Viertel aus, und es war, als wäre schon Nacht, mit nebligen Rauchfahnen, die über die Dächer und in die Gassen hinunterkrochen. Der Rauch wurde dünner und tanzte und breitete sich weiter über dem gesamten Zentrum aus. Wir konnten uns nicht bewegen. Tränen rannen uns aus den Augen wegen des übelriechenden Brennens und Gestanks der Schwefelabgase. Aber als der Rauch sich über dem Rest der Stadt auflöste, war er genauso von unten beleuchtet wie das Glas von der Sonne, und so wurde sogar Rauch zu Farben. Schönes Blau und Grün und das schillernde Violett und Säuregrün von Benzin in Pfützen. Ein flackerndes Gelb und ein rostiges Rot und dann vor allem ein weiches, moosiges Grün, das sich auf unseren Gesichtern spiegelte. Hope sagte: »Igittigitt, deine Augen haben diese ganzen Farben angenommen.« Ich log und sagte, ihre auch, dabei waren ihre Augen so schwarz wie immer. Meine hellen Augen wechseln wirklich die Farbe, also haben sie sich wahrscheinlich tatsächlich in den Spiralen des Rauchs verfärbt.

Wir schnatterten nie wie die meisten kleinen Mädchen. Wir redeten überhaupt nicht viel. Ich weiß, dass wir kein Wort über die schreckliche Schönheit des Rauches oder des glühenden Glases sagten.

Auf einmal war es dunkel und spät. Wir gingen beide ins Haus. Onkel John schlief auf der Verandaschaukel. Im Haus war es heiß, und es roch nach Zigaretten, Schwefel und Bourbon. Ich kroch zu meiner Mutter ins Bett und schlief ein. Es schien mitten in der Nacht zu sein, als Onkel John mich wachrüttelte und nach draußen mitnahm. »Weck deine Freundin Hope«, flüsterte er. Ich warf einen Stein an ihr Fliegengitter, und innerhalb von Sekunden war sie draußen bei uns. Er führte uns zum Rasen und wollte, dass wir uns hinlegten. »Macht eure Augen zu. Zu?«

»Ja.«

»Ja.«

»Okay, macht die Augen auf und guckt Richtung Randolph Street zum Himmel.« Wir öffneten die Augen in die klare texanische Nacht hinein. Sterne. Der Himmel war voller Sterne, und es war, als wären es so viele, dass einige vom Rand zu springen schienen, sich hinabstürzten, ausgeschüttet wurden in die Nacht. Dutzende, Hunderte, Tausende vorüberschießender Sterne, bis sie schließlich ein Wolkenband verbarg und langsam weitere Wolken den Himmel über uns bedeckten.

»Träumt süß«, flüsterte er, als er uns zurück ins Bett schickte.

Am Morgen regnete es wieder. Es regnete und flutete die ganze Woche lang, und schließlich hatten wir genug vom Frieren und vom Schlamm und gaben unsere Dollars aus, um ins Kino zu gehen. An jenem Tag, an dem wir von »Die Seeteufel von Cartagena« zurückkamen, kehrte mein Vater gesund aus dem Krieg zurück. Kurz darauf zogen wir nach Arizona, weshalb ich nicht weiß, was in dem Sommer, der diesem folgte, in Texas geschah.

ANDADO:
EIN SCHAUERMÄRCHEN

Er blühte einfach. In anderen Ländern heißt dieser Baum Silberakazie oder Akazie, aber in Chile heißt er Aromo. Das Wort ist so weich wie die herabgefallenen gelben Blüten, die die Höfe bedeckten. In der letzten Schulstunde: Die Mädchen der vierten Klasse waren um diese Uhrzeit verträumt, unaufmerksam, die weißen Schürzen über den Schuluniformen waren angeschmutzt und zerknittert. Die Mädchen füllten ihre Federhalter aus den Tintenfässern, die auf jedem Tisch standen, und die Federspitzen machten ratschende, verschlafene Kratzgeräusche in den Schreibheften. Die regennassen Zweige des gelben Aromo verdoppelten das Geräusch an den Fensterscheiben.

Señora Fuenzalida sprach eintönig. Die Schüler nannten sie »Fiat«. Sie sah aus wie ein Auto. Klein, gedrungen, fast schwarz, mit verspiegelter Scheinwerfersonnenbrille. Wo hatte sie diese Sonnenbrille gekauft, 1949 in Santiago? Amerikanische Brillen, Nylonstrümpfe und Zippo-Feuerzeuge waren damals Luxusartikel.

Auch ohne Brille hätte sie alles gesehen. Sie hörte Laura in der letzten Reihe, hinter Quena und Conchi. Das leiseste Rascheln der Seiten, die mit einem Federmesser zerschnitten wurden, Seiten, die Laura schon am Abend zuvor hätte auseinanderschneiden und lesen sollen. Die Lehrerin nannte Laura »Suspiros«, weil sich ihr Seitenzerschneiden wie Seufzen anhörte.

»*¡Suspiros!*«

»*Mande, señora.*« Laura stand in Habachtstellung, hielt die Hände vor ihrer fleckigen Schürze umklammert.

»Wer sagte ›*Lloveré cuando se me antoje*‹?«

Laura lächelte. Sie hatte es gerade gesehen. Ich regne, wann immer ich möchte.

»Du hast es nicht gelesen!«

»Doch. Es war der Verrückte, in der Irrenanstalt.«

»*Siéntese.*« Señora Fuenzalida nickte.

Endlich klingelte es. Die Schülerinnen standen neben ihren Tischen, bis Señora Fuenzalida den Raum verlassen hatte, dann sammelten sie ihre Bücher ein und gingen hinaus auf den Flur. Sie hängten ihre Schürzen in die Spinde, knöpften sich saubere weiße Kragen und Manschetten um. Knöpften ihre grauen Handschuhe zu, setzten breitkrempige Hüte mit großen Schleifen auf. Schultaschen voller Hausaufgaben, obwohl vier freie Tage vor ihnen lagen.

Laura ging mit Quena und Conchi die Las Lilas Straße in Richtung Hernando de Aguirre hinunter. Der Himmel hatte aufgeklart; die Sonne ging korallenrosa hinter den gewaltigen schneebedeckten Anden unter. Beim Laufen zertraten sie Aromoblüten, und der Duft hüllte sie ein. Die gelben Blüten, die den Gehweg bedeckten, dämpften ihre Schritte.

Man hätte Laura kaum für eine Amerikanerin gehalten. Als Tochter eines Bergbauingenieurs hatte sie die Fähigkeit, sich anzupassen, eine Fähigkeit, über die gewöhnlich Soldatenkinder und Kinder von Diplomaten verfügen. Sie lernen schnell, nicht nur Sprache und Jargon, sondern wie es so läuft, wen man kennen muss. Das Problem für diese Kinder besteht nicht darin, dass sie einsam sind oder immer wieder neu, sondern dass sie sich so gut und schnell anpassen.

An der Ecke der El Bosque und der Las Lilas Straße blieben die Mädchen stehen und besprachen ihre Pläne für das lange Wochenende. Das französische Olympiateam verbrachte den Sommer im chilenischen Trainingslager. Quena würde von Emile Allais persönlich Unterricht bekommen. Die ganze Woche hatte es in den Bergen geschneit, aber schau, jetzt ist es klar. Der Himmel war fast dunkel. Zwei Carabineros in Umhängen kamen vorbei, Gewehre über der Schulter, die Stiefel schwarz von den Aromos.

Conchi hatte an jedem Wochenende dasselbe vor. Schneiderin, Friseur, Ballettunterricht, Tennisunterricht. Lunch im Crillon. Nachmittags Rugby oder Polo spielen. Tee im El Golf. Mit Lautaro Donoso trank sie Cocktails im Charles. Was, wenn er Wange an Wange tanzen wollte?

Laura erwähnte, dass sie die vier Tage auf der Ibáñez-Grey-Farm verbringen würde. Conchi und Quena waren beeindruckt. Andrés Ibáñez-Grey war Senator für Bergbau, war Botschafter in Frankreich gewesen. Er war einer der reichsten Männer Chiles, dessen Anwesen im Süden die gesamte Breite des Landes umspannte, von den Anden bis zum Pazifik. »Chile ist ein schmales Land ... aber trotzdem ...!«, sagte Quena. Was keines der Mädchen wusste und Laura egal war, war die Tatsache, dass sowohl Ibáñez-Grey als auch ihr Vater für die CIA arbeiteten. Ihre Freundinnen wussten ebenfalls nicht, dass Lauras Eltern nicht mitkommen würden. Sie hatten an diesem Morgen davon Abstand genommen, ihre Mutter war wieder krank. Laura wusste, dass sie sagen würden, es gehörte sich nicht, dass sie alleine fuhr, auch wenn Don Andrés' Schwester die Anstandsdame spielen würde. Es würde eine kleine Gesellschaft sein. Er war Witwer. Zwei seiner Söhne kamen und die Verlobte von einem der Söhne.

Sie trennten sich mit der Abmachung, sich am Montagabend zu treffen, um für Chemie zu lernen. Zu Hause hängte Laura Hut und Blazer auf, zog die Schuluniform aus. Ihre Eltern gaben an diesem Abend einen Empfang. Ihr Vater gab ihn.

Laura sah nach ihrer Mutter Helen, die schlief. Der Raum roch streng nach Joy-Parfüm und Gin. Auf dem Flur schlurfte der alte Damián vor dem Zimmer ihrer Mutter vorbei, Lappen um die Füße gewickelt, um den Parkettboden zu polieren, zu polieren. Er war immer da, im ersten Stock und im Erdgeschoss, tagein, tagaus, genau wie sein kleiner Enkel immer im Garten. Seine einzige Aufgabe bestand darin, die toten Blüten von den Azaleen zu zupfen. Zwei *mozos* und Domingo, der Butler, brachten einen Großteil der protzigen »französischen« Möbel in die Garage. Domingo half Laura, Unmengen an Aschenkraut und Ranunkeln aus dem Blumenladen, Narzissen aus dem Garten und Hunderte von Kerzen zu arrangieren. Überall waren Spiegel … Bei Gemälden konnte Helen sich nie entscheiden. Abends, wenn die Kerzen angezündet wären, würde es besser aussehen, sagte Laura. Sie ging mit Domingo und den Haushaltshilfen Listen durch, schaute nach den Fleischklößen, den Empanadas. María und Rosa waren aufgeregt; ihre Haare in Lockenwicklern.

Laura zog ein Cocktailkleid an und trug Make-up auf, was sie in Gegenwart ihrer Freundinnen nie gemacht hätte. Sie sah wie mindestens einundzwanzig aus, hübsch und ein bisschen billig. Ihr Vater, im Smoking, klopfte an die Tür, und sie gingen nach unten. Sie begrüßten Leute des Militärs und Leute vom Bergbau, Diplomaten, chilenische und peruanische Würdenträger, den britischen und den amerikanischen Botschafter. Zu Lauras Aufgaben gehörte es, zu übersetzen; von den Amerikanern sprachen nur wenige spanisch. Helen hatte in drei Jahren nur »*Traiga hielo*« gelernt. »*Traiga café.*« Laura ging herum, stellte die Leute einander vor, machte Konversation. Von Señor Soto, einem heruntergekommenen bolivianischen Beamten, wurde sie bedrängt. Er machte Anspielungen, anzügliche Bemerkungen. Laura gab ihrem Vater ein Zeichen, der herüberkam, aber Señor

Soto nur angrinste und sagte: »Ist sie nicht süß?« und ging. Laura befreite ihren Arm.

Andrés Ibáñez-Grey war im Foyer. Sein Haar war silbern, seine Augen von einem so blassen Grau, dass sie wie die blicklosen Augen einer Statue aussahen. Domingo nahm ihm Hut und Mantel ab. Laura trat auf ihn zu, um ihn zu begrüßen.

»Ich bin Laura. Nett von Ihnen, mich auf die Farm einzuladen, auch wenn meine Eltern nicht mitkommen können.« Don Andrés hielt ihre Hand fest in seiner.

»Ted sagte, sein Kind würde mitkommen, nicht eine entzückende Frau.«

»Ich bin vierzehn. Ich habe mich nur für dieses Fest schick gemacht. Bitte kommen Sie herein.« Der amerikanische Botschafter stand direkt vor ihnen. Die Männer umarmten einander. Laura floh, peinlich berührt.

Sie brachte ein Tablett mit Essen und Kaffee zu ihrer Mutter hinauf, setzte sie im Bett auf. Laura beschrieb ihr das Essen und die Blumen, erzählte ihr, wie sich jeder gekleidet hatte, wer grüßen ließ.

Sie erzählte Helen von Andrés Ibáñez-Grey. »Mama, er ist hundertmal beeindruckender als auf den Fotos.« Ein gebieterischer Jefferson.

»Er ist auf jeden Fall mehr wert als so ein alter Zwanzig-Dollar-Schein!«, sagte Helen.

»Ich wünschte, du würdest morgen mitkommen. Kannst du es dir nicht anders überlegen? Ich möchte nicht hinfahren.«

»Sei nicht albern. Es soll fantastisch sein. Außerdem muss dein Daddy sich wirklich gut mit ihm stellen. Ich wünschte, ich könnte mich um diese Dinge kümmern.«

»Welche Dinge?«

Helen seufzte. »Oh, verdammt. Alles.«

Sie hatte nichts gegessen. »Mein Rücken bringt mich um.

Ich werde versuchen, ein bisschen zu schlafen.« Sie hatte diesen Blick, der sagte, dass sie einen Drink haben wollte. Allerdings hatte Laura ihre Mutter noch nie trinken sehen.

»Gute Nacht, Mama.«

Laura schaute noch einmal nach, wie es um die Dinge in der Küche stand, ging aber nicht mehr zum Fest. Ihr Vater habe sie gesucht, sagte María, aber Laura ignorierte sie. In ihrem Zimmer rief sie vor dem Schlafengehen Conchi an. Sie redeten über Quena, wie rechthaberisch und *metete* sie sei. Laura wusste, dass Quena und Conchi wahrscheinlich erst vor wenigen Minuten über sie gelästert hatten. Wenn sie nicht so schläfrig gewesen wäre, hätte sie Quena angerufen, um darüber zu reden, wie dumm es von Conchi war, mit Lautaro Donoso auszugehen. Er war viel zu alt, hatte Rennpferde. Er ging die ganze Nacht aus, besuchte dann die Dampfbäder und ging, immer noch im Smoking und ohne im Bett gewesen zu sein, zur Morgenmesse.

Die Mädchen trafen sich alle mit Männern, die viel älter waren als sie. Es war selbstverständlich, dass diese Männer ein anderes, völlig getrenntes gesellschaftliches Leben hatten. Mit den jungen, unberührten Mädchen vom Santiago College oder aus den französischen Schulen gingen sie zu Rugby- oder Kricketspielen, spielten Golf und Tennis. Sie führten die Mädchen in die Oper aus, in Begleitung einer Anstandsdame zum Tanz und vor dem Dinner in Clubs. Aber spätabends lebten diese Männer in einer anderen Welt, einer Welt der Nachtclubs, Kasinos und Partys, mit Geliebten oder Frauen von *medio pelo*. Das würde ihr ganzes Leben so weitergehen, hatte eigentlich schon begonnen, als sie noch Kinder waren. Ihre Mütter, in Pelzen, küssten sie abends vor dem Einschlafen. Aber es waren die Dienstmädchen, die sie fütterten, in den Schlaf schaukelten. María packte Lauras Sachen, während Laura sich unterhielt, und als sie mit Packen fertig war, fing sie an, Laura die Haare zu kämmen. Laura legte die Hand über die Sprechmuschel. Nein, María, du bist zu müde. *Hasta mañana*. Zu Conchi sagte sie, sie müsse ins Bett gehen, bevor es zu kalt würde. María hatte einen heißen Ziegel ans Fußende gelegt.

Laura wollte gerade das Licht ausschalten, als María mit Kakao zurückkam. Sie küsste Laura auf die Stirn. *Buenas noches, mi doña*. Von den leeren Straßen draußen hallte der Gesang des Nachtwächters wider ... *Medianoche y andado*. Mitternacht und »gelaufen«. *Andado y sereno* ... Heil und gesund.

Regen schlug auf das Glasdach des dunklen Bahnhofs von Mapocho. Draußen standen schwarz glänzende, schnittige Züge. Schwarze Schirme, schwarz uniformierte Gepäckträger verschwanden im weißen Rauch, der fauchend unter den Zügen hervorquoll. Fotografen waren da, nicht von den Gesellschaftsseiten, wie Conchi gehofft hatte, sondern von der linksgerichteten Zeitung. Der Bergbausenator und der Yankee-Imperialist, die unser Land plündern, beraten sich im Bahnhof Mapocho.

Die beiden Männer begrüßten einander und verabschiedeten sich. Laura stand abseits, unbeholfen, neben Don Andrés' Sohn Pepe. Er war jung, trug eine schwarze Schuluniform. Er wippte, wurde rot, starrte seine Füße an. Xavier, der älteste Sohn, war das genaue Gegenteil. Schneidig, herablassend, in englischem Tweed. Laura mochte ihn schon jetzt nicht. Warum ist Gelangweiltsein weltmännisch? Elegante Reisende und Theaterbesucher tragen denselben gequälten Ausdruck von Ennui zur Schau. Warum kann man nicht sagen »Eine Reise? Aufregend! Wunderbares Stück!«?

Xavier und seine Verlobte Teresa stritten sich mit Teresas Mutter. Die Mutter war sehr verärgert. Don Andrés' Schwester Doña Isabel war krank, konnte nicht kommen. Teresas Mutter fand, dass es keine angemessene Anstandsdame gab. Don Andrés überzeugte sie davon, dass seine Haushälterin Pilar zugegen sein würde, um auf Teresa und Laura aufzupassen. Besänftigt verließen die Frauen mit Lauras Vater den Bahnhof.

Don Andrés saß am Fenster auf rotem Samt. Der Schaffner und mehrere Gepäckträger standen redend und lachend bei ihm, die Hüte in den Händen. Auf der anderen Seite des Ganges saßen Xavier und Teresa Laura und Pepe gegenüber. Teresa redete in Babysprache und mit einer hohen Stimme, die nicht zu ihrer matronenhaften Gestalt passte, mit Xavier. Pepe hatte schon angefangen, einen lateinischen Text zu lesen, ehe der Zug überhaupt den Bahnhof verließ.

Xavier erzählte Laura, dass Pepe in zwei Wochen der Priesterschaft beitreten würde. Uns für immer verloren. Aber, natürlich, gefunden. Bist du katholisch? Xavier war groß, sein Haar pechschwarz, ansonsten war er seinem Vater sehr ähnlich, aristokratisch, sarkastisch. Mit größtmöglichem Takt »ordnete« er Laura »ein«. Gute Schule. Protzige Umgebung. Nein, sie kannte Europa nicht. Sie spielte Tennis im Prince of Wales. Gehörte nicht zum El Golf Club. Sommer in Viña del Mar. Sie kannte Marisol Edwards, aber nicht die Dusaillants. Ihr Französisch war gut. Du hast Sartre nicht gelesen?

»Ich habe sehr wenig gelesen. Die meiste Zeit meines Lebens habe ich in Bergbausiedlungen in den Staaten verbracht. Ich bin wie Jemmy Buttons«, sagte Laura. Wenigstens hatte sie Subercaseaux gelesen, wenn schon nicht Darwin.

»Eine hübschere Version des edlen Wilden«, sagte Don Andrés von der anderen Seite des Ganges. »Laura, komm, setz dich zu mir. Ich erzähl dir, wo wir sind.«

Erleichtert setzte sie sich auf den Platz ihm gegenüber, presste die Stirn an die Scheibe, kalt. An der Außenseite war das Glas vom Ruß der Dampfmaschine bespritzt. Gelbe

Aromoblüten spiegelten sich im Bío-Bío-Fluss, in Seen, in Pfützen. Don Andrés nannte die Namen der Städte, an denen sie vorbeifuhren, der Flüsse, die sie überquerten, nannte die Namen der Obstbäume, erzählte ihr, was auf den Feldern gesät werden würde. Als der Schaffner vorbeikam und einen Gong fürs Mittagessen schlug, sagte Don Andrés zu den anderen, sie sollten vorausgehen. So einfach war sie, die Verkoppelung von Don Andrés und Laura für die Zeit der Ferien.

Im Speisewagen gab es mehr Kellner und Hilfskellner als Gäste, eine übertriebene Menge an Porzellan, Silberbesteck und Weingläsern für jeden Gang, endlos viele Gänge, die aus einer Bordküche gebracht wurden, die kaum einen Quadratmeter maß.

Don Andrés fragte sie nach den Bergen in Idaho und Montana, den Silber- und Zinkminen. Wie haben die Bergleute gelebt? Wo waren die Schmelzhütten? Sie war froh, dass sie über diese Orte sprechen konnte, hatte Heimweh nach ihnen. Laura hatte es ihrem Vater noch nicht verziehen, dass er den Bergbau verlassen hatte, um Manager und Politiker zu werden. Er hatte das nicht gewollt. Es war Helen, die sich so nach Glanz, Romantik und Geld gesehnt hatte. Und jetzt verließ sie, wie in den Rocky Mountains, kaum mehr ihr Zimmer.

Laura erzählte Don Andrés von der Wüste in New Mexico und Arizona. Ja, es war wie Antofagasta. Sie erzählte ihm, wie sie mit ihrem Vater in den Bergen wandern gegangen war, wie sie in den Bächen Gold gewaschen hatten. Er hatte sie in die Minen mitgenommen, seit sie ein kleines Mädchen gewesen war. Manchmal in einem normalen Aufzug im Minenschacht; in kleinen Minen auf einem großen Fass, das an einem Seil befestigt war, sie hielt sich am Seil fest, ihr Kopf auf Höhe des rauen Drillichs eines Bergmannknies. Der Geruch der Minen. Dunkel, dunkel. Wie es sich anfühlte, direkt in die Erde hineinzugehen. Der Schock, als sie in Rancagua ihren ersten Tagebau sah, die Anaconda-Kupfergrube. Die gewaltige Spalte, die Schändung.

Sie errötete bei diesem Wort. Sie hatte geredet und geredet, schwindlig vom Wein und der Aufmerksamkeit. Wie peinlich, bitte entschuldigen Sie. Ganz und gar nicht. Bezaubert. Sie und Don Andrés waren die Einzigen, die noch im Speisewagen saßen. Es gab so viele Kellner, dass sie es nicht bemerkt hatte.

Seinen Arm auf der Lehne ihres Stuhles hatte sie nicht bemerkt, wie sein Haar ihre Schulter streifte, als er ihr Glas füllte. Ohne sich ihrer selbst bewusst zu sein, ohne sich überhaupt etwas bewusst zu sein, hatte sie sich in die Gegenwart dieses Mannes hineingleiten lassen. In den Zwischenräumen zwischen den Waggons nahm er ihren Arm, um sie zu stützen, zog sie zu sich, als ein *mozo* mit Gepäck vorbeikam. Sie reagierte auf diese Intimitäten nicht, was sie bei jedem anderen Mann getan hätte. Sie war einfach eingehüllt.

Das würde ihr nie wieder passieren. Als sie älter wurde, behielt sie immer die Kontrolle, auch wenn sie gefügig war. Das war das erste und letzte Mal, dass jemand die Macht über sie hatte.

Pepe schlief auf der anderen Seite des Ganges von Xavier und Teresa. Sein Gesicht war blass, dunkle Wimpern verschatteten seine Wangenknochen, in den Händen hielt er einen Rosenkranz, das Lateinbuch. Xavier und Teresa spielten Canasta.

»Gut. Wir machen mit.«

»Papá, du spielst nie Canasta.«

»Teresa, du und ich werden gegen Xavier und Laura spielen.«

Angenehm, der Rest der Reise. Draußen wurde es dunkel. Scherze und Gelächter. Das beruhigende Geräusch des

Mischens von Karten. Klapp, klapp, klapp, als sie ausgeteilt wurden. Der Pfiff des Zuges, der gleichmäßige Regen auf dem Metalldach. Klick und Aufflammen des goldenen Zigarettenanzünders von Don Andrés. Seine grauen Augen, die durch den Rauch blinzelten.

Der Tee wurde von vier *mozos* im Smoking serviert. Ein Samowar mit Tee, eine Kaffeekanne aus Zinn, Sandwiches, *cuchuflís* mit Karamel. Teresa goss ein. Sie und Laura waren jetzt freundlich zueinander, unterhielten sich über Kaufhäuser. New York. Saks. Bergdorf's.

Es war dunkel und regnete immer noch, als der Zug in Santa Bárbara anhielt. Sie wurden von Gabriel abgeholt, dem Verwalter der Farm. Ein safranfarbener Huaso in einem dicken Poncho, breitkrempiger Hut, Stiefel mit Sporen. Laura und Don Andrés fuhren im Fahrerhaus, die anderen kletterten auf die Pritsche des Lastwagens, über die eine Plane gespannt war. Gabriel und zwei andere Männer luden das Gepäck ein, Kisten über Kisten voller Lebensmittel.

Der Lastwagen war das einzige Fahrzeug am Bahnhof und auf den schlammigen Straßen. Auf dem Marktplatz gab es zwei Gaslaternen, Frauen in schwarzen Schals eilten zur Vesper in einer von Kerzen erleuchteten Kirche.

Als sie den Marktplatz verlassen hatte, war niemand mehr zu sehen. Dann stundenlang über offenes Land, auf der schlechten Straße, kein einziges Haus oder Licht, auch kein anderes Auto. Keine Windmühle, kein Telefonmast. Rehe und Füchse, Hasen und andere Feldtiere rannten im Scheinwerferlicht davon. Der Regen war das einzige Geräusch. Don Andrés und Gabriel unterhielten sich über das Pflügen, das Pflanzen, über Pferde und Schafe. Wer gestorben war, welche Männer in die Stadt gezogen waren. Santiago war die Stadt. Endlich stießen sie auf blasse, flackernde Lichter, eine Ansammlung von Hütten in einem Hain von Eukalyptusbäumen. Der Lastwagen wurde langsamer, und

Don Andrés kurbelte das Fenster herunter. Eine Wolke von Aromonadelbäumen, der Geruch nach Eichenholzfeuer. Seine Tagelöhner wohnten hier. Don Andrés verwendete nicht das chilenische Wort für Bauern, *roto*, was kaputt bedeutet.

Dann fuhren sie weiter, eine Anhöhe hinauf, hielten vor hohen Eisentoren. Eine Gestalt in einem Umhang öffnete die Tore, winkte sie weiter, meilenweit an Pappeln vorbei, Obstgärten, die bis auf ein blassrosa Gestöber aus Pflaumenblüten kahl waren. Auf der Spitze des Hügels ließ Don Andrés Gabriel den Lastwagen anhalten. Sie stiegen im Regen aus. Weit unten im Tal stand ein steinernes Giebelhaus, gelbe Lichter spiegelten sich in einem See darunter. Sonst gab es im ganzen Umkreis meilenweit nirgendwo ein Licht, aber überall pulsierten im Dunkeln die gelben Haine der Aromobäume. Laura war ergriffen von der majestätischen Aussicht, der Stille, aber sie lachte.

»In einem amerikanischen Film würde man jetzt sagen: All das gehört mir.«

»Aber es ist ein Schwarz-Weiß-Film. Ich kann nur sagen, dass es all das bald nicht mehr gibt.«

Zurück im Lastwagen fragte sie ihn, ob es eine Revolution geben würde, ob die Kommunisten je an die Macht kommen könnten.

»*Claro que sí.* Das wird bald geschehen.«

»Mein Vater sagt, es kann nicht passieren.«

»Dein Vater ist sehr naiv. Aber das macht natürlich seinen Charme aus.«

Im kopfsteingepflasterten Hof bellten Hunde. Vor der Lampe und dem Kerzenlicht, das aus der offenen Tür fiel, waren die Silhouetten Dutzender Bediensteter zu sehen. Im Inneren, unter persischen Teppichen in üppigen Farben, leuchtete der Parkettboden. Dunkle spanische Gemälde, blasse Gesichter verträumt im Kerzenlicht. Pilar, eine alte

53

Frau, gab allen die Hand. Don Andrés sagte ihr, sie wäre Teresas Anstandsdame, sie sollte Teresa in ihr Zimmer bringen und auspacken. Wo ist Dolores?

Aquí, señor. Ein schönes, grünäugiges Mädchen, nicht viel älter als Laura, mit schwarzen Zöpfen bis zur Hüfte. Sie solle sich um Laura kümmern, sagte er. Laura folgte dem Mädchen die geschwungene Treppe hinauf. Die beiden sprangen leichtfüßig die Stufen hinauf, wie Kinder. Laura versuchte sich vorzustellen, wie das Haus gebaut worden war, wie das Material oder die Arbeiter überhaupt an diesen entlegenen Ort gekommen waren … wie zur Errichtung der Sphinx. Immer wieder blieb sie stehen, um sich die Wandteppiche und Schnitzereien anzusehen. Dolores lachte. »Warte, bis du dein Zimmer siehst!«

Ein Brokatbett mit Vorhang, ein blau gekachelter Kamin, ein ovaler Spiegel über einer antiken Truhe. Das Bad war aus Marmor, das Licht dutzender Kerzen wurde von den Spiegeln zurückgeworfen. Das Wasser war lauwarm, aber neben dem Bett standen kupferne Eimer voll mit kochendem Wasser.

Die welligen alten Glasfenster und die gelben eingetrübten Spiegel verstärkten noch die Illusion eines Traums. Dolores verschwand aus dem Spiegel, aber ihre Stimme war noch da, weich, der Singsang der Huasos. »*E' una hora, ma' o meno'*«, antwortete sie auf die Frage, wann das Abendessen fertig sei. Sie packte Lauras Sachen aus und legte noch ein Scheit aufs Feuer. Sie stand abwartend da, bis Laura nickte. *Gracias.* Allein zurückgeblieben, zitterte Lauras Spiegelbild; eine alte Sepiafotografie, die im Flackern der Lichter schwankte.

Die anderen waren bereits im riesigen Wohnzimmer. Ein Feuer brannte. Teresa saß am Flügel und spielte Chopins »Regentropfen-Prélude«. Sie spielte es in diesen Tagen ständig. Wann immer Laura sich an Junquillos erinnerte, ging ihr die Melodie wieder und wieder durch den Kopf. Don Andrés reichte ihr ein Glas Sherry.

»Ich bin in dieses Haus verliebt, wie eine englische Gouvernante!«

»Geh nicht in den Ostflügel!« Xavier lächelte. Laura konnte ihn ein bisschen besser leiden, lächelte zurück.

»Ich habe es meinen Träumen entsprechend gebaut«, sagte Don Andrés, »wie in französischen und russischen Romanen. Das Land selbst ist der reinste Turgenjew.«

»... Die Leibeigenen, ja«, sagte Xavier.

»Keine Politik, Xavier. Laura, mein Sohn ist ein Sozialist, ein Möchtegern-Revolutionär. Ein typischer chilenischer Anarchist, redet von der Not der Massen, während ein Diener seinen Mantel bürstet.« Xavier sagte nichts, trank. Pepe blätterte die Noten am Klavier um.

»Laura, was meinst du, wie du dich erst in meine Kutschen verlieben wirst! Ich sammle sie. Du kannst Becky Sharpe, Emma, Madame Bovary spielen.«

»Ich kenne keine davon.«

»Eines Tages wirst du das. Und auf diese Weise wirst du das Buch sinken lassen und an meinen Landauer und mich denken.«

(Oh. Stimmt.)

Auch im Speisezimmer gab es Kamine. Zwei *mozos* bedienten sie, tauchten auf, von wo immer sie sich gerade aufhielten, und verschwanden in den Schatten des Raums.

Pepe war lebhaft und heiter. Seine Stute hatte gefohlt, es gab Dutzende junge Lämmer. Er und sein Vater sprachen über verschiedene Ereignisse auf dem Besitz ... die Tiere, Vögel und Toten unter den Tagelöhnern.

Nach dem Essen spielten Xavier und Teresa im Wohnzimmer Backgammon, Pepe und Laura tranken mit Don Andrés im Arbeitszimmer Brandy und Kaffee. Ein kleines Feuer, das von einem *mozo* unterhalten wurde, der aus dem Flur hereinkam, sobald es anfing zu schwelen oder ein Scheit mit einem Funkenregen in sich zusammenstürzte.

Zu dritt lasen sie laut vor. Neruda. Ruben Daríos Sonatine »La princesa está triste. La princesa está pálida«.

»Lasst uns Turgenjews *Erste Liebe* lesen. Du fängst an, Pepe, aber mit mehr Gefühl. Du wirst ein perfekter Priester werden, so eintönig, wie du redest.«

Als Laura an der Reihe war, tauschte sie mit Pepe den Platz, um neben der Lampe zu sitzen. Während des Lesens schaute sie von Zeit zu Zeit zu den beiden Männern ihr gegenüber auf. Pepes graue Augen waren geschlossen, aber Don Andrés' Augen schauten in ihre, als sie vorlas, wie Zoraida einen Wollfaden um die Hand des armen Vladimir wickelte.

Oh, ihr zarten Gefühle, ihr sanften Töne, du Herzens-
güte, wenn die bewegte Seele zur Ruhe kommt und sich
freudig den Aufwallungen erster Liebesregungen hingibt,
wo seid ihr?

»Pepe schläft. Er hat das Beste verpasst.«

»Du schläfst auch gleich ein. Ich bringe dich in dein Zimmer.«

Er richtete den Docht der Laterne an ihrem Bett, küsste ihre Augenbraue. Kühle Lippen. »*Buenas noches, mi princesa.*«

Du dummes Ding, sagte Laura zu sich selbst. Er hat dich fast schwach werden lassen! Genau wie jemand aus Mamas Liebesromanen.

Laura lag im Bett, konnte nicht einschlafen. Dolores kam auf Zehenspitzen herein und machte das Fenster einige Zentimeter weit auf. Sie legte ein Scheit ins Feuer, löschte die Laterne. Nachdem Dolores gegangen war, stand Laura auf und ging ans Fenster, öffnete es weit hinein in den Duft nach Nadelbäumen und gelbem Aromo. Es hatte aufgehört zu regnen. Am aufgeklarten Himmel standen blendend hell die Sterne und beleuchteten die Felder und den Hof. Laura sah, wie Dolores den kopfsteingepflasterten Hof überquerte und durch eine Tür neben der Küche trat. Minuten später überquerte Xavier den Hof und klopfte an die Tür. Dolores öffnete lächelnd und zog ihn hinein, an sich.

Laura hörte, wie Teresas Fenster sacht geschlossen wurde. Laura ging zurück ins Bett. Sie versuchte, wach zu bleiben, nachzudenken, schlief aber ein.

Die Tage sind heller, wenn die Nächte nicht elektrisch beleuchtet sind. Die Sonne fiel warm ins Zimmer, fing sich in einem Brieföffner mit Perlengriff, im Kaminsims aus Messing, im geschliffenen Marmeladenglas auf dem Frühstückstablett. Vor dem Fenster gleißten die drei weißen Gipfel der Las Malqueridas vor dem klarblauen Himmel.

»Sie reiten schon«, sagte Dolores. »Don Pepe sagt, du sollst dich beeilen, er möchte, dass du das Fohlen siehst. Ich habe dir diese Reitsachen hier gebracht.«

»Ich wollte einfach diese Hosen anziehen …«

»Aber die hier werden viel schöner aussehen.«

In Reitkleidung, das Haar hochgesteckt, sah Laura in den dunklen Spiegeln wie das Gemälde eines Menschen aus einem anderen Jahrhundert aus. Dolores nahm das Frühstückstablett, trat zurück, um Teresa ins Zimmer zu lassen. Laura suchte in ihren Gesichtern nach irgendeinem Ausdruck – der Rivalität, Verachtung, Verlegenheit –, aber beide waren teilnahmslos.

»Meine Bettwäsche riecht muffig«, sagte Teresa. »Bitte wechsle oder lüfte sie.«

»Ich werde es deinem Dienstmädchen ausrichten.« Dolores ging an ihr vorbei hinaus, den Kopf erhoben. Teresa zog einen Flunsch, warf sich auf die Chaiselongue am Fenster.

»Ich wünschte, Tía Isabel wäre hier. Sie würde mich zu

einem Spaziergang am See mitnehmen. Ich hasse Pferde. Du nicht auch?«

»Nein. Ich mag Pferde. Aber ich bin noch nie mit Sportsattel geritten.«

Auf dem Hof rief Pepe nach ihnen. Er ritt eine Fuchsstute, führte ein elegantes schwarzes Pferd am Zügel. Laura rief zu Pepe hinunter, dass sie gleich da wäre. Aber Teresa hörte nicht auf zu reden. Sie wollte bald heiraten. Die Heirat würde Xavier von seinen unüberlegten politischen Einstellungen heilen, ihn sesshaft werden lassen. Wie lange waren sie schon verlobt? Seit ihrer Geburt, sagte Teresa. Ihre Väter hatten das entschieden. Glücklicherweise hatten sie sich ineinander verliebt.

»Lass uns gehen. Es ist ein perfekter Tag«, sagte Laura, aber Teresa zog ihren Mantel aus. »Nein. Ich bleibe hier und stricke. Ich bin krank. Sag Xavier, er soll herkommen und mir Gesellschaft leisten.«

»Wenn ich ihn sehe. Schau mal, er und Don Andrés sind weit weg, in der Nähe der Gebirgsausläufer.«

Pepe half ihr beim Aufsitzen der schönen Stute Electra. Zuerst schauten sie sich das Fohlen an, dann ritten sie auf der Koppel neben dem Stall. Pepe sah zu, wie sie über Balken setzte, kleine Hürden übersprang. Sie lachten beide laut auf, weil der Tag so prächtig war, die Pferde sprühten vor Leben. Xavier und Andrés kamen auf sie zugaloppiert.

»Lass uns zu ihnen reiten. Schaffst du den Zaun?« Aber ehe sie antworten konnte, waren sie schon am Zaun.

»Kein schlechter Sprung«, sagte Don Andrés.

»Nicht schlecht? Es war großartig. Mein erster Sprung!«

»Mach es noch mal.«

Bevor sie wegritt, richtete Laura Xavier Teresas Botschaft aus.

»*Que regio*. Es ist langweilig, mit ihr zu reiten. Lass uns zum Fluss reiten, Pepe!« Die Brüder galoppierten davon, einander zurufend. Laura machte den Sprung noch einmal, aber schlecht.

»Einmal noch«, sagte er und schlug mit der Peitsche auf Electras Hinterteil, das Pferd raste davon. Vor Schreck zog Laura die Zügel so heftig an, dass sich das Pferd aufbäumte und sie zu Boden fiel. Don Andrés stieg nicht ab, lachte ihr von oben zu.

»Ihr passt gut zueinander, ihr beiden.«

»Ich bin nicht scheu.«

»Sie auch nicht. Aber sie macht nichts, was sie nicht will.«

»Ich möchte springen. Ich werde es tun. Fass mein Pferd nicht an.«

»*Ándale.*«

Ein schöner, hoher Sprung. Dann rasten sie los, um Pepe und Xavier einzuholen, galoppierten durch Espenhaine, über Wiesen und zerfurchte Felder. Die vier ritten den ganzen Vormittag, sprachen nicht, außer einem gelegentlichen Aufschrei, um auf junge Lämmer aufmerksam zu machen, auf Waldlilien, Veilchen, Unmengen an Narzissen, die der Farm ihren Namen gaben. Rehe tranken aus denselben Bächen wie ihre Pferde. Sie überquerten den Fluss, der vom geschmolzenen Schnee hoch über die Ufer trat. Schnaubende Pferde, eisiges Wasser. Von den Gebirgsausläufern sahen sie weit ins Tal hinunter. So war es sicher, als die Spanier zum ersten Mal hierherkamen, dachte Laura. Sogar in den Rocky Mountains ihrer Kindheit hatte es immer Anzeichen von Zivilisation gegeben … fernes Klappern von Erzwagen, das Kreischen einer Säge, ein Flugzeug. Auf dem Weg nach Hause sahen sie tatsächlich einen Huaso, der Schafe hütete, ein anderer pflügte ein Feld, Ochsen vor den Pflug gespannt.

Das Speisezimmer, das am Abend vorher so dunkel gewesen war, war sonnendurchflutet, zeigte auf einen See und die weißen Anden hinaus. Die Reiter waren müde, sonnenverbrannt, hungrig. Xavier hatte all seine Affektiertheit abgelegt, Pepe und Laura ganz und gar schüchtern. Was für ein Vormittag! Teresa war ebenfalls heiter oder tat so. Oder vielleicht machte ihr das mit Dolores und Xavier nichts aus, fragte sich Laura. Nein, sie muss eifersüchtig sein. Sie konnte bloß nicht zeigen oder durchblicken lassen, dass sie es wusste. Es würde ihre Rolle der unschuldigen Verlobten zerstören. Liebte Xavier sie wirklich? Mit Sicherheit war er in Dolores verliebt. Das war eine Liebesgeschichte. Laura konnte es nicht erwarten, Quena und Conchi davon zu erzählen.

»Die Zeit hier ist wunderbar!«, sagte Laura.

»¡Yo también!«, sagten alle anderen. Sie aßen Forelle und Linsensuppe, gegrilltes Lamm, frischgebackenes Brot. Nach dem Mittagessen gingen Teresa und Xavier auf dem See rudern. Pepe legte sich zu einem Mittagsschlaf hin.

Es gab acht verschiedene Kutschen. Einen goldverzierten Wagen mit rosafarbenem Brokatpolster, Spiegeln, goldenen Blumentöpfen, aufwendig geschnitzten Trittbrettern für die Lakaien. Amerikanische Postkutschen, Landauer, Sulkys. Laura stieg in jede von ihnen, wählte einen schwarzen Zweisitzer-Tilbury aus glänzendem Mahagoni, schwarzem Leder.

Don Andrés spannte seinen Zuchthengst Lautaro vor die Kutsche. Sie fuhren am See und den gelben Aromos vorbei. Winkten Teresa und Xavier. Wirbelten dann weiter und weiter zum harten Klapp-Klapp von Lautaros Hufen. Es wurde dunkel. Don Andrés zündete die Laternen an.

»Möchtest du zum Tee zurückkehren?«

»Nein.«

»Gut.«

Sie überquerten eine Holzbrücke, die über den Fluss führte, wurden vom Hochwasser besprüht, fuhren im Dunkeln weiter, während er ihr von seiner Kindheit erzählte. Wie ihre, sagte er, denn er war einsam gewesen, ein Einzelkind, nie ein Kind. Seine Mutter war gestorben, als er geboren wurde; sein Vater war kalt und autoritär gewesen. Französische und englische Internate. Allein mit Büchern, wenn er zu Hause war. Er hatte in Harvard, Oxford, an der Sorbonne studiert, seine Frau in Paris kennengelernt. Nein, sie war Spanierin. Sie war vor Jahren gestorben.

Es war Zeit, nach Hause zu fahren. Er wendete die Kutsche, gab Laura die Zügel. Warte. Don Andrés stieg aus der Kutsche. Sein Haar silbern vor den gelben Aromobäumen. Er kam mit Veilchen zurück, die er in der Kapuze ihres Umhangs arrangierte.

Laura wünschte, sie würden nicht *Erste Liebe* lesen. Sie spürte, wie ihre Wangen glühten. »Pepe, du bist dran.« Sie gab ihm das Buch. Als Don Andrés las, konnte sie den Blick nicht von seinem Mund abwenden, das weiße Glänzen seiner Zähne.

Später im Bett dachte sie, dass sie verliebt war. Sie ging jeden Augenblick durch, den sie mit ihm verbracht, jedes Wort, das er gesagt hatte. Was wünschte sie sich? Ihre Träume gingen nicht über einen Kuss hinaus.

Dolores weckte sie mit einem Frühstückstablett. Ein schönes Tablett. Don Pepe wollte mit ihr reiten gehen. Xavier und Don Andrés waren auf der Jagd. Teresa und Pilar waren auf der Terrasse, stickten für ihre Aussteuer. Kissenbezüge. Dolores hatte für Pepe und Laura ein Lunchpaket gepackt.

»Danke. Reitest du, Dolores?«

»Immer. Aber nicht, wenn die Familie hier ist.« Laura wollte Dolores nach ihr und Xavier fragen, nach der Liebe.

»Wie alt bist du?«, war alles, was sie herausbrachte.

»Fünfzehn.«

»Bist du hier geboren?«

»Ja, in der Küche! Meine Mutter war immer die Köchin hier.«

»Dann kennst du Xavier schon lange?«

Dolores lachte. »Aber ja. Seit meiner Geburt. Er hat mir das Reiten beigebracht und das Schießen.«

Laura seufzte, zog sich an. Dolores benahm sich nicht so, als wäre sie verliebt. Sie hatte allerdings so ausgesehen, als sie Xavier die Tür geöffnet hatte. War Helen, Lauras Mutter, je verliebt gewesen? Es gab niemanden, mit dem sie darüber reden konnte. Schon gar nicht mit Quena oder Conchi, obwohl sie ständig über Liebe sprachen. Zu dritt übten sie küssen, indem sie den Medizinschrank küssten. Aber wenn man den Schrank küsste, bog sich die Nase an der verspiegelten Tür zur Seite. Wo kamen die Nasen hin? Das war alles, was sie von der Liebe wussten. Das Begehren, das Laura spürte … sie hätte das Gefühl nicht mit dem Wort in Einklang bringen können.

Sie ritt mit Pepe zu einer tiefergelegenen Weide, um die jungen Lämmer und Zicklein anzuschauen, dann ritten sie zu Gabriels Haus, um dessen Frau einen Besuch abzustatten. Die alte Frau war erfreut, Pepe zu sehen. Sie setzte Teewasser auf, holte die Nachbarinnen herbei, damit sie ihn begrüßen konnten. Unser Pepino wird Priester! In der verrauchten Hütte mit Lehmboden umringten sie ihn, während er trank, lächelten ihn mit tiefer Zuneigung an. Er kannte alle ihre Namen, die Namen ihrer Tiere und Kinder. Nein, es würde Jahre dauern, ehe er zurückkommen könnte. Er würde an sie denken. Für sie beten. Die Frauen umarmten ihn, schüttelten Laura die Hand, als sie gingen. Pepe war ernst, als er und Laura unter einem riesigen Aromobaum zu Mittag aßen.

»Ist es aufregend für dich, Priester zu werden?«

»Ich habe Angst. Es ist ein großer Schritt.«

»Warum machst du das? Spürst du eine Berufung?«

»Nein. Ich möchte … verändern, Zeichen setzen. Um ein Revolutionär zu sein, bin ich zu zynisch. Viele Gründe. Um eine Daseinsberechtigung zu haben, etwas in der Welt zu bewirken, von meinem Vater wegzukommen. Mein Beichtvater sagt, ich soll mir wegen der Gründe keine Sorgen machen, solange mein Wille beständig ist.«

»Scheint so, als würde Xavier dieselben Dinge wollen.«

»Ja. Ich weiß nicht, wie er sie finden wird.«

»Er sagt, die *reforma* ist die einzige Antwort. Das Land den Menschen zu geben.«

»Es wird so lange dauern. Und nicht die Anführer werden es zerstören, sondern die Menschen selbst. Ihre Natur und ihre Religion verlangen ein Patriarchat. Sie werden aus ihren Befreiern neue *patrones* machen.«

»Du klingst wie mein Großvater, wenn er davon redet, dass Neger als Sklaven glücklicher gewesen sind.«

Sie tranken die Botaflasche mit Wein aus und aßen zwei Birnen. Blütenblätter des Aromo blieben an ihnen hängen, als sie sich ins weiche Gelb sinken ließen.

»Ich frage mich, ob ich jemals eine Daseinsberechtigung haben werde«, sagte sie.

»Für Frauen ist es leicht.«

»Was meinst du damit … die Lilien auf dem Feld?«

»Nein. Du musst das nicht, dir selbst treu bleiben.«

»Wie werde ich herausfinden, wer das ist?« Sie seufzte, als sie aufstanden, streifte gelbe Blüten ab. Sie stiegen aufs Pferd.

»Wer zuerst zu Hause ist!«

Von den Ställen aus konnten sie Don Andrés und Xavier in der Küchentür sehen. Fasanenfedern leuchteten in schillerndem Purpurgrün im Sonnenlicht. Dolores lächelte; sie hielt die umwerfenden Vögel in der Hand. Xavier streichelte ihr schwarzes Haar. Hinter ihnen betrat Teresa die Küche, stand wie gelähmt im abgedunkelten Raum. Ihre Perlen schimmerten; die Teekanne war weiß auf dem vorbereiteten Tablett. Teresa schmetterte die Teekanne auf den Ziegelboden und verließ den Raum. Xaviers Hand blieb wie eingefroren auf Dolores' schwarzem Haar.

Tee am großen Kamin. Eine neue Teekanne. Teresa war nicht da.

»Wo ist deine Verlobte?«, fragte Don Andrés.

»Sie ist nicht mehr meine Verlobte.«

»Unsinn. Geh sie beruhigen, Xavier.«

»Ich habe die Verbindung gelöst. Ich werde sie nicht heiraten.«

»Sei kein Dummkopf. Das kannst du nicht machen.«

»Doch, kann ich, Papá. Nein, Laura, kein Zucker, danke.«

Don Andrés war blass, erzürnt. »Laura, lass uns reiten gehen.«

»Es regnet.«

»Sehr leicht.«

Er erhob sich und Laura folgte ihm. Xavier blickte auf den Rücken seines Vaters, hasserfüllt, triumphierend.

Lautaro flog über die regenglatte Straße. Die Laternen flackerten im Wind; rosa Blüten, gelbe Aromos zogen in der Dunkelheit verschwommen vorbei. Der Himmel klarte auf, aber noch gab es keine Sterne, die die Nacht erhellten. Laura und Don Andrés sagten nichts.

Sie hörten den Fluss, bevor sie ihn sahen, und dann das Klappern von Lautaros Hufen auf der Holzbrücke. Sein grausiger Schrei, als die Brücke nachgab. Sie wurden beide aus dem Tilbury in das eisige, aufgewühlte Wasser geschleudert. Die Laternen gingen zischend aus. Im Wasser schlugen sie wild um sich, rissen sich Umhänge und Jacken vom Leib. Don Andrés schrie ihr zu, sie sollte sich an der Kutsche festhalten, helfen, das Pferd loszubinden. Wirbeln, wirbeln im Fluss. Lautaro wieherte hysterisch, trat nach ihnen und biss sie, als sie mit den Zügeln beschäftigt waren. Seine Hufe, Steine, die Kutsche schlugen gegen Laura und Don Andrés, während sie flussabwärts stürzten.

Das Pferd war befreit, schlug um sich, wieherte. Wieder und wieder stürmte der Hengst auf das Ufer los, bis er es schließlich erklomm und weg war. Der Tilbury wirbelte in der Gischt umher und trudelte den Fluss hinunter, silbern jetzt im Licht der Sterne.

Unter einem Aromobaum zerriss Don Andrés zitternd und keuchend sein Hemd, um die Schnitte in seinem Bein, ihren Armen zu verbinden. Ein Feuer, sagte er, aber sein goldener Zigarettenanzünder funktionierte nicht.

»Gabriel wird uns suchen, wenn Lautaro zurückkommt, aber wir sind viele Meilen flussabwärts von der Stelle, an der er mit der Suche beginnen wird. Bete, dass er nicht versucht, die Brücke zu überqueren. Wir sollten bis zur Anhöhe oberhalb des Flusses gehen. Leg deine Sachen ab und wringe sie aus.«

»Schon gut.«

»Sei nicht albern. Wring deine Sachen aus.«

Sie schlotterten, ihre Zähne klapperten.

Aromo klebte an ihren nackten Körpern wie gelbes Fell. Laura fror und hatte Angst. Sie spürte Begehren und wusste nicht, was sie tun sollte, wie man tat, was sie taten. Sie hielt seinen silbernen Kopf, als er ihre Brüste küsste. Fäden von gelbem Aromo schaukelten vor dem Himmel. Ein erstaunlicher Schmerz. »Was habe ich getan?«, flüsterte er in ihre Kehle. Warm, sein Körper, sein Atem. Sperma glitzerte dampfend an ihren Beinen, als sie sich anzog.

Es war taghell, voller Sternschnuppen und die Anden neonweiß. Blut tränkte ihre Verbände. Humpelnd liefen sie vorwärts, erschöpft und mit Schmerzen.

»Lautaro hat nicht gelahmt, oder?«

»Nein.«

Und was ist mit mir?, dachte sie. Verwundet, mit Blasen von den nassen Schuhen, ihre Brust tat vom schnellen Laufen weh. Er hatte sie nicht einmal flüchtig angesehen.

»Was ist mit mir?«, sagte sie laut. »Warum bist du böse auf mich?«

Er wandte sich zu ihr, sah sie aber immer noch nicht an. Blasse graue Augen.

»Ich bin nicht böse auf dich, *mi vida*. Ich habe dich verdorben und beinahe mein bestes Pferd umgebracht.«

Er rief nach Gabriel. Seine Stimme kam als Echo aus dem riesigen Tal zurück, und dann war es still. Sie gingen weiter.

Verdorben? Bin ich verdorben? Wegen eines so schnellen, verwirrenden Augenblicks? Werden es alle wissen, wenn sie mich anschauen? Ist Dolores verdorben?

Lauras Blasen schmerzten so stark, dass sie ihre Stiefel auszog. Er sagte ihr, das solle sie nicht, aber sie ignorierte ihn, tat so, als würde sie die Steine und Zweige unter ihren Füßen nicht spüren.

Und wenn so viele Frauen das Risiko eingehen, verdorben zu werden, stimmt mit mir vielleicht etwas nicht, weil ich kaum mitbekommen habe, was passiert ist.

Sie musste urinieren. »Mach schon. Ich hol dich ein.« Ihre Unterhose glänzte rot, blutgetränkt. Sie zog ihre nasse Wollhose aus, warf die Unterhose weg, damit Dolores sie nicht sehen würde.

»*Apúrate.*«

»Mach schon. Ich habe gesagt, ich hole dich ein.«

Sie erklomm den Hügel hinter ihm, Steine rollten unter ihr weg.

»Wenn du böse bist, weil du denkst, dass ich jemandem davon erzähle, musst du dir keine Sorgen machen.« Es gab niemanden, dem sie das erzählen, den sie fragen konnte.

Er blieb stehen und hielt sie an sich gedrückt, küsste ihre Haare, ihre Stirn, ihre Augenlider.

»Nein, daran hatte ich nicht gedacht. Ich versuche, über das nachzudenken, was ich getan habe. Wie ich das wiedergutmachen kann.«

»Bitte küss mich«, sagte sie. »Ich bin noch nie geküsst worden.«

Er drehte sich von ihr weg, aber sie hielt seinen Kopf fest und legte ihren Mund auf seinen. Da öffnete seine Zunge ihre Lippen, und sie küssten sich, bis ihnen schwindlig wurde. Sie setzten sich oben auf den Hügel.

Galoppieren. Sie lauschten, riefen. Ein Antwortschrei. Gabriel auf seinem Pferd, andere Pferde mit sich führend. Ponchos und Brandy. Zigaretten für Don Andrés. Dann nach Hause, die beiden Männer weit vor ihr, sie riefen einander zu, in leichtem Galopp die Hügel hinauf und hinab durch die silbern schimmernde Nacht. Xavier war mit Dolores in der Küche. Zwei malvenfarbene Flecken auf seinen Wangen zeigten, dass er betrunken war. Don Andrés und Laura tranken ebenfalls Brandy, während Dolores Don Andrés die Beine verband. Sowohl er als auch Laura hatten Kratzer und Prellungen von der Kutsche, den Steinen, Lautaros Hufen. Don Andrés beschrieb den Unfall wie ein herrliches Abenteuer, Laura, die sein preisgekröntes Vollblut gerettet hatte. Laura war sprachlos, als sie den Wert dieses Pferdes erfuhr.

»Es muss einen Augenblick gegeben haben, als du dich dafür gehasst hast, diesen Hengst vor den Tilbury zu spannen«, sagte Xavier.

»Mehr als einen Augenblick. Das war absolut unvernünftig von mir.«

Xavier lächelte. »Papá, das ist das allererste Mal, dass du einen Fehler zugegeben hast.«

Laura zog sich aus und stieg in die kerzenbeleuchtete Badewanne. Dolores sammelte ihre Kleidung auf. »Deine Hose ist blutig. ¿*Llegó la tía?*« Ist deine ›Tante‹ da, deine Periode? Laura schüttelte den Kopf. Die Augen der beiden Mädchen trafen sich im Spiegel.

Laura wachte auf, angsterfüllt, weil sie sich kaum bewegen konnte, aber dann erinnerte sie sich und öffnete die Augen.

Es war fast Mittag, dunkel, draußen regnete es. Ein Feuer brannte im Kamin. Dolores brachte ihr Frühstück. »Du sollst im Bett bleiben. Don Andrés hofft, dass es dir nicht allzu schlecht geht.«

»Wo ist er?«

»Er ist früh am Morgen nach Santa Barbara gefahren. Vor heute Abend wird er nicht zurücksein.«

»Wo sind alle anderen?«

»Pilar ist im Bett, krank. Teresa ist im Bett, krank. Pepe ist in seinem Zimmer und liest. Xavier ist im Wohnzimmer. *Está tomado.*« Betrunken, vergeben. Laura merkte, dass Dolores am Fußende ihres Bettes saß. Das liegt daran, dass wir jetzt gleich sind, verdorben, dachte sie. Dolores musste den Gedanken gespürt haben; sie sprang mit einer Entschuldigung auf.

»*Perdóname*, Doña Laura. Ich bin sehr müde. Der Morgen ist verwirrend gewesen.«

Laura war beschämt, streckte sich, um Dolores' Hand zu halten.

»Verzeih mir. Es ist auf jeden Fall ein verwirrender Morgen. Zum einen ist es schon Nachmittag. Mir tut alles weh. Oh! Schau mein Gesicht an!« Im dunklen Spiegel war auf einer Wange ein grober Kratzer, ein Auge war grün und blau. Laura brach in selbstmitleidige Schluchzer aus. Auch Dolores begann zu weinen. Die Mädchen hielten einander fest, wiegten einander, und dann verließ Dolores das Zimmer.

Im Haus war es still. Der einzige Jagdhund, der im Haus bleiben durfte, lief über die glänzenden Flure, seine Krallen klickten. Ein einsames Geräusch, als klingelte ein Telefon in einem leeren Haus.

Xavier schlief im Arbeitszimmer seines Vaters. Er wachte auf, als Laura an ihm vorbeiging, um das Buch von Turgenjew zu holen.

»Da ist ja unsere edle Wilde! Atalanta, die in die eisigen Fluten sprang, um das verreckende Biest zu retten!«

»Halt die Klappe.«

»Tut mir leid, *gringuita*. Dir muss es scheußlich gehen. Komm, setz dich zu mir.«

Pepe tauchte in der Tür auf. Er hatte sich gerade rasiert, war blass.

»Laura! *¡Pobrecita!* Welch ein furchtbarer Unfall. Geht es dir gut? Und Xavier, stimmt was nicht? Was ist los?«

»Komm rein, Pepito. Du siehst genauso schlecht aus wie wir. Hast du Angst? Deine Meinung geändert?« Xavier stand auf, schenkte drei Gläser Sherry ein, legte ein Scheit aufs Feuer.

»Es ist sicher schon spät genug zum Sherrytrinken. Wie spät ist es?« Wie auf Kommando kam ein *mozo* herein, um sie zu fragen, ob sie Mittagessen wollten. »Gott, nein.«

»Ich meine, wir wollen doch nichts essen, oder? Im Ernst, Pepe, geht es dir gut?«

Pepe nickte. »Ja. Ich bin nur dabei, mich zu verabschieden. Aber es ist, als wäre ich schon gegangen.«

»So geht es mir auch. Aber wenigstens weißt du, wo du hingehst. Ich sage nur auf Wiedersehen.«

»Wem?«

»Allem. Teresa. Dem Gesetz. Papá. Allem, was bis jetzt war.«

»Du meinst es ernst. Was wirst du tun?«

»So weit bin ich noch nicht. Es ist das letzte Mal, dass ich in Junquillos bin, so viel weiß ich.«

»*Ai,* Xavier.« Die Brüder standen da, in einer Umarmung, und dann saßen die drei schweigend beieinander. Das Feuer. Regen an den Fensterscheiben. Verwaschener gelber Aromo am See.

»*¿Y tú, gringa?* Du wirst wiederkommen, ganz bestimmt«, sagte Xavier.

69

»Nein. Werde ich nicht.«

»Natürlich wirst du das«, sagte Pepe. »Papá hat dich so gern.«

Xavier lachte. »Und Laura, wem sagst du auf Wiedersehen? Deiner Unschuld?«

»Ja, Xavier, das tue ich«, sagte Laura.

»Xavier, wie unhöflich!« Pepe war schockiert. »Du bist betrunken!«

Don Andrés kam rechtzeitig zum Abendessen zurück, ritt Electra. Das Stakkato der Hufe auf dem Kopfsteinpflaster. Dann kamen zwei Männer mit einem Lastwagen und wurden ins Wohnzimmer geführt. Don Andrés war gegangen, um sich umzuziehen.

Beim Abendessen war Xavier sehr betrunken, verschüttete Wein. Pepe war aschfahl, still. Weder Laura noch Teresa verbargen, dass es ihnen schlecht ging. Don Andrés redete über Entwässerung, Ernte, Nutzholz. Es war Pepe, der als Erster begriff, was los war.

»Papá! Du verkaufst doch nicht etwa Junquillos?«

»Alles außer dem Haus und den Ställen.«

Tränen strömten in zwei dünnen Linien über Pepes Gesicht. Teresa verließ den Tisch, schluchzend. Wenn ich nett wäre, würde ich zu ihr gehen, dachte Laura, aber sie ging nicht. Xavier lachte bitter.

»Verflucht gerissen, wie immer. Du weißt, dass das Land der Bevölkerung gegeben wird. Warum nicht auch das edle Haus? Es wird schnell genug passieren. Vielleicht eine Schule.«

Im Arbeitszimmer redeten die Männer bis weit nach Mitternacht. Laura las in ihrem Zimmer im Licht der Lampe *Erste Liebe* zu Ende. Sie lag wach. Aromo und Nadelbäume. Sie dachte an nichts, war einfach wach, alleine.

Die Zugfahrt dauerte lange, verspätet durch Regen, Überschwemmungen. Don Andrés arbeitete an Papieren. Laura saß ihm gegenüber. Auf der anderen Seite des Ganges saß Pepe und las, Xavier schlief oder tat, als würde er schlafen, während Teresa an etwas Umfangreichem in dunklem Orange stickte. Sie schien sich in einem beleidigten Unverheiratetsein eingerichtet zu haben, hatte eine Brille aufgesetzt, die sie vorher nie getragen hatte. Keine Babysprache mehr. Dann schliefen sie und Pepe ebenfalls ein. Don Andrés sah Laura an.

»Junquillos war reizend«, sagte sie.

»Du bist reizend. Bitte vergib mir, Laura.«

Er sah wieder nach unten auf die Papiere in seinem Schoß. Laura starrte aus dem mit Ruß bespritzten Fenster. Regen tropfte von den durchnässten Aromobäumen. Tja, dachte Laura … ein Wochenende auf dem Lande.

Am Bahnhof eilte Teresas Mutter mit Teresa davon, als hätte es einen Unfall gegeben. Lauras Vater hatte einen chinesischen Fahrer geschickt.

Auf Wiedersehen, danke für eine fabelhafte Zeit.

Das Haus war still, als sie nach Hause kam, kalt. María kam herein, band ihren Bademantel zu. Sie umarmten einander.

»Wir haben dich vermisst! Kann ich dir einen Kakao machen? Was ist mit deinem armen Gesicht passiert?«

»Ein Unfall. Eigentlich ein Abenteuer, aber ich bin zu müde, um davon zu erzählen. Wo sind meine Eltern?«

»Deine Mutter ist im Krankenhaus. Sie hat zu viele Tabletten genommen; sie wurde blau und wachte nicht mehr auf. Morgen ist sie wieder zu Hause.«

»War sie verärgert? Ist was passiert?«

María zuckte mit den Schultern. »¿*Quién sabe?* Dein Vater hat gesagt, sie wäre einfach nur übermüdet gewesen.«

»*Übermüdet!*« Die beiden kicherten.

»Ist er jetzt bei ihr?«

»Nein. Er ist auf einer Abendgesellschaft. Doña, du siehst sehr schlecht aus.«

»Ich … ich bin übermüdet! Es war wunderschön, María. Ich erzähle dir morgen alles. Ich gehe ins Bett. Kein Bad, kein Kakao. Aber weck mich morgen früh um fünf. Ich muss noch für Chemie lernen.«

Büffeln für Chemie am Morgen. Genug Zeit, um mit Tinte Symbole auf ihre Handgelenke unter den weißen Manschetten zu schreiben. Aber der Test lief nicht so schlecht. Dann Physik. Der trockene, trockene Señor Ortega. Algebra. Geschichte. Lauras Hand tat vom Mitschreiben weh.

Endlich Mittagessen. Das Tischgebet wurde immer auf Englisch gesprochen. Segne, Vater, diese Speise, dir zur Kraft und uns zum Preise. Während des Essens durfte nur Französisch gesprochen werden; es wurde nicht viel gesagt. Ein Spaziergang durch den Rosengarten. Gerade genug Zeit, um zu erfahren, dass Conchi sich wieder verliebt hatte. Er sagte *tú* zu ihr, hielt im Kino ihre Hand.

Quena war den ganzen Tag Ski gefahren, jeden Tag. Der Schnee war schön gewesen. Emile Allais hatte ihr Unterricht gegeben, ohne dafür etwas in Rechnung zu stellen. Laura erzählte kurz, aber dramatisch von ihrem Unfall mit der Kutsche. Sie schwärmte von Electra, dem Pferd, der Marie-Antoinette-Kutsche. Mehr von Electra. Ja, sie hatte schließlich doch ein Reitkleid getragen. »Oh, Gott sei Dank«, seufzte Conchi.

Die Glocke läutete. Englisch. *Flower in the Crannied Wall.* Dann Französisch mit Madame Perea, die über dem Strickzeug döste. *Le passé simple.* Endlich Spanisch. Wo waren wir? »*¡Suspiros!*«

Laura stand auf. »Ich habe die Lektion nicht gelesen.«

Señora Fuenzalida lachte. »Das scheint noch nie ein Problem gewesen zu sein. Deine erste schlechte Note.«

Auch Quena und Conchi waren überrascht, als Laura nicht mit ihnen zum Teetrinken ins Golf gehen wollte. »Mama ist wieder krank.«

Helen schlief. Laura machte bis zum Abendessen Hausaufgaben, aß alleine.

Sie stand am Fußende des Bettes ihrer Mutter. »Hallo. Geht es dir gut?«

»Mir geht es gut. Schöne Zeit gehabt?«

»Ja. Ich wünschte, du wärst mitgekommen. Es war schön, wie in einem Roman.«

»Waren die Leute nett?«

»Sehr nett. Einfach Familie. Ich bin auf einem Vollblut geritten.« Helen betrachtete im Handspiegel ein Gerstenkorn an ihrem Augenlid. Laura setzte sich ihrer Mutter gegenüber aufs Bett. Habe ich mich verliebt, Mama?, fragte sie sich selbst. Könnte ich schwanger geworden sein? Bin ich verdorben? Mama, hilf mir.

Laut sagte sie: »Es tut mir leid, dass du ins Krankenhaus musstest, Mama. Du solltest mehr rauskommen. Lass uns dieses Wochenende ins Kino gehen oder zum Mittagessen ins Prince of Wales.«

»Hol mir diesen Vergrößerungsspiegel aus dem Bad, sei so lieb, Schatz!«

Laura schlief, als ihr Vater das Licht in ihrem Zimmer anknipste. Er war rot im Gesicht, hatte rote Augen, zog den Schlips vom Hals.

»Ich habe dich wirklich vermisst, Baby. Schöne Zeit gehabt?«

»Wunderschön.«

»Mochtest du Andy? Eleganter Kerl, oder?«

»Elegant. Daddy, was ist mit Mama?«

»Sie hat ein paar Schlaftabletten in die Finger bekommen, das ist alles. Ihr geht's bald wieder besser. Brauchte nur ein bisschen Aufmerksamkeit.«

Laura hörte den Nachtwächter durch die Straßen gehen. Zuerst laut, dröhnend. *Son las once, andado y sereno.*

Straße für Straße rief er ins Viertel, dass die Straßen kontrolliert wurden und sicher waren. Er sang in die Nacht, dass der Mond voll war. *¡Son las once, luna llena!* Bis es schließlich in einem fernen Falsett ausklang ... *Andado y sereno*.

STAUB ZU STAUB

Michael Templeton war ein Held, ein Adonis, ein Star. Ein echter Held, ein vielfach ausgezeichneter Kanonier der britischen Luftwaffe. Als er nach dem Krieg nach Chile zurückkehrte, war er ein Starspieler im Rugby und Kricket des Prince-of-Wales-Teams. Er fuhr mit seiner BSA Rennen für das Britische Motorradteam und war seit drei Jahren Champion. Hatte nie ein Rennen verloren. Er gewann sogar das letzte, bevor er ins Schleudern kam und gegen die Wand fuhr.

Er hatte Johnny und mir Plätze auf der Pressetribüne besorgt. Johnny war Michaels kleiner Bruder und mein bester Freund. Er vergötterte Michael genauso wie ich. Johnny und ich waren damals allem gegenüber hochmütig und hatten für die meisten Leute nur Verachtung übrig, besonders für Lehrer und Eltern. Mit einigem Spott gaben wir sogar zu, dass Michael ein Flegel war. Aber er hatte Stil, Klasse. Alle Mädchen und Frauen, sogar die alten Frauen, waren in ihn verliebt. Eine langsame, langsame, tiefe Stimme. Er ließ mich und Johnny am Strand in Algarrobo einmal mitfahren. Über harten, nassen Sand fliegen, Möwenscharen stoben auseinander, ihre Flügelschläge lauter als der Motor, als das Meer. Johnny machte sich nie über mich lustig, dass ich in Michael verliebt war, gab mir Schnappschüsse und Zeitungsausschnitte zusätzlich zu denen, die wir mit seiner Mutter zusammen in Sammelalben klebten.

Seine Eltern gingen nicht zu dem Rennen. Sie saßen bei

Tee und Plätzchen am Esszimmertisch. Mr. Templetons Tee war in Wirklichkeit Rum, in der blauen Tasse. Michaels Mama weinte, krank vor Sorge über das Rennen. Er wird mein Tod sein, sagte sie. Mr. Templeton sagte, er hoffte, Mike würde sich den verdammten Idiotenhals brechen. Es war nicht nur das Rennen … es war im Großen und Ganzen ihre tägliche Unterhaltung. Obwohl er ein Held war, hatte Michael drei Jahre, nachdem er aus dem Krieg zurückgekommen war, immer noch keinen Job. Er trank und spielte und geriet in ernsthafte Schwierigkeiten mit Frauen. Geflüsterte Telefonate und nächtliche Besuche von Vätern oder Ehemännern, knallende Türen. Aber die Frauen waren nur noch faszinierter von ihm, und die Leute bestanden sogar darauf, ihm Geld zu leihen.

Das Stadion war überfüllt und festlich geschmückt. Die Rennfahrer und Boxenmannschaften sahen prächtig aus, schneidige Italiener, Deutsche, Australier. Die wichtigsten Herausforderer waren das britische Team und die Argentinier. Die Engländer fuhren BSAs und Nortons, die Argentinier Moto Guzzis. Keiner der Rennfahrer besaß Michaels Elan, seine Nonchalance oder seinen weißen Schal. Was ich sagen will, ist, dass auch mit dem Schock über seinen Tod, mit dem in Flammen stehenden Motorrad, mit Michaels Blut auf der Betonwand, seinem Körper, dem Gekreische und den Sirenen, alles von seiner Unbekümmertheit durchdrungen war. Dass es das letzte Rennen war und er es gewonnen hatte. Johnny und ich redeten nicht, weder über den Schreck noch über das Drama.

Das Esszimmer im Haus war überfüllt, ein einziges Summen. Mrs. Templeton hatte ihre Haare in Locken gelegt und sich das Gesicht gepudert. Sie sagte, es wäre ihr Tod, aber eigentlich war sie sehr lebendig, machte Tee und reichte Scones herum und ging ans Telefon. Mr. Templeton sagte immer wieder: »Ich habe ihm gesagt, er bricht sich noch den verdammten Hals! Ich hab's ihm gesagt!« Johnny erinnerte ihn daran, gesagt zu haben, dass er wünschte, Michael würde das tun.

Es war aufregend. Außer mir hatte jahrelang niemand die Templetons besucht, und jetzt war das Haus voll. Reporter vom *Mercurio* und der *Pacific Mail* waren da. Unser »Michael Album« lag aufgeschlagen auf dem Tisch. Überall im Haus sagten Leute Held und Prinz und tragischer Verlust. Gruppen schöner Mädchen standen treppauf und treppab. Eines der Mädchen weinte, während zwei oder drei andere sie tätschelten und ihr Taschentücher brachten.

Johnny und ich blieben bei unserer Haltung fröhlichen Spotts. Wir hatten noch nicht wirklich begriffen, dass Michael tot war, begriffen es nicht bis Samstagabend nach der Beerdigung. Zu dieser Zeit hatten wir gewöhnlich auf dem Badewannenrand gesessen, während er sich rasierte und »Saturday Night Is the Loneliest Night in the Week« summte. Er erzählte uns alles über seine »Vögelchen«, zählte ihre Eigenschaften und, notgedrungen, sehr witzig, auch ihre Mängel auf. Am Samstag, nachdem er gestorben war, saßen wir bloß in der Wanne. Wir weinten nicht, saßen nur da und redeten über ihn.

Aber es machte uns Spaß, der Aufregung vor der Beerdigung zuzusehen, den Rivalitäten unter den trauernden Freundinnen. Am erstaunlichsten war die Art und Weise, mit der die gesamte britische Kolonie von Santiago beschloss, dass Michael für den König gestorben war. Zum Ruhm des Imperiums, schrieb die *Pacific Mail*. Mrs. Templeton war unverzagt, ließ uns und die Dienstmädchen Läufer ausklopfen und Geländer streichen und noch mehr Scones backen. Mr. Templeton saß einfach vor seiner blauen Tasse und murmelte vor sich hin, dass Mike nie Anordnungen befolgen konnte, ein Draufgänger gewesen sei.

Ich durfte zur Beerdigung den Unterricht verlassen. Ich

wäre gar nicht erst zur Schule gegangen, aber in der zweiten Stunde wurde eine Chemiearbeit geschrieben. Danach legte ich meine Schürze ab und ging zu meinem Spind. Ich fühlte mich sehr feierlich und mutig.

Es gibt Dinge, über die die Leute einfach nicht reden. Ich meine nicht die schwierigen Sachen wie Liebe, sondern die peinlichen, wie zum Beispiel, dass Beerdigungen manchmal Spaß machen oder es aufregend ist, Gebäude abbrennen zu sehen. Michaels Beerdigung war herrlich.

Damals gab es noch von Pferden gezogene Leichenwagen. Gewaltige quietschende Wagen, die von vier oder sechs schwarzen Pferden gezogen wurden. Die Pferde trugen Scheuklappen und waren mit dicken schwarzen Netzen bedeckt und mit Troddeln, die durch den Staub der Straße schleiften. Die Kutscher trugen Rockschöße und Zylinder und hatten Peitschen dabei. Wegen Michaels Heldenstatus hatten viele Organisationen für die Beerdigung gespendet, weshalb es sechs Leichenwagen gab. Einen für seine Leiche, die anderen für Blumen. Trauergäste folgten den Leichenwagen in schwarzen Autos zum Friedhof.

Während des Gottesdienstes in der Anglikanischen (Hoch)Kirche Saint Andrew fielen viele der traurigen Mädchen in Ohnmacht oder mussten weggeführt werden, weil sie so überwältigt waren. Draußen auf dem Gehsteig standen die fröhlichen, hageren Kutscher mit ihren Zylindern und rauchten. Manche Leute verbinden den betörenden Geruch von Blumen immer mit Beerdigungen. Für mich muss er sich mit dem Duft nach Pferdemist vermischen. Draußen parkten auch über hundert Motorräder, die dem Trauerzug zum Friedhof folgen würden. Das Geknatter von Motoren, Gestotter, Rauch, Fehlzündungen. Die Fahrer in schwarzem Leder und mit schwarzen Helmen, die Farbe ihres Teams auf den Ärmeln. Es wäre geschmacklos von mir gewesen, den Mädchen in der Schule zu erzählen, wie viele unglaublich gutaussehende Männer bei der Beerdigung gewesen waren. Ich erzählte es trotzdem.

Ich fuhr im Auto der Templetons mit. Den ganzen Weg zum Friedhof über stritt Mr. Templeton sich mit Johnny über Michaels Helm. Johnny hielt ihn auf dem Schoß, wollte ihn zu Michael ins Grab legen. Mr. Templeton war der Meinung, dass Helme schwer zu bekommen und sehr teuer wären, womit er recht hatte. Man musste jemanden kennen, der sie aus England oder Amerika mitbrachte, und einen hohen Preis musste man dafür auch bezahlen. »Verkauf ihn an einen anderen Arsch für seine Rennen«, sagte er starrköpfig. Johnny und ich tauschten Blicke aus. War nicht offensichtlich, dass es ihm nur ums Geld ging?

Weitere Blicke und Grinsen zwischen uns auf dem Friedhof mit all den Grabsteinen und Gruften und Engeln. Wir beschlossen, uns im Meer bestatten zu lassen, und versprachen einander, dafür zu sorgen, gegenseitig.

Der Priester stand am Kopfende des Grabs, in weißer Spitze über dem violetten Talar, umgeben vom britischen Rennfahrerteam, die Helme unter die Arme geklemmt. Vornehm und feierlich wie Ritter. Als Michaels Leiche in die Erde hinabgelassen wurde, sagte der Priester: »Du tust mir kund den Weg zum Leben: Vor dir ist Freude die Fülle und Wonne zu deiner Rechten ewiglich.« Während er das sagte, warf Odette eine rote Rose ins Grab, und Conchi tat es ihr nach und dann Raquel. Frech pirschte sich Millie heran und warf ein ganzes Bukett hinein.

Es war nett, was der Priester am Grab sagte. Er sagte: »Du tust mir kund den Weg zum Leben: Vor dir ist Freude die Fülle und Wonne zu deiner Rechten ewiglich.« Johnny lächelte. Ich wusste, er dachte, dass es genau das war, was für Michael gesprochen werden sollte. Johnny sah sich um, um sicherzugehen, dass jetzt Schluss mit den Rosen war, trat an den Rand des Grabes und warf Michaels Helm hinein. Ian

Frazier, der näher als alle anderen am Grab stand, heulte vor Trauer auf und warf spontan seinen eigenen Helm auf den von Michael. Dann plopp plopp plopp, warfen alle Mitglieder des britischen Rennfahrerteams wie hypnotisiert einer nach dem anderen ihre Helme auf den Sarg. Die Helme füllten nicht einfach das Grab, sondern wurden zu einem Hügel aus schwarzen Kuppeln, sahen aus wie ein Haufen Oliven. Barmherziger Vater, sagte der Priester, während die beiden Totengräber Erde auf den Hügel schaufelten und ihn mit Blumenkränzen bedeckten. Die Trauernden sangen »God Save the King«. Auf den Gesichtern der Rennfahrer lag ein Ausdruck von Leid und Verlust. In Reih und Glied gingen alle traurig davon, und dann war das Knattern und Aufheulen der Motorräder zu hören und der Widerhall klappernder Hufe, als die Leichenwagen davonsprengten, gefährlich schlingernd, Peitschen knallend, die Rockschöße der schwarzen Kutschermäntel flatterten im Wind.

REISEPLAN

Gab es damals schon Düsenjets? DC-6 von Santiago nach Lima. Von Lima nach Panama. Ein langer Nachtflug von Panama nach Miami, ein glitzernder Ozean. Zuvor hatten wir die Reise immer mit dem Schiff gemacht, von Valparaíso nach New York. Die Überfahrt dauerte länger als einen Monat. Daran war nicht nur die Schönheit schuld, sondern das Durchqueren der Ozeane und Kontinente und Jahreszeiten … ein Erfassen des Unermesslichen.

Diese Reise war meine erste Flugreise, meine erste überhaupt, die ich allein machte. Ich verließ Chile, um in New Mexico aufs College zu gehen. Dieses Alleinreisen war es, das so glamourös war. Dunkle Brille und Stöckelschuhe. Schweinslederne Koffer von Bariloche, ein Geschenk zum Schulabschluss. Alle waren am Flughafen. Na ja, mein Vater nicht, er konnte sich nicht freinehmen, aber sogar meine Mutter und alle meine Freunde. Alle redeten und lachten außer Conchi und Quena und mir, die weinten. Wir hatten Zeitkapseln gebastelt. Briefe, die in dreißig Jahren geöffnet werden sollten, mit Freundschaftsbekenntnissen und Vorhersagen für die Zukunft. Sie stellten sich als ziemlich zutreffend heraus. Beide heirateten die, von denen sie dachten, dass sie sie heiraten würden, und gaben ihren vier oder fünf Kindern die Namen, die sie angekündigt hatten, ihnen zu geben. Boris María, Xavier Antonio. Aber sowohl Quena als auch Conchi starben während der Revolution, Jahre, bevor es an der Zeit war, die Briefe zu öffnen. Die Vorhersagen, die mich betrafen, waren alle falsch. Auch ich heiratete und bekam Kinder, obwohl ich Single hätte sein sollen, eine Journalistin, die in einer Wohnung ohne Fahrstuhl in Manhattan wohnt. Jetzt lebe ich allein in einer Wohnung ohne Fahrstuhl.

Es war aufregend, an Bord des Flugzeugs zu gehen, alle winkten von der Besucherterrasse. Wir schnallten uns an und hörten dem Steward zu. Das Flugzeug rollte über die Startbahn und blieb dann stehen, sehr lange. Heiß. Es ist Sommer im Dezember in Chile. Es gab ein paar Probleme; das Flugzeug kehrte für eine Stunde Wartezeit zum Flughafen zurück.

Alle waren gegangen; das Foyer war leer. Ein alter Mann schob mit einem Stock einen Lappen vor sich her, wischte. Ich konnte meine Mutter mit einigen Amerikanern aus dem Flugzeug in der Bar sehen. Ich ging zur Tür, und sie bemerkte mich, sah überrascht aus und sah dann weg, als wäre ich nicht da. So ist sie; sieht nicht, was sie nicht sehen will, sieht aber in Wahrheit alles, was vor sich geht, mehr als die meisten Menschen. Einmal vertraute sie mir etwas »regelrecht Mieses und Gemeines« an, das sie getan hatte. In der Sunshine Mine in Idaho, als ich klein war. Sie hasste die Sunshine Mine, jede einzelne der vielen Dutzend Minenstädte, in denen wir lebten, hasste die »gewöhnlichen« Frauen und ihre geschmacklosen Häuser. Auch wir wohnten in Hütten aus Teerpappe mit Holzöfen, aber das merkte sie nicht. Sie trug einen Wollmantel mit Pelzkragen, glasäugige Füchse. Hüte mit blauen Federn. Keine der Frauen konnte gut Bridge spielen. Aber an jenem Tag spielten sie Bridge, und im Zimmer war es heiß. Es gab albernen Halloweenschmuck. Orangefarbenes und schwarzes Krepppapier, Kürbislaternen. Die Frauen redeten vom Kochen und über Rezepte. »Das Letzte, was ich je hören wollte.« Meine Mutter blickte von ihren Karten auf und sah, dass eine Laterne einen Vorhang in Brand gesetzt hatte. Flammen loderten auf. Sie sah einfach wieder nach unten in ihre Karten und sagte: »Ich biete vier Ohne-Trumpf.« Schließlich geriet das Feuer ganz außer Kontrolle, und die Frauen flohen und standen draußen im Regen, bis die Feuerwehr von der Mine kam. »Ich kann dir nicht sagen, wie entsetzlich gelangweilt ich war.«

Über Santiago abzuheben, war großartig. An den Spitzen der Tragflächen war die Bergkette, man konnte das Glitzern des Schnees sehen. Blauer Himmel. Wir drehten zurück über Santiago in Richtung Pazifik. Ich sah das Santiago College und den Rosengarten. Santa Lucía Hill. Es war mir nie in den Sinn gekommen, zurück nach Hause zu wollen.

Ingeborg, die Sekretärin meines Vaters in Lima, sollte mich vom Flughafen abholen. Ich wünschte, er hätte das nicht ausgemacht. Er machte immer Pläne, Listen. Zielsetzungen und Prioritäten. Zeitpläne und Reisepläne. In meiner Handtasche steckte eine Liste mit all den Leuten, die mich treffen sollten, ihre Nummern für den Fall, dass ich verloren ging, Telefonnummern der Botschaften usw. Mir graute vor der Sekretärin, davor, drei Stunden mit ihr zu verbringen. Seine Sekretärin in Santiago trug ein Haarnetz, hatte eine blinde Mutter und einen zurückgebliebenen Sohn, zu dem sie jeden Abend nach Hause ging, sie nahm zwei Busse, in denen sie wahrscheinlich stehen musste, nachdem sie um halb sieben von der Arbeit kam. Aber als Ingeborg nicht am Flughafen war, bekam ich Angst, war überhaupt keine glamouröse Reisende mehr. Ich rief die Nummer auf meiner Liste an, und eine Frau mit einem europäisch-spanischen Akzent sagte, ich solle ein Taxi in die Cairo 22 nehmen. Ciao.

In Lima waren die Slums so übelriechend und trostlos wie in Santiago. Meilenweit Hütten aus Pappe und Blech, die Dächer mit gepressten Blechbüchsen gedeckt. Aber in Chile gibt es die Anden und den blauen Himmel, und man schaut ganz selbstverständlich nach oben, über den Gestank und das Elend hinweg. In Peru hingen die Wolken tief, düster und nass. Niesel vermischt sich mit schwachen Feuern. Eine lange, trostlose Fahrt in die Stadt.

Eine Sache, die mir an den USA immer noch gefällt, sind die Fenster. Dass die Menschen die Gardinen an den Fenstern offen lassen. Durch die Viertel spazieren. Drinnen essen die Menschen, sehen fern. Eine Katze auf der Rückenlehne eines Stuhls. In Südamerika gibt es hohe Mauern mit Glasscherben darauf. Zerfallende alte Mauern mit kleinen abgenutzten Türen. An der Tür zur Cairo 22 hing ein ausgefranster und verknoteter Klingelzug. Eine alte Ketschua-Hexe öffnete. Ihre Beine waren mit uringetränkten Lappen gegen Frostbeulen verbunden. Sie trat zurück, um mich einzulassen, in einen Patio aus Ziegelsteinen mit einem gekachelten Springbrunnen. Käfige mit Finken und Kanarienvögeln. Rosen. Reihen mit Aschenkraut, Anemonen, Elfenspiegeln. Als schiene die Sonne. Bougainvilleen wallten von jeder Mauer herab und wuchsen die steinerne Treppe zum *sala* empor. Blasse Holzböden mit prächtigen peruanischen Läufern. *Huacos* aus der Zeit vor den Inkas, Masken. Unmengen Tuberosen und Schüsseln mit Gardenien, betäubend, süßlich. War mein Vater je hier gewesen? Er hasste Gerüche.

Die »Doña« war unter der Dusche. Das Dienstmädchen brachte mir eine *aguita* in einer Mokkatasse. Höflich blieb ich sitzen, aber es schien, als würde diese Ingeborg nie kommen, also stand ich auf und schaute mich um. Eine blaue chinesische Vase, ein Cembalo. Ein antiker Holzschreibtisch. Darauf stand das Foto eines alten, schwarzgekleideten Ehepaars, beide mit schwarzen Gehstöcken. Schnee vor kahlen Bäumen. Ein verblasster, gerahmter Schnappschuss von einem blonden Kind mit einem Barsoi. Es gab ein großes Farbfoto meines Vaters in einem silbernen Rahmen. In seinem Oaxaca-Poncho, ein großer Hut. Er trug ein offenes Hemd, ein rosafarbenes Hemd, das ich nie zuvor gesehen hatte. Er lächelte. Lachte. Hinter ihm waren Ruinen zu sehen, die Anden, klarblauer Himmel. Ich setzte mich wieder in den Sessel. Der kleine Mokkalöffel klapperte.

Ingeborg kam in einem weißen Morgenmantel herein, lose, der ihre langen gebräunten Beine zeigte. Ihr blondes Haar hing als Zopf an ihrem Rücken herab. Ein Hauch von etwas, das mir heute als L'Interdit bekannt ist. Sie war reizend.

»Gott, bin ich froh, dass dein Flugzeug Verspätung hatte, ich hätte es nie geschafft. Ich nehme an, das habe ich trotzdem nicht, nicht wahr? Aber ich werde dir ein schönes Mittagessen servieren und ein Taxi für die Rückfahrt bezahlen. Du siehst überhaupt nicht aus wie er. Ähnelst du deiner Mutter?«

»Ja.«

»Sie ist hübsch? Sie ist krank?«

»Ja.«

»Hast du Hunger? Das Mittagessen wird es immerhin pünktlich geben. Verzeih, dass ich dich nicht zum Flughafen fahre. Aber Eduardo wollte vor allem (Eduardo? Mein Vater, Ed?), dass ich dir etwas zu essen gebe und aufpasse, dass du dich nicht einsam fühlst. Aber ich glaube nicht, du bist nicht der Typ, der einsam ist. Das ist ein wunderbarer Anzug. Nach allem, was er von dir erzählt hat, habe ich ein kleines Mädchen erwartet, ein Mädchen, das malen oder meine Vögel hänseln will.«

Ich lachte. »Ich habe eine alte Frau erwartet. Mit Katzen und *National Geographics*. Sind Sie Schwedin?«

»Deutsche. Du weißt nichts von mir? Aber das ist typisch für ihn. Ich hasse Katzen. Ich glaube, es gibt hier irgendwo eine *National Geographic*. Man braucht nur eine, sie sind alle genau gleich.«

»Wann wurde das Foto gemacht? Das auf dem Schreibtisch?« Meine Stimme klang streng, voreingenommen, genau wie seine.

Sie blinzelte, als sie es ansah. »Ach, vor Jahren, in Machu Picchu. Traumhafter Tag. Sieht er nicht … glücklich aus?«

»Ja.«

Das Mittagessen gab es auf einer Terrasse oberhalb des Gartens. Ceviche. Sauerampfersuppe, eine violette Klematis in der Mitte. Empanadas und Chayote. Sie aß nur die Suppe, trank Gin Tonic, während ich aß, stellte mir Fragen. Hast du einen *novio*? Was macht Eduardo an Samstagen? Sind das italienische Schuhe? Das ist das Schlimmste an Lima … keine anständigen Schuhe und keine Sonne. Was wirst du studieren? Worüber reden deine Eltern miteinander? Kaffee?

Sie läutete nach dem Dienstmädchen, um ein Taxi zu rufen. Das Telefon klingelte. Sie sagte *¿Bueno?* und legte ihre Hand über das Mundstück.

»Falls du *maquillarte* auftragen willst, das Bad ist am Ende des Flurs.«

»Sorry, Liebling«, sagte sie ins Telefon. Die Türglocke schellte, das Taxi war da. Sie bedeckte das Telefon wieder mit der Hand und sagte zu mir: »Sorry, Liebes, aber ich muss mit diesem Menschen hier reden. Komm, gib mir einen Kuss. Viel Glück! Ciao!«

Auf dem Flug von Lima nach Panama saß ich neben einem jesuitischen Priester. Eine Wahl, die ich oft treffe. Eine, die sicher und vernünftig erscheint. Er hatte einen Nervenzusammenbruch, nachdem er drei Jahre lang in der Wildnis gearbeitet hatte. Der Steward holte mich schließlich nach hinten und ließ mich in seiner kleinen Küche sitzen.

Mrs. Kirby holte mich in Panama ab. Ihr Ehemann war der Vizepräsident von Moore Shipping, deren Schiffe Kupfer, Zinn und Silber für die Firma meines Vaters transportierten.

Ich sah ihr an, dass sie keine Lust dazu hatte. Ich auch nicht. Wir schüttelten einander die behandschuhten Hände. Es war heiß. Wir fuhren: in einem Rolls Royce, in der Kanalzone, auf einem verblassten Foto. Alles war schmutzig weiß, die Häuser, die Kleidung, die Leute. Die Rasenflächen waren gepflegt, hellbraunes Gras. Lange Schatten. Hier und da eine Palme. Heiß. Ich fragte sie, ob Sommer oder Winter sei. Sie betätigte die Sprechanlage und fragte ihren Chauffeur. Er sagte, er glaube, es sei Frühling.

»Also, was würdest du gern sehen?«, fragte sie mich. Ich sagte, ich hätte Lust, Panama City zu sehen. Minuten später hatte das geräuschlose Auto eine magische unsichtbare Grenze passiert, und wir waren in Panama. Es war, als wäre der Ton eingeschaltet worden. *¡Mambo! ¡Que rico el mambo!* Autoradios schmetterten, aus jedem Geschäft kam Musik. Straßenhändler verkauften Lebensmittel, Papageien, Spielzeug, leuchtende Stoffe. Schwarze Frauen in Blumenkleidern lachten. Überall Blumen. Bettler, Kinder, Hunde, Krüppel, Fahrräder. »Das war eine adäquate Runde«, sagte sie in die Sprechanlage, und zügig glitten wir zurück in die blasse Stille des amerikanischen Sektors.

Mrs. Kirby, eine Dame namens Miss Tuttle und ich spielten den ganzen Tag Canasta. Vielleicht nur den ganzen Nachmittag, bis es Tee gab, endlich. Sie redeten kaum mit mir. Erkundigten sich nach der Gesundheit meiner armen Mutter. Hatte mein Vater auf seinen Reisen allen Leuten erzählt, wie krank meine Mutter war? War sie krank? Vielleicht hatte er ihr gesagt, sie wäre krank, also war sie es. Mr. Kirby traf ein, in Bermuda-Shorts und einem feuchten Guayabera-Hemd. Er hatte Golf gespielt.

»Du bist also Eds Tochter. Sein Liebling vermutlich.« Ein schwarzer Diener brachte Mint Juleps. Wir waren jetzt auf einer Veranda, die zum Ekrü-Gras hinausging, hängende Paradiesvögel.

»Ed denkt also, dass sie das Verschiffen von Erz auf chilenischen Tankern besänftigen wird, was? Ist das sein Spielchen?«

»John!« Mrs. Kirby flüsterte. Ich sah, dass er betrunken war.

»Wenn die Roten die Minen verstaatlichen, können wir die Kontrolle nur behalten, wenn wir den Transport boykottieren. Er spielt ihnen direkt in die Hände. Sägt den Ast ab, auf dem er sitzt, mit Sicherheit. Sturer Kopf, dein Vater.«

»John!«, flüsterte sie erneut. »Gnade. Wie liegen wir in der Zeit?«

Ich bestand darauf, dass sie nicht wieder mit zum Flughafen kamen, dass ich für eine Aufnahmeprüfung lernen müsste. Stellte sich dann heraus, dass es wirklich so eine Prüfung gab und ich dafür hätte lernen sollen.

Das beste am Zwischenstopp in Panama war das Gespräch mit dem Chauffeur über die Sprechanlage. Der Flughafen war ein niedriges, baufälliges Gebäude, von Bananenbäumen, duftenden Lianen und Hibiskus verborgen. Ein anderer alter Mann wischte den Boden mit Lappen und Stock. Es wurde Abend. Die blauen Lichter der Rollbahn. Schwarzer Dschungel, der vor Insekten und Vögeln summte. Was hatte Mr. Kirby mit den chilenischen Tankern sagen wollen? War mein Vater ein Sturkopf?

In Miami war Morgen und Winter. Auf dem Flughafen trugen die Frauen Pelzmäntel, und ihre Hunde trugen Pelzmäntel. Ich fürchtete mich vor so vielen Hunden. Kleine Hunde, deren Fell pfirsichfarben gefärbt war, um zu den Haaren der Frauen zu passen. Bemalte Zehennägel. Karierte Babyschuhe. Strass- oder vielleicht diamantenbesetzte Halsbänder. Der ganze Flughafen war ein einziges Gekläffe. Keine Handtücher auf der Toilette, sondern eine Maschine, an der man einen Knopf für heiße Luft drückte. Ich wartete am Schalter von Panagra auf meine Tante Martha. Auch vor ihr graute mir, ich hatte sie seit meinem fünften Lebensjahr nicht mehr gesehen. Meine Mutter behauptete, sie wäre ein Proll. Meine Eltern stritten sich wegen des Geldes, das mein Vater ihr und Großmama Proctor, meiner Urgroßmutter, schickte, die neunundneunzig war. Sie und Tante Martha wohnten in einem Reihenhaus in Miami.

Ich erschrak, als ich sie sah, mit all der Versnobtheit eines eingebildeten Teenagers. Sie war auf groteske Weise fett, hatte einen Kropf, einen gewaltigen Kropf an ihrem Hals, beinahe wie ein zweiter siamesischer Kopf. Die Ärzte müssen mittlerweile ein Heilmittel gegen Kröpfe gefunden haben. Als ich klein war, gab es hunderte Menschen, die mit einem Kropf herumliefen. Tanta Martha hatte eine blaue Dauerwelle und große runde Rougeflecken auf den Wangen. Sie trug ein rotes geblümtes Mu'umu'u, und sie quetschte mich an sich, wiegte mich, drückte mich. Ich war in die riesigen Adventssterne auf ihren Brüsten gehüllt. Gegen meinen Willen klammerte ich mich an sie, versank in ihr und ihrem Geruch nach Jergens Lotion, Babypuder von Johnson. Ich unterdrückte ein Schluchzen.

»Du süßer Schatz! Ich freue mich so, dich zu sehen! Armes Ding, du musst fix und fertig sein. Ans College zu gehen ... deine Leute müssen platzen vor Stolz!« Sie griff mit Schwung nach meiner Tasche. »Nein, nein, du lässt mich jetzt mal einen Moment für dich sorgen. Dachte, wir könnten ein bisschen was zu Mittag essen. Grandma und ich kommen oft hierher, Flugzeuge gucken. Gibt außerdem gute warme Truthahnsandwiches.«

Wir setzten uns in eine Nische neben die getönte Fensterscheibe mit der Aussicht auf das Rollfeld. Lagen vielmehr, da sie sich mehr oder weniger hinfläzte, und ich lag an sie geschmiegt da, wie auf einer Chaiselongue. Wir aßen warme Truthahnsandwiches und dann Kirschkuchen mit

Eiscreme. Ich war schläfrig, lehnte an ihr und lauschte, als wären es Gutenachtgeschichten, während sie mir erzählte, wie ihre Großmutter Tuberkulose bekommen hatte und sie von Maine nach Texas gezogen waren. Dann waren sowohl meine Großmutter als auch mein Großvater gestorben, und Grandma Proctor war gekommen, um sich um Martha und Eddie, meinen Vater, zu kümmern.

»Also musste der arme Eddie mit zwölf losziehen und arbeiten gehen ... Baumwolle und Zuckermelone pflücken. Er war immer so müde, dass er spät abends beim Abendbrot einschlief, konnte morgens kaum zur Schule gehen. Aber seitdem hat er immer für uns gearbeitet und gesorgt. Er arbeitete dann in den Minen, der Madrid und in Silver City, ging an die Texas School of Mines. Dort lernte er deine Mutter kennen.«

Wie kam es, dass ich nichts von all dem gewusst hatte?

»Er kaufte uns unsere Wohnung in Miami. Klar, war es schwer für uns, Marfa zu verlassen, unsere Freunde und alles, aber er sagte, es wäre am besten so. Meine Güte, ich rede und rede. Wir sollten besser zum Flugsteig gehen.«

Sie gab mir einen Korb, auf den MIAMI BEACH gestickt war. Er enthielt ein kleines Tagebuch aus Satin mit Schloss und Schlüssel. Brownies, eingewickelt in Wachspapier. Wieder umarmte sie mich.

»Und iss was. Iss immer Frühstück und schlafe genug.«

Ich klammerte mich an sie, wollte mich nicht von ihr trennen.

Ein langer Flug von Miami nach Albuquerque. Mittlerweile waren mir Sauerstoffmasken und Schwimmwesten gleichgültig. In Houston stieg ich nicht aus. Ich versuchte, nachzudenken. Worüber hatten meine Eltern geredet? Mein Vater und Ingeborg. Es fällt jedem schwer, sich vorzustellen, wie die eigenen Eltern miteinander schlafen. Daran lag es nicht. Ich konnte mir nicht vorstellen, dass er ein rosafarbenes Hemd trug. Auf diese Weise lachte.

Die Sonne ging unter, als wir über Albuquerque kreisten. Die Sandias und die meilenweite steinige Wüste waren in tiefdunkles Korallenrosa getaucht. Ich fühlte mich alt. Nicht erwachsen, aber so, wie ich mich jetzt alt fühle. Dass es so viel gab, was ich nicht sah oder verstand, und jetzt ist es zu spät. Die Luft in New Mexico war klar und kalt. Niemand holte mich ab.

LEAD STREET,
ALBUQUERQUE

ch hab's kapiert ... von der einen Seite betrachtet, sind es
zwei Leute, die sich küssen, von der anderen Seite ist es
eine Urne.«

Rex grinste zu Bernie herab, meinem Mann. Bernie stand
bloß da und grinste auch. Sie schauten sich eine große,
schwarz-weiße Acrylplastik an, an der Bernie für seine
Abschlussprüfung monatelang gearbeitet hatte. An diesem
Abend veranstalteten wir in unserer Wohnung in der Lead
Street eine Vernissage und eine Party.

Es gab ein Fass Bier, und alle waren ziemlich high. Ich
wollte Rex etwas über Crack erzählen. Er war so verdammt
arrogant und gemein. Und ich hätte Bernie umbringen können dafür, dass er bloß schmunzelte. Aber ich stand einfach
nur da und ließ Rex meinen Hintern streicheln, während er
meinen Ehemann demütigte.

Ich füllte Zwiebelsoße, Chips und Guacamole nach und
ging hinaus auf die Treppe. Außer mir war niemand draußen, und ich war zu deprimiert, um jemandem von ihnen zu
sagen, dass sie herauskommen und sich den unglaublichen
Sonnenuntergang anschauen sollten.

Gibt es ein Wort für das Gegenteil von Déjà-vu? Oder ein
Wort, das beschreibt, wie ich meine gesamte Zukunft vor
meinen Augen aufblitzen sah? Ich sah mich bei der Albuquerque National Bank bleiben und dass Bernie seinen
Doktor machen und weiterhin schlechte Gemälde malen

und schlammige Keramik herstellen und eine Festanstellung an der Universität bekommen würde. Wir hätten zwei Töchter, die eine würde Zahnärztin werden und die andere kokainsüchtig. Na ja, natürlich wusste ich das alles nicht, aber ich sah, dass es schwierig werden würde. Und ich wusste, dass Bernie mich wahrscheinlich viele Jahre später für eine seiner Studentinnen verlassen würde und ich verzweifelt wäre, aber dann zurück an die Uni gehen und mit fünfzig endlich das machen würde, was ich machen wollte, aber ich wäre müde.

Ich ging wieder hinein. Marjorie winkte mir zu. Sie und Ralph wohnten in der oberen Etage. Er war auch Kunststudent. Unsere Wohnung in der Lead Street befand sich in einem sehr alten Ziegelsteinbau mit hohen Decken und Fenstern, Holzböden und Kaminen. Nur wenige Seitenstraßen vom Kunstinstitut entfernt, auf einem großen Gelände mit wilden Sonnenblumen und lilafarbenem Unkraut. Ralph und Bernie sind noch immer gute Freunde. Marjorie und ich verstanden uns gut. Sie war freundlich, einfach. Sie arbeitete als Einpackerin im Piggly-Wiggly-Laden, kochte Sachen wie Weiße-Bohnen-Suppe mit Wiener Würstchen. Kam eines Morgens verzückt herüber, weil sie herausgefunden hatte, dass sie einfach im Bett liegenbleiben und alle Decken und Laken straffziehen konnte und dann nur vorsichtig hinausgleiten und alles ringsum feststecken musste. Das sparte richtig Zeit! Sie hob das Butterpapier auf, um damit Kuchenformen einzufetten. Warum bin ich so kleinlich? Ich mochte sie.

»Stell dir vor, Shirley! *Rex* zieht in die leerstehende Wohnung! Und er wird heiraten!«

»Verdammt. Tja, das wird die Dinge hier aufpeppen.«

Das waren aufregende Neuigkeiten. Er war ein aufregender Mann. Jung, gerade zweiundzwanzig, aber sein Talent und sein Geschick waren sogar damals schon unglaublich.

Alle akzeptierten wir die Tatsache, dass es seine Bestimmung war, berühmt zu werden. Mittlerweile ist er ziemlich berühmt, hier und in Europa. Er arbeitet mit Bronze und Marmor, schlichte, klassische Skulpturen, ganz und gar nicht das wilde Zeug, das er in Albuquerque schuf. Seine Bildhauerei ist pur, er konzipiert sie mit Respekt und Sorgfalt. Es verschlägt einem den Atem.

Er war nicht attraktiv. Groß. Rothaarig mit so was wie Hasenzähnen und einem schwachen Kinn, hervorstehenden Augenbrauen über stechenden Knopfaugen. Dicke Brille, Wampe, schöne Hände. Ich kenne keinen Mann, der so sexy war wie er. Frauen verliebten sich innerhalb von Sekunden in ihn; er hatte mit dem gesamten Kunstinstitut geschlafen. Da war Kraft, Energie und Vision. Keine nach vorn gerichtete Vision, obwohl er die auch besaß. Er sah alles. Details, Licht auf einer Flasche. Er liebte es, Dinge zu sehen, zu schauen. Und er brachte einen zum Sehen, brachte einen dazu, sich ein Gemälde anzuschauen, ein Buch zu lesen. Brachte einen dazu, die Aubergine anzufassen, sonnenwarm. Gut, natürlich war auch ich schwer in ihn verliebt, wer nicht?

»Und, wer ist sie? Wer könnte es sein?« Ich saß neben Marjorie auf unserem durchsinkenden Sofabett.

»Sie ist siebzehn. Amerikanerin, aber in Südamerika aufgewachsen, benimmt sich wie eine Ausländerin, ist schüchtern. Englisch im Hauptfach. Sie heißt Maria. Das ist ersmal alles, was man so weiß.«

Die Männer unterhielten sich über den Koreakrieg, wie immer. Alle hatten Angst, eingezogen zu werden, seit das Studium kein Zurückstellungsgrund mehr war. Rex redete.

»Man muss ein Kind bekommen. Das kam letzte Woche raus. Väter sind jetzt vom Dienst ausgenommen. Aus welchem anderen Grund sollte ich verdammt noch mal heiraten?«

So fing es an. Ich meine, ich glaube nicht, dass wir an

diesem Abend alle einfach ins Bett gingen und schwanger wurden. Aber vielleicht doch, denn genau neuneinhalb Monate später brachten Maria, Marjorie und ich jede ein Kind zur Welt, und unsere Männer wurden nicht eingezogen. Nicht am selben Tag. Maria bekam Ben, eine Woche später bekam ich Andrea, und eine Woche darauf bekam Marjorie Steven.

Rex und Maria wurden von einem Friedensrichter getraut, und dann zogen sie ein. Aber nicht wie andere Leute. Also, man macht die Wohnung sauber, leiht sich einen Kleintransporter, baut Bücherregale auf, trinkt Bier, packt aus und bricht zusammen. Sie malerten wochenlang. Alles war weiß und beige und schwarz, nur die Küche war in einem dunklen Ocker gestrichen. Rex baute die meisten Möbel selbst. Sie waren nüchtern und modern, seine riesigen schwarzen Skulpturen aus Metall und buntem Glas, die Schwarz-Weiß-Drucke unterstrichen das noch. Ein schöner Acomatopf. Die einzige andere Farbe war das Rubinrot an den Kehlen der Javafinken in einem hängenden, weißen Vogelkäfig. Es war beeindruckend, direkt aus der *Architectural Digest*.

Sogar sie gestaltete er um. Wir waren mit etwas zum Essen zu ihnen rübergegangen, während sie gerade auspackten. Sie sah bezaubernd und jung aus. Hübsch mit braunen lockigen Haaren und blauen Augen, trug Jeans und ein rosafarbenes T-Shirt. Aber nachdem sie eingezogen waren, wurde ihr Haar schwarz gefärbt und sogar glattgebügelt. Sie trug schwarzes Make-up und nur schwarze und weiße Kleidung. Keinen Lippenstift. Wilden, schweren Schmuck, den er angefertigt hatte. Sie hörte auf zu rauchen.

Sie redete mehr, wenn er nicht da war, war auf eine Lucille-Ball-Art witzig. Sie machte sich über die Runderneuerung lustig, erzählte uns, dass er, als er sie zum ersten Mal nackt sah, gesagt hatte: »Du bist asymmetrisch!« Er wies sie an, auf dem Bauch zu schlafen, die Nase ins

Kissen gedrückt, ihre Stupsnase war eine kleine Unvoll-kommenheit. Immerzu arrangierte er sie, die Art, wie sie saß, stand. Er bewegte ihre Arme, als wären sie Lehm, kippte ihren Kopf. Er fotografierte sie ohne Ende. Als die Schwangerschaft sichtbarer wurde, fertigte er eine Holz-kohlezeichnung nach der anderen an. Eine der schönsten Sachen, die er je angefertigt hat, ist die Bronzestatue einer schwangeren Frau. Sie steht auf dem Gelände vor General Motors in Detroit.

Wir wussten allerdings nicht, was er für sie empfand. Ob er sie nur wegen des Kindes geheiratet hatte. Sie musste etwas Geld besitzen; am Tag nach der Hochzeit kaufte er ein sel-tenes Modell des MG-TD Roadsters. Ich würde es verstehen, wenn er sie einfach wegen ihres Aussehens geheiratet hätte. Er war nicht zärtlich. Er verspottete sie und kommandierte sie herum, aber vielleicht konnte er seine Gefühle einfach nur nicht zeigen.

Maria verehrte Rex. Sie gab ihm in allem nach, war in sei-ner Gegenwart fast sprachlos, obwohl sie mit uns scherzte und plauderte. Es war erschreckend oder bemitleidenswert, wie immer man es betrachten will. Jeden Abend ging sie mit ihm ins Atelier. »Ich darf nichts sagen, aber er lässt mich zuschauen. Es ist so großartig, ihm bei der Arbeit zuzu-schauen!«

Kleine Dinge. An einem Wintermorgen ging ich hinüber, um mir etwas Kaffee auszuborgen, und da bügelte sie doch tatsächlich seine Unterhosen, damit sie warm waren, wenn er aus der Dusche kam.

Es lag nicht nur daran, dass sie jung war. Sie war ihr ganzes Leben umhergezogen. Ihr Vater war Bergbauingenieur; ihre Mutter war krank gewesen oder verrückt. Sie redete nicht über sie, sagte nur, dass sie enterbt worden sei, als sie hei-ratete, dass sie nicht auf ihre Briefe antworteten. Man hatte das Gefühl, dass niemand ihr je gesagt oder gezeigt hatte, wie man erwachsen wird, was es heißt, zu einer Familie zu gehören, eine Ehefrau zu sein. Dass sie so still war, hatte damit zu tun, dass sie beobachtete, sehen wollte, wie man das alles machte.

Unglücklicherweise sah sie Marjorie beim Kochen zu. Ich war dabei, als Rex eines Abends nach Hause kam. Stolz präsentierte sie ihm eine Pfanne mit Hamburger und Frito-Chips. Er kippte sie ihr in den Schoß. Heiß. »Geht es noch billiger?« Aber sie lernte. Als Nächstes sah ich sie nach Alice B. Toklas Shrimps in Aurorasoße zubereiten.

Sie wechselte jeden Tag den Boden im Vogelkäfig aus. Der *New Yorker* passte genau. Stundenlang überlegte sie, welches Bild sie nehmen sollte. Nein, Rex hasste diese Steuben-Glass-Werbung! Sie hasste die Vögel und bat mich, ihre Krallen zu schneiden oder ihre Näpfe zum Saubermachen herauszunehmen.

Maria hatte fürchterliche Angst davor, ein Kind zu bekommen. Nicht vor dem Körperlichen. Aber was macht man mit ihm?

»Was werde ich ihm beibringen? Wie werde ich es vor Unheil bewahren?«, fragte sie.

Es waren glückliche Monate, als wir drei schwanger waren. Wir lernten stricken. Marjorie strickte alles in Pink, was zu schade war, denn wer kam, war Steven. Ich strickte alles in Gelb. Ich bin praktisch. Natürlich fertigte Maria unter Rex' Anweisung Kleidung und Decken in Rot und Schwarz und Umbra an. Ein khakifarbener Babypullover! Wir verbrachten Stunden bei Sears und Penney's, kauften Babydecken, Nachthemden und Hemdblusen. Wir packten alles sorgfältig in Plastik ein und gingen dann nacheinander zu jeder von uns nach Hause und nahmen jedes einzelne Teil heraus. Wir tranken Eistee und aßen Weizencracker und Traubengelee, während wir einander aus Dr. Spock vorlasen. Maria musste die Stelle über das Ausspülen der Windel in der Toilette immer ein zweites Mal lesen. Sie mochte es, wie er einen daran erinnerte, die Windel herauszunehmen, ehe man die Spülung betätigte.

Ausschlag. Wir hatten alle Angst vor Ausschlag. Er musste nichts bedeuten. Nur Hitze. Oder es konnten die Masern sein, Windpocken oder spinale Meningitis. Amerikanisches Rocky-Mountains-Fleckfieber.

Als die Babys sich anfingen zu regen, saßen wir eng beieinander auf der Couch und spürten gegenseitig, wie unsere Babys sich bewegten und traten. Wir weinten und umarmten einander voller Freude.

Die Kinder kamen im September zur Welt. Maria setzte sich in den Kopf, dass sie Blumen brauchten, die dann für sie alle blühten, also fanden wir uns, dick, wie wir waren, in der brennenden Sonne New Mexicos wieder, hackten und pflanzten Zinnien und Stockrosen und riesige Sonnenblumen. Maria forderte sogar zweihundert Pappelbäume beim Landwirtschaftsministerium an. Sie bestand darauf, sie alle selbst einzupflanzen. Sie waren nur fünf Zentimeter hoch, aber sie pflanzte sie mit einem Meter Abstand voneinander ein, wie vorgeschrieben. Um das ganze Haus, fast um den gesamten Straßenzug! Sie musste einen längeren Schlauch kaufen, den sie im Bus von Sears nach Hause schleppte. Aber die Pappeln wuchsen, waren mindestens zehn Zentimeter hoch, als die Babys kamen.

Ich bin längst wieder verheiratet. Mit Will, einem Banker, ein freundlicher, starker Mann. Ich habe einen Doktor in Geschichte und unterrichte an der UNM. Der Bürgerkrieg. Manchmal, wenn ich nach Hause komme, mache ich einen Umweg, um durch die Lead Street und an der alten Wohnung vorbeizufahren. Das Viertel ist jetzt ein Slum, das Gebäude eine Ruine, von Graffiti übersät, die Fenster vernagelt. Aber die Pappeln! Höher als das hohe Haus überschatten sie den ganzen staubigen, desolaten Straßenzug. Gut, dass sie sie mit so großem Abstand gepflanzt hatte, sie sind eine dichte, üppige Mauer aus Grün.

Keiner unserer Ehemänner war während unserer Schwangerschaften häufig zugegen. Sie arbeiteten, unterrichteten oder besuchten selbst Seminare.

Rex hatte eine Affäre mit Bonnie, einem Model, aber ich glaube nicht, dass Maria davon etwas wusste. Einer anderen Freundin hätte ich es gesagt, ihr einen Rat gegeben, mich verdammt noch mal eingemischt, aber Maria wollte man einfach nur behüten, beschützen. Nicht, dass sie dumm war. Sie bemerkte Dinge, aber sie zögerte immer wie eine Blinde am Straßenrand. Man musste aufpassen, dass man ihr nicht die Hand reichte. Oder man reichte ihr die Hand, wofür auch immer sie sie brauchte. Und sie lächelte, du meine Güte, danke.

Die Kinder kamen zur Welt. Rex war auf einer Ausstellung in Taos, als Ben geboren wurde, also brachten Bernie und ich Maria ins Krankenhaus. Es war Schwerstarbeit. Mit Marias Wirbelsäule stimmte etwas nicht, und das Steißbein musste gebrochen werden, bevor der Kopf herauskommen konnte. Aber er kam, die Haare so leuchtend rot wie die von Rex. Putzmunter und mit Gebrüll. Es schien wirklich, als wäre er mit der Leidenschaft und dem Elan seines Vaters auf die Welt gekommen.

Als ich am nächsten Tag ins Krankenhauszimmer kam, war ich überrascht, als ich sah, dass Maria aufgestanden war und am Fenster stand. Tränen strömten ihr übers Gesicht.

»Oh, bist du traurig, dass Rex nicht hier ist? Wir haben ihn endlich gefunden. Er wird jede Minute da sein!« (Wir hatten ihn schließlich im La Fonda in Santa Fe gefunden, mit Bonnie.)

»Nein, das ist es nicht. Ich bin glücklich. Ich bin so glücklich. Shirley, sieh dir all diese Menschen da unten an. Wie sie herumlaufen und im Auto sitzen und Blumen bringen.

Sie sind alle einmal empfangen worden. Zwei Menschen empfingen sie, und dann kam jeder von ihnen auf die Welt. Wurde geboren. Wieso redet niemand darüber? Über das Sterben oder das Geborenwerden?«

Rex schien eher an dem Baby interessiert als darüber erfreut zu sein. Die Fontanelle faszinierte ihn. Zuerst machte er eine Menge Fotos, dann hörte er wieder auf damit. »Es ist zu weich.« Rex war zunehmend genervt von dem Geschrei des Babys, verbrachte noch mehr Zeit im Atelier. Er arbeitete an einer Reihe von Flachreliefs. Große, mutige, altertümliche Stücke. Ich habe sie mehrere Male in einem Museum in Washington gesehen. Ich erinnere mich gern daran, wie wir ihm alle in dem glühend heißen Atelier bei der Arbeit zuschauten.

Er mochte die Gerüche des Babys nicht. Maria wusch die Kleidung jeden Tag mit der Hand, wechselte immer wieder Laken und Windeln. Sie wurde noch dünner, aber ihre Brüste waren voll, ihr Gesicht leuchtete. »Glüht!«, sagte Rex und fertigte Zeichnung um Zeichnung in warmen Pastelltönen an.

Unsere Andrea wurde geboren und dann Steven. Beides liebe heitere dicke Babys. Bernie und Ralph waren genauso begeistert wie Marjorie und ich, ließen sogar ihre Seminare ausfallen, um öfter zu Hause sein zu können. Maria und Ben kamen abends vorbei. Wir schauten zusammen Ernie Kovacs und Ed Sullivan, *Rauchende Colts*. Manchmal spielten wir Monopoly und Scrabble. Meistens spielten wir einfach ganz unbefangen mit den Babys, küssten sie, stillten sie, ließen sie Bäuerchen machen und wechselten Windeln. Ein Lächeln! Das sind nur Blähungen. Nein, es war eindeutig ein Lächeln.

Wir gewöhnten uns daran, nicht viel von Rex zu sehen. Er arbeitete sogar dann am Wochenende, wenn wir draußen bei den Zinnien und Pappeln grillten. Maria beschwerte sich nie, aber sie sah müde aus. Ben hatte eine Kolik, schlief nicht. Sie war immer besorgt. Wie kann ich ihn erfreuen? Ihn beruhigen? Wie soll ich da schlafen?

Rex erhielt ein Stipendium, um im Herbst in Cranbrook zu studieren. Eine gute Kunstschule in Michigan. Es ging schnell, er bekam die Zusage und fing an, sein Werkzeug zusammenzupacken. Am Abend vor seiner Abreise war er im Atelier. Ich ging zu Maria hinüber. Ben schlief. Maria war still, bat mich um eine Zigarette, aber ich sagte nein, Rex würde mich umbringen.

»Würdest du die Vögel nehmen?«, fragte sie.

»Klar. Ich finde sie großartig. Ich hole sie morgen.« Mehr sagten wir nicht, obwohl ich eine ganze Weile dort saß. Schrecklicher Moment, einer von jenen, in denen man weiß, man sollte sprechen oder zuhören, in denen die Stille Echos wirft.

Am nächsten Morgen um sechs packte Rex Auto und Anhänger, dann fuhr er davon. Minuten später tauchte Maria mit dem Vogelkäfig und einer Tüte Samen vor meiner Tür auf. Danke! Während ich mich anzog, um zur Arbeit zu gehen, hörte ich Geräusche aus ihrer Wohnung dringen, Hämmern und Musik und Klopfen.

Ich war nur wenige Minuten vor Rex dort.

Sie hatte alle modernen Gemälde und Drucke heruntergenommen, Poster aus dem Studentenwohnheim im College angebracht. Die Sonnenblumen Van Goghs. Ein Akt von Renoir. Eine Rodeo-Werbung mit einem buckelnden Cowboy. Elvis Presley.

Das Ekrü-Sofa bedeckte eine mexikanische Decke. Keine Oaxaca-Decke, sondern orange grün gelb blau rot lila mit verheddertem, schmutzigem Saum. Im Radio, wo normalerweise Vivaldi und Bach liefen, rockte Buddy Holly.

Ihre Haare waren mit gelben Schleifen zu Zöpfen gebunden. Sie trug rosa Lippenstift und türkisfarbenen Lidstrich, hatte wieder Jeans und das rosafarbene T-Shirt an. Ihre Füße, in Cowboystiefeln, lagen auf dem Küchentisch. Sie rauchte, trank Kaffee. Ben krabbelte auf den schwarzen Küchenfliesen umher und trug nichts als eine durchnässte Windel, hinterließ verschlungene Wellenlinien. In einer Hand und im ganzen Gesicht hatte er Zwieback. Mit der anderen Hand warf er Töpfe und Pfannen aus dem Schrank auf den Boden.

Ich stand da. Rex kam und betrat das Wohnzimmer. Er war nicht länger als eine halbe Stunde weg gewesen.

»Scheißachse gebrochen. Muss warten.« Er sah sich um.

»Wo sind die Javafinken?«, fragte er.

»Bei mir.«

Sie starrten einander an. Sie saß da, in schrecklicher Angst, rührte sich nicht, hob nicht einmal das Baby auf, das jetzt quengelte, überall Zwieback. Rex war wütend. Er stürzte auf sie zu. Dann machte er einen Schritt zurück und stand einfach da, vollkommen fertig.

»Hey, ihr …, entschuldigt, dass ich mich einmische, aber seid bitte nicht verärgert. Es ist komisch. Eines Tages werdet ihr zurückschauen, und es wird euch sehr komisch vorkommen.«

Sie ignorierten mich. Das Zimmer war welk, von Ärger durchtränkt. Rex schaltete das Radio aus. Pérez Prado. Cherry Pink!

»Ich warte auf den Treppenstufen, bis sich die Werkstatt meldet«, sagte Rex. »Nein. Ich sollte einfach gehen«, und er ging.

Maria hatte sich nicht gerührt.

Verpasste Momente. Ein Wort, eine Geste kann dein ganzes Leben ändern, kann alles zerstören oder vervollkommnen. Aber keiner von ihnen tat es. Er ging, sie zündete sich eine neue Zigarette an, ich ging zur Arbeit.

Maria und ich wurden beide wieder schwanger. Ich war

sehr glücklich und Bernie auch. Maria wollte nicht darüber reden. Nein, natürlich hatte sie Rex nichts gesagt. Also war es diesmal anders; ich wartete, hoffte, dass sie begeistert sein würde.

Immerhin hatten wir einen großartigen Herbst. An den Wochenenden fuhren wir zu den heißen Quellen in Jemez, machten Picknick am Fluss. An warmen Abenden quetschten wir uns alle ins Auto und fuhren zu einem Doppelfilm im Cactus-Autokino. Maria war ruhiger, glücklicher. Sie hatte einen Job als Übersetzerin, verbrachte Stunden mit der Arbeit, während Ben schlief. Sie besuchte ein Lyrikseminar an der University of New Mexico, saß in der Sonne und las Walt Whitman, rauchte, trank Kaffee. Sie trug immer ein rotes Kopftuch, weil ihre Haarfarbe auswuchs. Sie ging entspannter mit Ben um, hatte Freude an ihm. Wir anderen gingen öfter zu ihr nach Hause, aßen Chili und Spaghetti, spielten Scharade mit den Babys, die um uns herumkrabbelten.

Thanksgiving. Rex kam nach Hause. Gott, ich konnte mir nicht vorstellen, wie sie sich fühlte. Ich war mit den Nerven am Ende. Ich half ihr dabei, das Haus wieder in einen makellosen Zustand zu versetzen, gab ihr etwas von meinem Beruhigungsmittel Miltown, damit sie wieder von den Zigaretten loskam. Sie sagte, sie wäre am Anfang lieber nicht mit Rex allein, und machte Pläne für ein Begrüßungsessen. Sie hängte ein Schild mit der Aufschrift WILLKOMMEN ZU HAUSE! an die Eingangstür, aber dann ging ihr auf, dass er es abgeschmackt finden würde, und sie nahm es wieder ab.

Wir waren alle da, nervös. Viele weitere Paare vom Institut. Die Wohnung sah großartig aus. Weiße Chrysanthemen in einem schwarzen Santo-Domingo-Topf. Maria war stark gebräunt, trug weißes Leinen, ein Hauch Türkis. Ihr Haar war lang, glatt und pechschwarz.

Er stürmte ins Zimmer. Schmutzig und schlank und lebendig, Schachteln und Kunstmappen glitten zu Boden. Ich hatte nie zuvor gesehen, wie er sie küsste. Ich wünschte mir so sehr für sie, dass alles in Ordnung wäre.

Es wurde ein Fest. Sie hatte ein Curry gezaubert, es gab jede Menge Wein. Aber eigentlich war es Rex, der Neuigkeiten, Scherze und einen Wirbelsturm der Begeisterung mitbrachte, der uns alle ansteckte. Klein-Ben wackelte in seinem Laufwagen aus Gummi durchs Zimmer, sabbernd und lachend. Rex hielt ihn im Arm, hob ihn hoch, bestaunte ihn.

Beim Kaffee zeigte Rex uns Dias von den Arbeiten, die er in diesem Sommer angefertigt hatte, meistens Skulpturen einer Schwangeren, aber auch unzählige andere Sachen, Zeichnungen, Keramik, Modelle aus Marmor. Er knisterte vor Aufregung, Möglichkeiten.

»Jetzt zu den *Neuigkeiten*. Ihr werdet es nicht glauben. Ich kann es selbst noch nicht glauben. Ich habe einen Förderer. Förderin. Eine reiche alte Dame aus Detroit. Sie *bezahlt* mich dafür, dass ich für mindestens ein Jahr nach Italien gehe. In eine Villa in der Nähe von Florenz. Aber vergesst die Villa. Dort gibt es eine Gießerei. Eine Bronzegießerei! Ich gehe nächsten Monat!«

»Ben und ich auch?«, flüsterte Maria.

»Ben und ich. Klar. Aber zuerst gehe ich und organisiere alles.«

Alle klatschten und umarmten ihn, bis Rex aufstand und sagte: »Wartet, das ist noch nicht alles. Haltet euch fest! Ich habe auch ein Guggenheim-Stipendium bekommen!«

Mein erster Gedanke galt Bernie. Ich wusste, er würde sich für Rex freuen, hätte es aber verstehen können, wenn er eifersüchtig gewesen wäre. Er war dreißig, Rex erst dreiundzwanzig, und seine Zukunft lag schon da, auf einem Silbertablett. Aber Bernie meinte es ehrlich, als er Rex die Hand schüttelte. »Niemand hat es mehr verdient.«

Alle außer Bernie und mir gingen. Bernie ging nach Hause

und kam mit einer Flasche Drambuie zurück. Die Männer tranken und redeten über Cranbrook, schauten noch einmal die Dias durch. Maria und ich wuschen das Geschirr ab und brachten den Müll raus.

»Zeit, nach Hause zu gehen«, sagte ich zu Bernie und sammelte Andrea auf. Maria und Rex waren hineingegangen, um nach Ben zu sehen. Wir warteten, um uns zu verabschieden, hörten sie im Schlafzimmer flüstern.

Sie hatte ihm anscheinend gesagt, dass sie wieder schwanger war. Rex kam aus dem Schlafzimmer, blass. »Gute Nacht«, sagte er.

Er fuhr am nächsten Morgen, bevor sie oder Ben aufgewacht waren. Er nahm die Gemälde, die Skulpturen und die Keramik mit, das Radio und den Acomatopf. Keiner von uns hat ihn je wiedergesehen.

NOËL. TEXAS. 1956

T iny ist auf'm Dach! Tiny ist auf'm Dach!«
Über nichts anderes können sie da unten reden. Na und,
ich bin auf dem Dach. Was sie nicht wissen, ist, dass ich vielleicht nie mehr runterkomme.

Ich wollte nicht so dramatisch sein. Wäre einfach in mein
Zimmer gegangen und hätte die Tür hinter mir zugeknallt,
aber meine Mutter war in meinem Zimmer. Also knallte ich
die Küchentür von draußen zu. Und da stand eine Leiter,
aufs Dach hinauf.

Ich warf mich hin, noch immer in heller Aufregung, und
nahm einige Schlucke aus meiner Flasche Jack Daniel's.
Also, ich verkünde, gedacht zu haben, dass es richtig nett ist
hier oben. Geschützt, aber mit einem Ausblick auf die Weiden, den Rio Grande und Mount Cristo Rey. Wirklich angenehm. Besonders jetzt, nachdem Esther mich mit einem
Verlängerungskabel ausgerüstet hat. Ein Radio, Heizdecke,
Kreuzworträtsel. Sie schüttet meinen Nachttopf aus und
bringt mir Essen und Bourbon. Ich werde ganz bestimmt
bis nach Weihnachten hier oben sein.

Weihnachten.

Tyler weiß, wie sehr ich Weihnachten hasse und verachte.
Er und Rex Kipp laufen jedes Jahr komplett Amok … spen-
den für Wohltätigkeitsorganisationen, Spielzeug für behin-
derte Kinder, Lebensmittel für Alte. Ich habe gehört, wie sie
den Plan aussheckten, an Heiligabend Spielzeug und Lebensmittel über dem Elendsviertel von Juarez abzuwerfen. Jed-

wede Ausrede, um anzugeben, Geld auszugeben und sich wie zwei Riesenarschlöcher zu verhalten.

In diesem Jahr sagte Tyler, ich sollte mich auf eine große Überraschung gefasst machen. Eine Überraschung für *mich*? Es ist mir peinlich, das zuzugeben. Wissen Sie, ich habe mir doch tatsächlich vorgestellt, dass er mich auf die Bermudas oder nach Hawaii bringen würde. Nie im Traum wäre ich auf ein Familientreffen gekommen.

Schließlich gab er zu, er würde das eigentlich für Bella Lynn machen. Bella Lynn ist unsere total verzogene Tochter, die jetzt, nachdem ihr Mann Cletis sie verlassen hat, wieder zu Hause ist. »Sie ist so deprimiert«, sagt Tyler. »Sie braucht ein Gefühl für ihre Wurzeln.« Wurzeln? Lieber hätte ich Gila-Echsen in meiner Hutschachtel.

Erst einmal lädt er meine Mutter ein. Dann holt er sie auch noch aus dem Bluebonnet-Altersheim. Wo man sie festbindet, wo sie hingehört. Dann fragt er seinen einäugigen Alkoholikerbruder John und seine Alkoholikerschwester Mary, ob sie kommen. Okay, ich trinke. Jack Daniel's ist mein *Freund*. Aber ich habe immer noch meinen Sinn für Humor, bin nicht gemein wie Mary. Außerdem hegt sie inzestuöse Gefühle für Tyler, immer schon. Dann fragt er ihren langweiligen langweiligen Ehemann, der nicht gekommen ist, Gott sei Dank. Ihre Tochter Lou ist hier, mit einem Baby. Ihr Mann hat sie ebenfalls verlassen. Sie ist ungefähr so hirnlos wie meine Bella Lynn. Ach, na ja, in Nullkommanichts brennen sie beide mit irgendwelchen neuen ungebildeten Außenseitern durch.

Tyler hat wirklich achtzig Leute zu einer Heiligabendparty eingeladen. Das ist morgen. Und ausgerechnet jetzt stiehlt unser neues Dienstmädchen Lupe die Tranchiermesser mit Elfenbeingriffen. Sie hat sie in ihrem Mieder versteckt und sich aus irgendeinem bekloppten Grund nach vorn gebeugt, als sie über die Brücke nach Juarez lief. Sich selbst erdolcht, wäre fast verblutet, und am Ende hieß es, Tylers Schuld. Er musste den Krankenwagen und das Krankenhaus bezahlen und eine riesige überfällige Ordnungsstrafe, weil sie eine illegale Mexikanerin war. Und natürlich haben sie das mit den illegalen mexikanischen Gärtnern und Wäscherinnen herausgefunden. Also gibt's jetzt überhaupt keine Hilfe mehr. Nur die arme Esther und einige stundenweise angestellte Fremde. Diebe.

Aber der schlimmste schlimmste Gipfel von allem ist, dass er meine Verwandten aus Longview und Sweetwater eingeladen hat. Schreckliche Leute. Sie sind alle sehr dünn oder übertrieben fett und tun nichts außer essen. Alle sehen so aus, als hätten sie schwere Zeiten durchgemacht. Dürren. Tornados. Die Sache ist die, dass das alles Leute sind, die ich nicht einmal kenne, nie kennen möchte. Wegen dieser Leute hab ich ihn geheiratet, damit ich sie nie wiedersehen muss.

Nicht, dass ich noch mehr Gründe brauche, um hier oben zu bleiben, aber es gibt noch einen. Hin und wieder kann ich jedes einzelne Wort hören, glockenrein, das Tyler und Rex unten in der Werkstatt gerade sagen.

Ich schäme mich, es zuzugeben, aber, zum Teufel, es ist die Wahrheit. Ich bin eifersüchtig auf Rex Kipp. Jetzt, wo ich weiß, dass Tyler mit dieser schäbigen kleinen Sekretärin schläft, die er beschäftigt, Kate. Na gut, I.M.S.E. Was so viel heißt wie, ist mir scheißegal. Hält ihn vom Schnaufen und Keuchen auf mir ab.

Aber Rex. Rex ist da, jahrein, jahraus. Wir haben die Hälfte unserer Flitterwochen in Cloudcroft verbracht, die andere Hälfte auf Rex' Farm. Diese beiden fischen und jagen und zocken zusammen und fliegen in Rex' Flugzeug wer weiß wohin überall. Was mich am allermeisten ärgert, ist, wie sie sich unterhalten, draußen in der Werkstatt, stundenlang. Was ich sagen will, ist, dass mich das tödlich verletzt hat. Worüber zum Henker reden diesen beide alten Knacker da draußen?

Tja, jetzt weiß ich's.

Rex: Hör mal, Tyler, das ist ein verdammt guter Whiskey.

Tyler: Jau. Verdammt gut.

Rex: Geht runter wie Muttermilch.

Tyler: Glatt wie Seide.

(Sie süffeln den Fusel ja erst seit etwa vierzig Jahren.)

Rex: Guck dir diese guten alten Wolken an … prall und wogend.

Tyler: Jau.

Rex: Schätze, das sind meine liebsten Wolken. Kumulus. Voller Regen für mein Vieh und hübsch wie sonst was.

Tyler: Nicht für mich. Nicht meine liebsten.

Rex: Wieso nicht?

Tyler: Zu viel Unruhe.

Rex: Das ist das Schöne dran, Ty, die Unruhe. Majestätisch bis zum Gehtnichtmehr.

Tyler: *Verdammt* noch mal, ist das ein feiner, milder Sprit.

Rex: Das ist wirklich ein höllisch schöner Himmel.

(Lange Stille).

Tyler: Meine Art von Himmel ist ein Zirrushimmel.

Rex: Was? Solche dürren, nutzlosen kleinen Wölkchen?

Tyler: Jau. Oben in Ruidoso, das ist 'n blauer Himmel. Und dann die seichten Zirruswolken, die so einfach und schwerelos vorüberziehen.

Rex: Kenn den Himmel gut, von dem du redest. Hab mir an dem Tag zwei Antilopenböcke geschossen.

(Das ist alles. Die ganze Unterhaltung. Hier kommt noch eine:)

Rex: Mögen die Mexikinder die gleichen Spielzeuge wie weiße Kinder?

Tyler: Logisch tun die das.

Rex: Scheint mir, die spielen mit so was wie Sardinenbüchsen als Boote.

Tyler: Genau darum geht's doch bei unserem Juarez-Einsatz. Echtes Spielzeug. Aber was für welches? Wie wär's mit Gewehren?

Rex: Gewehre für Mexikinder? Ohne mich.

Tyler: Die sind alle verrückt nach Autos. Und die Frauen nach Babys.

Rex: Das ist es! Autos und Puppen!

Tyler: Bastelspielzeug und Baukästen!

Rex: Bälle. Richtige Baseballbälle und Fußbälle!

Tyler: Das haben wir richtig gut ausgeklügelt, Rex.

Rex: Perfekt.

(Also, was für ein existenzielles Dilemma diese Schwachköpfe da ausgeklügelt haben, haut mich echt um.)

Tyler: Wie würdest du es finden, wenn wir im Dunkeln fliegen?

Rex: Ich finde jeden Ort. Und immerhin haben wir den Stern.

Tyler: Welchen Stern?

Rex: Den Stern von Bethlehem!

Ich hab mir die ganze Party von hier oben aus angeschaut. Mensch, war ich eine entspannte Gastgeberin, ich lag unter dem sternenbedeckten Himmel, in meinem kleinen Radio lief *Away in a Manger* und *White Christmas*.

Esther ist um vier Uhr morgens wach gewesen, hat gekocht und saubergemacht. Muss zugeben, dass Bella und Lou ihr geholfen haben. Die Floristin kam und der Partyservice mit mehr Essen und Alk, Bartender im Smoking. Ein Lastwagen, um eine riesige Seifenblasenmaschine zu liefern, die Tyler innen hinter der Eingangstür aufgestellt hat. Ich darf nicht an meinen Teppich denken. Roy Rogers und Dale Evans fingen aus Lautsprechern an zu plärren, sangen *Jingle Bells* und *I Saw Momma Kissing Santa Claus*. Dann kamen immer mehr Autos mit noch mehr Leuten, die ich in meinem Leben nie wiedersehen will. Esther, gesegnet sei ihr gutes Herz, hat mir ein Tablett mit Essen und eine

Kanne Eierpunsch nach oben gebracht, eine neue Flasche vom alten Jack. Sie war ganz in Schwarz gekleidet, mit weißer Spitzenschürze, ihr weißes Haar in Zöpfen um ihren Kopf gewickelt. Wie eine Königin hat sie ausgesehen. Sie ist der einzige Mensch auf der ganzen weiten Welt, den ich mag, oder vielleicht liegt es daran, dass sie die Einzige ist, die mich mag.

»Was hat meine Schlampe von Schwägerin vor?«, hab ich sie gefragt.

»Sie spielt Karten. Ein paar von den Männern fingen in der Bibliothek an zu pokern, und sie hat ganz lieb gefragt: ›Oh, kann ich mitspielen?‹«

»Sie werden schon sehen, was sie davon haben.«

»Genau, das habe ich mir auch gesagt, in dem Moment, als sie anfing zu mischen. Wipp Wipp Wipp.«

»Und meine Mama?«

»Sie rennt herum und erzählt allen Leuten, dass Jesus unser gesegneter Heiland ist.«

Ich brauchte sie nicht nach Bella Lynn zu fragen, die mit dem alten Jed Ralston auf der hinteren Veranda in der Schaukel saß. Seine Frau, Mungo-Martha nennen wir sie, wahrscheinlich zu beladen mit Diamanten, um laufen zu können, wollte wissen, was er treibt. Dann ist Lou mit Orel, Willas Sohn, rausgekommen, einem zu groß geratenen Mutanten, der im Football bei den Texas Aggies als Tight End aufgestellt wird. Zu viert sind sie durch den Garten geschlendert, kichernd und kreischend, Eiswürfel klapperten. Geschlendert? Die Mädchen waren angetrunken, ihre Röcke so eng und ihre Pfennigabsätze so hoch, dass sie kaum laufen konnten. Ich rief zu ihnen runter: »Mohrenkopfflittchen! Weißer Abschaum!«

»Was ist das?«, fragte Jed.

»Das ist nur Mama. Oben auf dem Dach.«

»Tiny ist auf dem Dach?«

Also hab ich mich wieder hingelegt, mit dem Sternegucken weitergemacht. Meine Weihnachtsmusik lautgestellt, um die Party zu übertönen. Gesungen habe ich auch, vor mich hin. *It came upon a midnight clear.* Nebel kam aus meinem Mund, und beim Singen klang ich wie ein Kind. Ich lag einfach da und sang und sang.

Es war gegen zehn, als Tyler und Rex und die beiden Mädchen herausgeschlichen kamen, flüsterten und im Dunkeln stolperten. Sie beluden unseren Lincoln mit zwei großen Säcken, fuhren mit zwei Autos über die hintere Weide zum Feld neben dem Graben, wo Rex die Piper Cub landet. Zu viert banden sie die Säcke außen am Flugzeug fest, und Tyler und Rex kletterten hinein. Bella Lynn und Lou schalteten die Scheinwerfer des Autos an, um Rex eine Rollbahn auszuleuchten. Obwohl die Nacht so klar zu sein schien, dass er auch mit dem Licht der Sterne hätte sehen können.

Das Flugzeug war so schwer beladen, dass es kaum vom Boden abheben konnte. Als es schließlich klappte, dauerte es eine schrecklich lange Zeit, bis es überhaupt an Höhe gewann. Verfehlte nur knapp die Drahtzäune und die Pappeln am Fluss. Die Tragflächen haben sie ein paarmal berührt, und er zog keine Show ab. Endlich war er auf dem Weg nach Juarez, und das winzige rote Rücklicht verschwand. Ich atmete auf und sagte Gott sei Dank und trank.

Ich legte mich wieder zurück, zitternd. Ich könnte es nicht ertragen, wenn Tyler abstürzen würde. Genau da lief im Radio »Stille Nacht«, was mir immer zusetzt. Ich weinte, heulte mir einfach die Augen aus. Es stimmt nicht, was ich über ihn und Kate gesagt habe. Es macht mir sehr viel aus.

Die Mädchen warteten im Dunkeln bei den Tamariskenbüschen. Fünfzehn, zwanzig Minuten, Stunden scheinbar. Ich sah das Flugzeug nicht, aber sie hatten es offenbar gesehen, weil sie die Autoscheinwerfer einschalteten und es landete.

Wegen des Partylärms konnte ich kein Wort verstehen, und sie hatten Tür und Fenster der Werkstatt geschlossen, aber ich konnte die Vier vor dem Kamin sehen. Es sah so reizend aus, genau wie *A Christmas Carol*, wie sie mit Champagner anstießen, die Gesichter leuchtend und glücklich.

Da in etwa kamen die Nachrichten aus meinem Radio. »Vor Kurzem hat ein mysteriöser Weihnachtsmann Spielzeuge und dringend benötigte Lebensmittel über dem Elendsviertel von Juarez abgeworfen. Aber was diese Weihnachtsüberraschung trübt, ist die tragische Neuigkeit, dass ein betagter Schäfer getötet wurde, angeblich soll er von einer herabfallenden Schinkenkonserve getroffen worden sein. Weitere Einzelheiten um Mitternacht.«

»Tyler, Tyler!«, brüllte ich.

Rex machte die Tür zur Werkstatt auf und kam heraus.

»Was ist los? Wer ist da?«

»Ich bin's. Tiny.«

»Tiny? Tiny ist immer noch auf dem Dach!«

»Hol Tyler, Schwachkopf.«

Tyler kam heraus, und ich erzählte ihm von der Nachricht, sagte, Rex solle das Flugzeug lieber nach Silver City verschwinden lassen.

Sie fuhren wieder aufs Feld, um den Abflug zu beleuchten. Als sie zurückkehrten, war es still im Haus, nur Esther räumte noch auf. Die Mädchen gingen hinein. Tyler kam rüber, stand unter mir. Ich hielt den Atem an, hörte ihn eine Weile Tiny? Tiny? flüstern, und dann beugte ich mich über die Kante.

»Was möchtest du?«

»Komm jetzt mal von diesem Dach runter, Tiny. Bitte.«

DAS LEHMHAUS
MIT BLECHDACH

Das Haus war hundert Jahre alt, rundlich und vom Wind geschliffen, genauso sattbraun wie die harte Erde ringsum. Auf dem Grundstück gab es noch andere Gebäude, ein Gehege, ein Klohäuschen, einen Hühnerpferch. Ein kleiner Lehmbau stand gedrungen in der Nähe der südlichen Mauer des Hauptgebäudes. Er hatte kein Blechdach wie das große Haus. Glatt und symmetrisch schien er aus dem Boden geschossen zu sein wie ein staubiger Pilz aus dem Schmutz.

Es gab anderthalb Hektar abgewirtschafteten Boden. Zwanzig Apfelbäume kurz vor der Blüte. Vertrocknete Maisstängel, einen verrosteten Handpflug. Ein Drescher mit einer gekrümmten Schnauze stand neben der roten Pumpe unter einer kahlen Pappel. Wasser schoss aus der Pumpe, als Paul sie ausprobierte.

Die meisten Fenster waren zerbrochen, die Türen halboffen. Im Inneren war es kühl und dunkel und roch nach Pinyon, Zeder. Von einem Vorhang aus Eukalyptusbeeren und Paternostererbsen kam ein anderer strenger Geruch.

Echos. Ein ausgeblichener Umschlag auf dem staubigen Pinienboden. Goldraute »FÜR DEN MAGEN« in einem gelben Einweckglas. Paul hielt Max, das Baby, im Arm und setzte sich auf eines der niedrigen Fensterbretter.

»Diese Wände sind einen Meter dick! Das ist ein großartiges Haus. Ich könnte Klavier spielen, so laut ich möchte.

Die Kinder könnten draußen spielen, ohne auf Autos achten zu müssen. Wunderbare Aussicht! Schau dir die Wassermelonen von hier aus an!«

»Es ist wunderschön«, sagte Maya, »aber es gibt kein fließend Wasser, keinen Strom.«

»Wir könnten einen Wasseranschluss verlegen lassen … einfach. Als ich Kind war, hatten wir in unserer Hütte in Truro nie Strom.«

»Und ich würde auf diesem alten Holzherd kochen?«

Mehr Einwände hatte Maya nicht. Dankbarkeit machte noch immer einen Großteil ihrer Gefühle für Paul aus. Ihr erster Ehemann hatte sie verlassen, als Sammy neun Monate alt und sie mit Max schwanger gewesen war. Wie ein Wunder war Paul aufgetaucht und liebte sowohl Sammy und Max als auch sie. Sie war entschlossen, eine gute Ehe zu führen, eine gute Ehefrau zu sein. Mit gerade erst neunzehn hatte sie keine Ahnung, was es hieß, eine gute Ehefrau zu sein. Sie tat Dinge, wie etwa die heiße Tasse zu halten, wenn sie ihm den Kaffee reichte, damit er am Henkel anfassen konnte.

Paul hatte gerade einen Job in einem Nachtclub in Albuquerque bekommen. Er war Jazzmusiker, Pianist. Sie suchten nach einem Ort, an dem er tagsüber üben und schlafen konnte, die Kinder draußen spielen konnten.

»Hör mal!«, sagte Maya. »Was ist das für ein Geräusch, trauernde Tauben?«

Sie spazierten durch den Apfelgarten.

»Wachteln. Siehst du, da drüben.« Sammy hatte sie ausfindig gemacht. Er rannte, jagte sie in die Tamariskenbüsche. Weit draußen im Feld flitzte ein Wegekuckuck vorbei und verschwand. Sie lachten, es war wie in dem Zeichentrickfilm, nur dass er schwarz-weiß war, erstaunlich vor dem Hintergrund aus stumpfer brauner Erde.

Sie fuhren über die Corrales Road zum Haus ihrer Freunde, Betty und Bob Fowler, die einzigen Menschen, die sie bisher kannten. Bob war ein Dichter, unterrichtete Englisch an einer Privatschule. Er und Paul waren zusammen in Harvard gewesen, waren alte Freunde. Betty und Maya kamen einigermaßen miteinander aus. Maya hielt Betty für rechthaberisch und übereifrig; Betty fand Maya unerträglich passiv und naiv. Betty und Bob hatten vier Töchter, alle unter fünf.

Die Fowlers waren eine der wenigen angloamerikanischen Familien, die hier draußen in Alameda wohnten. Es gab meilenweit nur Ackerboden und Obstplantagen mit Pappeln und Ölweiden, die die Felder säumten. Alfalfa, Mais, Bohnen, Chili. Holsteiner und Quarter Horses auf staubigen Weiden. Alameda selbst bestand aus einer Kirche, einem Futterspeicher, einem Lebensmittelladen und Delas Bella Della Schönheitssalon.

Sie stiegen alle zusammen in den Lieferwagen der Fowlers und fuhren zurück, um sich das Haus anzusehen. Die vier kleinen Mädchen der Fowlers spielten draußen mit Sammy und Max, während sich die Erwachsenen umschauten. Bob und Paul redeten darüber, einen Wasseranschluss legen zu lassen, wo man Holz herbekam. Betty und Maya redeten darüber, wie man am unkompliziertesten Wäsche waschen und kochen könnte. Betty sagte, es wäre unmöglich, hier mit zwei Windelkindern zu wohnen. Kein Strom? Ein Holzofen, kein fließend Wasser, kein Bad? Schlichtweg unmöglich. Halb zum Trotz bestand Maya darauf, dass es überhaupt kein Problem wäre, Frauen hätten das schon jahrhundertelang so gemacht. Eigentlich machte es sogar Spaß.

Betty wusste immer alles, also wusste sie auch, dass Dela Ramirez das Haus von ihrem Vater geerbt hatte. Sie wusste sogar, dass man im Ort der Meinung war, das Haus hätte an Pete oder Frances García gehen sollen, Delas Bruder und

Schwester. Auch wenn sie Taugenichtse waren, waren sie immerhin älter, und außerdem besaßen Dela und ihr Ehemann bereits ein Haus.

Dela unterhielt sich im Bella Della Salon mit Betty über den nassen Kopf einer Frau hinweg, während sie mit den Zähnen Metallklammern öffnete. Betty hatte ihre Schauspielschulstimme durch ein schleppendes Sprechen ersetzt. Sie plauderte mit Dela weiter über die Tafoya-Brüder, darüber, das Alfalfafeld zu pachten, über das Head-Start-Programm für kompensatorische Erziehung und über Head & Shoulders-Shampoo. Maya sagte nichts, las den *National Enquirer*, kämmte sich die Haare. Sie war noch nicht vertraut mit den sozialen Ritualen vor Ort. Jetzt redeten die beiden Frauen davon, wie man Indisches Blumenrohr zerteilte und die Stämme von Obstbäumen anstrich.

»*Oye*, Dela«, sagte Betty schließlich. »Kennst du ein Haus hier in der Nähe, das zu vermieten ist?«

Dela schüttelte den Kopf. »Niemand vermietet hier draußen Häuser.«

Sie legte der Frau Papierhütchen auf die Ohren, wickelte ein Netz über die Nadeln und Klammern. »Nein, mir fällt keines ein.«

»Meine Freunde suchen ein Haus mit ein bisschen Land. Ein Haus für wenig Miete oder auch ohne Miete, dafür als Gegenleistung vielleicht streichen, Wasseranschluss verlegen lassen, solche Sachen. Das Land bestellen, die Fenster reparieren. Du weißt schon … das Grundstück aufwerten.«

»Wie viel Miete?«, fragte Dela, mit dem Rücken zu ihnen. Sie zog eine Trockenhaube zum Kopf der Frau hinab, knipste den Schalter auf niedrig, mittel, heiß, sehr heiß.

»Fünfzig höchstens, schätze ich … da sie es herrichten werden. Fällt dir irgendwas ein?«

»Na ja, da gibt es das Haus von meinen Leuten. Am Ende

der Corrales Road. Mein Bruder Pete geht da manchmal hin. Ins kleine Haus, nicht ins große. Aber das Ganze gehört jetzt mir.«

»Wäre doch nicht schlecht, wenn sich jemand darum kümmern würde.«

Dela war still, knipste den Schalter auf heiß, mittel, niedrig. Die Frau ließ die Zeitschrift in den Schoß sinken, um zuzuhören.

»Sie könnten das von meinen Leuten mieten. Aber siebzig. Das Haus ist groß.«

»Siebzig!«, spottete Betty. Da beugte sich Maya vor und sagte zu Dela: »Das zahlen wir. Aber für alles, ohne deinen Bruder dort.«

»Oh, der würde nicht kommen, wenn jemand dort lebt. Er ist ein Taugenichts.«

»Wann können wir einziehen?«

Dela zuckte mit den Schultern. Jederzeit.

»Wir werden es zuerst saubermachen, die Fenster reparieren. Wenn wir einziehen, komme ich und zahle die Miete.«

»Nein«, sagte Betty. »Ein Mietvertrag. Sie brauchen einen Mietvertrag, wenn sie all diese Ausbesserungen vornehmen.«

Während der nächsten paar Wochen arbeiteten Paul und Maya hart, setzten Fensterscheiben ein, schmirgelten den Boden, verputzten und strichen. Auch die Fowlers halfen, und wenn die Sonne hinter den Sandias unterging, machten die beiden Familien draußen im Freien Picknick.

Als Letztes strichen sie die Zierleiste der Fenster. Santa Fe Blau. Sie erfanden ein Lied. »Got the Santa Fe Blues«. Wenn Paul und Maya die Pinsel in die Farbeimer tauchten, hielten sie inne und küssten sich, glücklich über ihr neues Haus. Sammy und Max rannten in die Felder, spielten im Schlamm an der Pumpe mit Lastwagen und Bauklötzen.

Als sie am letzten Tag zum Malern kamen, lagen drei Hunde zusammengerollt auf den steinernen Stufen der hinteren Treppe. Eine alte Bulldogge mit rosa Hoden, ein räudiges Biest mit schwarzer Zunge und ein flauschiger schwarzer Welpe. Ihr Besitzer war nirgendwo zu sehen. Obwohl die Hunde erst bellten, beruhigten sie sich wieder. Der Welpe war zutraulich und erlaubte Max, ihn kopfüber im Hof umherzutragen.

Maya machte Kaffee. Sie saß mit Paul in der Küche. Sie hatte noch nicht versucht, auf dem Holzofen zu kochen, bisher hatte sie einen Campingkocher zum Tee und Kaffee machen benutzt.

»Du hast Farbe im Haar«, sagte sie. »Ich wünschte, du müsstest nicht wieder arbeiten.« Paul hatte Willie Tate gebeten, im Club für fünf Tage am Piano einzuspringen.

»Ich auch … außer, dass wir die Gruppe jetzt wirklich zusammenhaben. Ernie Jones ist der beste Bassist, mit dem ich je gespielt habe. Ich bin sicher, Prince Bobby Jack wird unseren Vertrag verlängern. Der Club ist jede Nacht rammelvoll, zu beiden Gigs.«

*

»Du meine Güte, was für ein hübsches hübsches Haus!« Die Frau war einfach zur Küchentür hereingekommen. Um die fünfzig, absurd dick, in Overall und Männerstiefeln. Lange verfilzte Haare schauten unter einem Cowboyhut hervor.

»Reizendes Haus! War mal mein Haus. Ich habe mein eigenes Haus, seht ihr, da drüben auf der anderen Seite von Corrales Road.« Sie wies, grinsend, zahnlos, auf eine Hütte im Wald jenseits der Straße. »Jemand hat es abgefackelt. Eifersüchtig. Ich hab einen Liebhaber, Rómulo. Kennt ihr? War im Fernsehen mit dem Feuerwehrauto, habt ihr's gesehen?«

Sie war einen Augenblick still. Ein Fleck und dann Tropfen auf dem Boden, als sie sich in die Hosen pinkelte. »Pete gesehen? Wenn ihr ihn seht, sagt ihm, seine Hunde sind hier. Zu viele Hunde. Hab meine eigenen Hunde. Genau da, wo ihr sitzt, wurde Pete geboren. Ich hab zugeguckt.«

»Jetzt leben wir hier«, sagte Paul. »Du gehst jetzt nach Hause, in dein eigenes Haus.«

»Ich hab mein eigenes Haus. Da drüben, auf der anderen Straßenseite. Flaschen!«

Sie hatte einige leere Flaschen Orange Crush in einem Müllhaufen entdeckt, ging hinaus und fing an, sie und anderes Zeug in einen Einkaufswagen zu legen. Sie ging, klapperte mit ihrem Wagen die holprige Straße hinunter, warf Steine nach den Hunden, als sie versuchten, ihr zu folgen.

»Nimm die Hunde mit!«, rief Paul.

»Petes Hunde. Sie wohnen hier. Ich hab meine eigenen Hunde! Ich heiße Frances.«

Die Fowlers halfen ihnen beim Einzug. Vor einem Pinyon-Feuer tranken sie Champagner, und Maya machte Brathähnchen und Maiskolben auf dem Holzofen. Das Maisbrot war auf der Unterseite verbrannt, aber es würde nicht lange dauern, bis sie den Ofen besser kennen würde.

Das Geschirrspülen war mühsam, Wasser hereinschleppen und erhitzen. Nein, an diesem Abend machte es vermutlich Spaß, erst danach wurde es mühsam.

Maya und Paul konnten in der ersten Nacht nach dem Einzug nicht schlafen. Sie liebten sich auf dem Navajoteppich vor dem Kamin, tranken Kakao, saßen auf den Fensterbrettern und betrachteten das Mondlicht auf den Apfelbäumen. Am nächsten Morgen hatten die Bäume angefangen zu blühen! Über Nacht! Sie saßen draußen in der Sonne, den Rücken an die warme Mauer gelehnt, während die Jungen in der Nähe mit den Hunden spielten. Der Geruch nach Apfelblüten und Kaffee und Pinyon-Rauch.

Die Tür zum kleinen Haus nebenan öffnete sich mit einem Krachen. Paul und Maya zuckten zusammen, sprangen auf, erschrocken; sie hatten in der Nacht zuvor kein Auto gehört. Kaffee mit Sahne spritzte durch das gerissene Fliegennetz der Tür. Die Tür knallte zu.

Pete kam aus dem Haus. Ein gewaltiger dunkelhäutiger Mann mit langen schwarzen Haaren, goldenen Schneidezähnen, grünen Augen. Er war etwa fünfundvierzig, aber er hatte den überheblichen Gang eines pubertierenden Chicano. Er grinste sie an, tauchte den Kopf unter die Tülle der Pumpe, bewegte den Griff ruckweise auf und ab. Wasser strömte über seine Haare und sein Gesicht, sein riesiger Rücken erbebte. Er prustete und schnaubte, spülte sich den Mund und spuckte aus. Er richtete sich auf, grinste sie an, aus seinen Haaren strömte Wasser über sein schmutziges Unterhemd. Er spuckte noch einmal und wischte sich mit dem Hemdsaum den Mund ab.

»Ich bin Pete Garcia. Ich wurde hier geboren.«

»Ich bin Paul Newton, das ist meine Frau Maya. Wir wohnen jetzt hier. Wir haben alle Gebäude gepachtet.«

»Dela sagte, du würdest jetzt nicht mehr herkommen«, sagte Maya.

»Dela! Ich kümmere mich um meine Angelegenheiten. Ihr kümmert euch um eure Angelegenheiten. Ich habe mein eigenes Haus in der Stadt. Manchmal komme ich her, um mich von meiner Frau zu erholen.« Die Hunde umsprangen ihn, um gestreichelt zu werden. »Dieser alte Hund ist Bolo. Das blöde Luder ist Lady und das Baby heißt Sebache, das heißt ›sehr schwarzer Stein‹ auf Spanisch.« Er grinste.

Paul und Maya waren still, als er sich und die Hunde den Kindern vorstellte. Er ging ins Haus zurück. Als er wieder herauskam, trug er eine Armeejacke und einen Cowboyhut. Er hatte einen Krug Garden DeLuxe Tokaier in der Hand und eine Schüssel Maisbrei, die er den Hunden hinstellte.

Er fuhr das Auto rückwärts um das Haus herum zu der Stelle, an der sie saßen. Es war ein alter Hudson ohne Hintertüren oder Fenster. Er saß da, ließ den Motor hochtourig laufen, trank aus dem Krug. Dann zündete er sich eine Zigarette an, grinste ihnen fröhlich zu, winkte und zog ab, die Straße hinunter. Die Hunde rannten dem Auto bis zur Corrales Road hinterher, kamen dann zurück, hechelnd, um sich inmitten der spielenden Kinder niederzulassen.

»Du redest besser noch mal mit Dela«, sagte Paul.

»Warum ich? Warum redest du nicht einfach mit ihm?«

»Es könnte sein, dass es gar nicht so schlecht ist, Maya. Eigentlich bin ich froh über die Hunde. Du sitzt hier draußen fest, wenn ich bei der Arbeit bin. Kein Auto und kein Telefon. Ich meine, wenn einem der Jungen etwas passiert … er könnte dich wenigstens irgendwo hinfahren.«

»Großartig. Hier draußen mit Pete festzusitzen. Aber nein, es ist ein Segen, wirklich.«

»Sarkasmus steht dir nicht, Maya.«

Sie redeten nicht mehr davon. Paul ging zeitig weg, um mit der Band zu proben. Maya ging mit den Jungen durch den Obstgarten und am Graben entlang, bevor sie einen Mittagsschlaf machten. Sie setzte sich auf die hintere Stufe, las, blickte hinauf zu den Bergen.

Pete fuhr gegen fünf vor. Er parkte direkt neben ihr und nahm einen wurzelnackten Rosenstock vom Rücksitz.

»Den nennt man Engelsgesicht. Hübsche, hübsche rosa Rosen. Pflanz ihn hier ein, auf der Nordseite, damit es nicht zu heiß wird. Ich arbeite in der Yamamoto-Gärtnerei. Eine Rose werden sie nicht vermissen. Diese Erde ist nichts als schlechter alter Kalk, deshalb musst du ein tiefes, tiefes Loch graben und dann gute Erde und Torfmoos hineintun.«

Er lud Säcke voller Erde und Torfmoos aus, stieg ins Auto und fuhr zu seinem kleinen Haus hinüber. Maya schaute sich um, fand schließlich einen Spaten, fing an, ein Loch zu graben. Sie kriegte nicht mal eine Delle in den Kalkboden. Sie brummelte vor sich hin, als er mit einer Spitzhacke um die Ecke kam. Allerdings ließ er sie die Arbeit machen, während er auf den Stufen saß und Bier trank. Er sagte ihr, wie man die Wurzeln über dem Kegel guter Erde verteilte, Erde hineinfüllte und wässerte, dann mehr Erde und Torfmoos, behutsam verdichtete und den Knubbel gerade so aus der Erde herausschauen ließ. Er sah zu, während sie vier Eimer Wasser von der Pumpe herbeitrug.

»Pete! ¡*Órale, mano!*« Rómulo und Frances kamen die Straße hinauf. Frances schob ihren Einkaufswagen, der mit Bier und Einkaufstüten gefüllt war. Rómulo war ein winziger, verrunzelter Mann, trug Fallschirmspringerhosen, Stiefel und eine Fliegerkappe, deren Fellklappen über die Ohren geklappt waren. Er umkreiste Frances wieder und wieder, fuhr ein kleines Kinderfahrrad. Die vier Jagdhunde von Frances und Bolo, Lady und Sebache, bellten und tollten um sie herum. Die drei gingen in Petes Haus. Sie tranken und diskutierten und lachten. Sie spielten Gin Rommé und tranken. Immer wenn sie einen Liter Bier getrunken hatten, öffneten sie die Tür und warfen die leere Flasche in Frances' Einkaufwagen. Wenn sie pinkeln mussten, pinkelten sie einfach vor die Tür, knallten sie dann wieder zu. Frances hockte draußen und ließ es platschen, sang »Pretty little fellow, everybody knows … Don't know what to call him, but he is mighty like a rose!« Es gab keine Stelle im Haus, an der Maya sie nicht gehört hätte.

Paul verstand sie nicht, als sie ihm sagte, sie würden sie wahnsinnig machen. Dass die Pflanzen sie wahnsinnig machten. Paul fand es einfach großartig, dass Pete ihr immer wieder Pflanzen mitbrachte, fast jeden Tag.

»Schon mal dran gedacht, dass du vielleicht Vorurteile gegenüber Mexikanern haben könntest?«, fragte Paul.

123

»Vorurteile? Verflucht noch mal. Wenn du's genau wissen willst; ich habe genau diese drei Halbstarken satt.«

»Maya! Das ist widerlich. Wirklich unter deiner Würde.« Er war zutiefst schockiert und ging, ohne sich zu verabschieden, zeitig zur Arbeit.

Sie baute zwei Gitter für die rankenden Mme-Ferdinand-Jamin-Rosen. Zwei lilafarbene Büsche, eine Forsythie neben der Pumpe. Eine Klettertrompete am Klohäuschen. Geißblatt kletterte an der Wäschestange hoch. Eine Gloria, ein Dreifarbiger Fuchsschwanz, eine Just-Joey-Rose. Abe-Lincoln-Tomaten.

Maya pflanzte jeden Busch ein. Jeden Tag schleppte sie eimerweise Wasser. Pete lehnte an der Mauer, trank Bier, schaute ihr zu. »Mehr Dünger!«, sagte er. Er hatte ihr eine Pick-up-Ladung Pferdemist gebracht, die sie verteilen sollte.

Die Kinder im Waschzuber an der Pumpe zu baden, machte Spaß, jetzt, da es wärmer war. Paul duschte jeden Abend bei der Arbeit und wechselte dort in seinen Smoking. Maya badete anfangs im Waschzuber auf dem Küchenboden, aber es gab eine zu große Sauerei, verlangte zu viele Eimer. Sie duschte bei den Fowlers und passte nach dem Duschen auf die Kinder auf, während Betty einkaufen ging. Zweimal in der Woche gingen die beiden Frauen in Angels Waschsalon auf der North Fourth Street. Die Paare aßen mehrmals im Monat gemeinsam zu Abend. Während des Essens und später bei Kaffee und Wein waren es die beiden Männer, die über Lyrik, Jazz und Malerei redeten. Die Frauen räumten den Tisch ab, spülten das Geschirr, brachten die Kinder ins Bett, hörten ihren Männern zu.

Die Frühlingsstürme setzten ein, peitschten Sand an die Fenster, peitschten die Blüten von den Bäumen. Maya und die Kinder blieben drinnen. Die Kinder waren schlecht gelaunt, weinerlich. Sie wünschte, sie hätten ein Radio oder einen Fernseher. Sie hatte keine Lust mehr, stundenlang auf dem Boden zu hocken, Spiele zu spielen, zu lesen, Lieder zu singen. Paul schlief lange, übte jeden Tag viele Stunden. Tonleitern, endlos.

Der Wind heulte, die Hitze vom Holzofen drang bis in die Küche. Ihre Haare klebten feucht auf der Stirn. Es war schrecklich, Wasser zu pumpen, wenn der Sand ins Gesicht prasselte. Das Wasser war voller Sand. Im Kaffee war Sand, in den Bohnen war Sand. Butter knirschte vor Sand. Der Sand schlug gegen das Klohäuschen und hing in Haaren und Augen, wenn sie zum Haus zurückrannte.

»Wann zum Teufel installieren wir endlich den Wasseranschluss?«, fragte sie.

»Hör mal, geh mir nicht auf die Nerven. Ich arbeite an neuen Melodien. Wir arbeiten neue Arrangements aus. Mit der Band wird es jetzt wirklich was. Du weißt, wie wichtig das für mich ist.«

Paul ging zur Arbeit. Sie verbrachte den Nachmittag damit, einen Teufelskuchen zu backen. Sie holte ihn gerade aus dem Ofen, als Pete an ihre Tür schlug.

»Du musst mehr gießen. Die Pflanzen schreien nach Wasser.«

»Es ist zu schwierig bei diesem Sturm, Pete.«

»Aber sie brauchen mehr Wasser. Hier, ich habe dir einen Wandelröschenbusch mitgebracht und eine Saatkiste mit Zinnien. Mach die Blätter der Zinnien nicht nass, wenn du sie gießt. Sie faulen.«

»Oh … Danke, Pete.«

Eigentlich blies der Wind gar nicht so stark. Sie ging hinaus. Sammy und Max halfen ihr, das Wandelröschen und die Zinnien neben die Stufen zu pflanzen. Sie goss die neuen Pflanzen, schleppte Eimer voller Wasser zu all den Rosenbüschen, den Tomaten. Den Rest würde sie morgen machen.

An diesem Abend aßen Maya und Paul vor dem Feuer den

Kuchen und tranken Milch dazu. Draußen blies der Wind Sand gegen die Fenster. Paul hätte schlechte Neuigkeiten, sagte er. Er hatte mit einem der Klempner im Ort geredet, bevor er zur Arbeit gefahren war. Es würde ein Vermögen kosten, Bad und Küche von einem offiziell zugelassenen Installateur einbauen zu lassen.

»Vielleicht gibt es irgendjemanden, der das machen kann. Warum fragst du nicht einen der Romeros?«

Nachdem er am nächsten Tag zur Arbeit gefahren war, überquerte sie mit den Kindern das Alfalfafeld, das an Eleuterio Romeros Feld grenzte. Eleuterio begrüßte sie am Zaun.

»Ja?«, sagte er.

»Ich bin Maya Newton«, sagte sie und streckte ihm die Hand entgegen. Er nahm sie nicht, starrte sie mit seinen braunen Augen bloß unverschämt an.

»Wir würden bei uns gern einen Wasseranschluss installieren lassen«, sagte sie. »Kennst du jemanden in der Gegend, der das machen könnte?«

»Warum wohnst du nicht in der Stadt, wenn du einen Wasseranschluss willst?«

»Uns gefällt es hier draußen.«

»Warum kann dein Mann ihn nicht installieren?«

»Er hat keine Zeit. Er ist Musiker.«

»Ich kenne ihn. Spielt mit Prince Bobby Jack? Draußen im Skyline Club? Er ist ein guter Pianist.«

»Ja, oder?« Sie lächelte, erfreut. »Jedenfalls arbeitet er hart und schläft tagsüber, und wir brauchen wirklich einen Wasseranschluss.«

»Frag meinen Bruder Tony. Er wohnt im letzten Haus.«

Das Land der Romeros fing bei Eleuterio an, am Ende ihrer Straße, und zog sich die gesamte Corrales Road entlang bis zur North Forth Street hinunter. Das Land war in vier Teile von je einem halben Hektar aufgeteilt, für jeden Bruder einen. Die nächsten beiden Farmen gehörten

Ignacio und Eliseo und ähnelten der von Eleuterio. Flache Lehmhäuser inmitten von Mais-, Chili- und Alfalfafeldern. Kinder, Pick-ups, kaputte verrostete Autos auf den hinteren Feldern. Pferde, Kühe, Hühner, Hunde. Rote Chilis hingen in *ristras* draußen an der Küchentür in der Sonne. Im Hof stand immer ein riesiger Kessel, um Grieben aus Schweinehaut zuzubereiten, *menudo, posole*. Die letzte Farm auf der anderen Seite des Bewässerungsgrabens gehörte Tony. Er war der jüngste Bruder. Er baute nur Alfalfa für seine Pferde an; tagsüber arbeitete er als Schlachter. Er besaß ein großes, stuckbesetztes Haus, grün gestrichen, mit einem Vordach aus Glasfaser. Tony und Eliseo bauten eine Tankstelle zwischen ihren Häusern. Betonblock mit galvanisierten Glasfenstern. An Sonntagen stellten alle Brüder ihre Autos auf Eleuterios Feld ab. Ihre Kinder spielten mit den anderen kleinen Kindern auf der Weide. Eleuterios ältere Kinder saßen auf der Vorderveranda: Jungen mit nass gekämmter Schmalzlocke, Mädchen mit Krinoline, selbstbewusstem Lippenstift. Sie saßen dort und tranken Cola, schauten den Autos zu, die auf der Corrales Road vorbeifuhren. Die Frauen blieben drinnen, kamen hin und wieder heraus, um nach dem schwarzen Topf zu sehen, der mit *posole* gefüllt war. Rauch stieg aus dem Schornstein über der Küche. Die Romero-Brüder saßen biertrinkend auf Bänken am Haus; im Schatten mit Blick auf die Berge, wenn es heiß war, und an der südlichen Mauer in der Sonne, wenn es kalt war.

Am nächsten Morgen, als Paul noch schlief, fuhr Maya zu Tonys Haus. Tony war nicht zu Hause. Seine Frau Rosie bat Maya, in die Küche zu kommen, sich hinzusetzen, bitte. Sie setzte sich ebenfalls, lächelte. Sie sei sicher, dass Tony ihnen den Wasseranschluss legen könnte, sagte sie. Stolz zeigte sie Maya die Spüle und die Waschmaschine, das Bad.

Sie stellte das Wasser in der Badewanne an und betätigte die Toilettenspülung. Sammy und Max waren fasziniert. »Es ist wunderbar«, sagte Maya und seufzte. Sie und Rosie tranken Kaffee, unterhielten sich, redeten über ihre Kinder, ihre Männer. Rosie lud sie ein, mit ihr *Ryan's Hope* zu schauen, aber Maya sagte, sie müsste sich auf den Weg machen, Paul würde bald aufwachen.

Tony kam am folgenden Nachmittag. Er saß mit Paul auf einer Bank im Garten, sie rauchten, tranken Bier. Tony zeichnete mit einem Stock Skizzen in den Sand, Paul nickte. Sie gaben einander die Hand, und Tony fuhr in seinem Pick-up mit der Hälfte des Geldes für die Arbeit davon, des gesamten Geldes, das Maya und Paul gespart hatten. Aber trotzdem, sagte Paul, es war weniger als ein Drittel dessen, was ein zugelassener Klempner kosten würde.

Am nächsten Tag kam Tony mit einer Lastwagenladung voller Rohre an. Er und Eleuterio luden sie an der Pumpe aus. An diesem Nachmittag bohrte er Löcher in die Küchenwand und in den Küchenboden und in dem Zimmer, wo das Bad hinkommen sollte. Am folgenden Tag verbrachten die beiden Brüder Stunden damit, eine Jauchegrube in der Nähe der Ölweide auszuheben. Ein breites, tiefes Loch. Max und Sammy sprangen hinunter. Sie kletterten hinaus und legten Straßen für Spielzeuglastwagen in den Lehmhügeln an.

Tony kam nicht wieder. Sie sahen ihn im Laden. Es wäre Zeit, mit dem Pflügen anzufangen, sagte er. Morgens sahen Paul und Maya den Brüdern in den Feldern zu, wie sie Unkraut verbrannten, Zäune reparierten, sich hinter einem Pflug abwechselten, der von einem Pferd gezogen wurde. Mehrere Wochen vergingen, und dann war es Zeit, mit dem Säen anzufangen. Aber dann wurde es warm, und der Wind war vorbei. Es war schön, draußen zu waschen. Maya und die Jungen waren gebräunt und kräftig. Sie halfen ihr beim

Jäten und Gießen. Die Tomaten-und Maispflanzen wuchsen, Flieder- und Forsythienbüsche standen in voller Blüte!

Paul kaufte eine mexikanische Hängematte, die er zwischen zwei Apfelbäume hängte. Bevor er zur Arbeit fuhr, lagen sie zu viert darin, sanft schaukelnd, und sahen Lerchenstärlingen und Rotschulterstärlingen zu, einem Weißbrust-Raupenfänger. Hinter ihnen, über ihnen waren die Sandiaberge und der blaue Himmel. Den ganzen Tag über wechselte die Farbe der Berge und veränderte sich. Braune und grüne Farben und ein tiefes Blau, bis sie zum Sonnenuntergang rosa aufflammten, dann Purpur, das in ein samtenes Lila hineinschmolz unter einem violetten Himmel.

Ehe sie die Jungen im Haus ins Bett brachte, lag sie mit ihnen in der Hängematte und las ihnen Geschichten vor. Dort waren sie an dem Abend, an dem Pete einzog, er hatte einen blauen Wohnwagen an den Hudson gehängt. Es gab ein Bett, einen Tisch und einen Holzofen, Kisten mit Geschirr und Lebensmitteln. Die Hunde, die während der Fahrt im Wohnwagen saßen, sprangen heraus, um die Jungen zu begrüßen.

»Pete, wir haben *alle* Gebäude hier gepachtet. Du hast kein Recht, hier einzuziehen.«

»Kein Recht? Ich wurde hier verdammt noch mal geboren! Dela hat ihr eigenes Haus. Ich wohne da, wo ich will.«

»Pete. Wir haben einen Pachtvertrag. *Wir* wohnen jetzt hier.«

»Du kümmerst dich um deine Angelegenheiten. Ich kümmere mich um meine Angelegenheiten.«

Normalerweise goss Maya die Pflanzen, nachdem die Jungen eingeschlafen waren, trank Kaffee und las in der Hängematte, bis es zu dunkel war, um etwas zu sehen. Aber sie konnte nicht lesen, solange er nur wenige Meter entfernt von ihr war, mit der Tür knallte, sang, Holz hackte, die Hunde anbrüllte. Wütend ging sie hinein und zündete im Wohnzimmer neben dem roten Stuhl eine Laterne an.

Sie versuchte, *Middlemarch* zu lesen und das Rattern von Frances' Wagen zu ignorieren, das Heulen all dieser Hunde, Rómulos Gelächter. Überall im Haus und sogar auf dem Klohäuschen konnte sie ihren betrunkenen Streit, die Sticheleien und Scherze hören. Ich scheiß mich an, *mano!* Oder: Mensch, *a la mori, ese pendejo! Pinche odido,* dieses Chilli ist zu salzig, *compadre.* Jaulen, wenn einer einen der Hunde trat. *Váyase, pinche perra!*

Maya wurde wach, als Paul nach Hause kam. Sie zündete eine Kerze neben dem Bett an. Sogar im Kerzenlicht sah er blass und müde aus. Er roch nach Zigarettenqualm, abgestandenem Bier, Nachtclub. Er legte Smoking und Fliege und die weinroten Beschläge an seinem Hemd ab.

»Gott, bin ich kaputt. Samstagnacht. Alle Säufer und Prolls der Stadt waren im Club.« Er legte sich ins Bett und setzte die schwarze Maske auf, die ihn morgens besser schlafen ließ. Bevor er seine Ohrstöpsel einsetzen konnte, sagte sie schnell: »Pete ist eingezogen. Richtig eingezogen, ein Ofen, alle seine Möbel.«

»Verflucht noch mal. Ich habe es satt, von Pete zu hören. Das wirst du mit Dela klären müssen. Wir reden morgen darüber. Ich bin hundemüde.« Er setzte die Ohrstöpsel ein.

Am nächsten Morgen merkte sie, dass sie vergessen hatte, den Wasserkrug zu füllen. Als sie zur Pumpe ging, um einen Eimer Wasser zu holen, funktionierte sie nicht. Sie saugte nicht an. Sie ging zu Pete und klopfte an seine Tür. Er hatte noch geschlafen, trug nur fleckige Slips.

»Morgen, Sonnenschein!« Er grinste.

»Hallo, Pete. Hast du Wasser? Ich habe nichts mehr, und die Pumpe saugt nicht an.«

»Wieso hast du kein Wasser? Meine Mama hatte immer eine große *olla* voll Wasser. Ohh, dieses Wasser war so kalt und schmeckte so süß. Maya, ist unser Wasser das Beste, was du je getrunken hast, oder etwa nicht?«

Sie lachte. »Weißt du, es ist ziemlich gutes Wasser. Pete, hast du welches? Um die Pumpe anzusaugen?«

»Bin gleich wieder da.«

Sie wartete. Sammy und Max kamen heraus, hungrig aufs Frühstück. Pete kam zurück, barfuß, in Levis und ohne Shirt. Er hatte einen Krug voll Wasser dabei. Langsam schüttete er es in den hinteren Teil der Pumpe.

»*Pinche*, nutzlos, und mehr Wasser hab ich nicht.«

»Ich geh mal nachschauen, ob ich eine Kanne oder so mit ein bisschen Wasser habe.« Maya ging hinein. Als sie mit leeren Händen zurückkam, schüttete Pete langsam einen Liter Hamm's-Bier in die Pumpe. Es klappte; Wasser schoss in die Wanne.

»Hamm's löst fast jedes Problem, das du hast«, sagte er.

»Ja. Also, danke.«

Nachdem sie den Jungen zu essen gemacht und sie angezogen hatte, verfrachtete sie sie zusammen mit der Wäsche ins Auto. Auf dem Weg zu den Fowlers kam sie bei Tony vorbei. Er und sein Bruder installierten die neuen Tanksäulen. Sie fuhr auf den Kies.

»Hallo, Tony. Wie sieht's aus, du weißt schon, mit unserem Wasseranschluss?«

»Sieht gut aus! Ich und Eliseo, wir wollen hier noch den Beton einbringen, bevor der Regen einsetzt. Noch n' paar Wochen, dann komm ich vorbei, und ihr seid dran.«

Nachdem Paul zur Arbeit gefahren war, badete sie die Jungen in sonnenwarmem Wasser und legte sie schlafen. Sie schaffte die Wanne ins Haus, machte auf dem Ofen Wasser warm, schleppte weitere Eimer voll herbei und nahm selbst ein Bad. Sie zog saubere Sachen an und ging nach draußen, um in der Hängematte zu lesen, balancierte ein Buch und eine Tasse Kaffee. Am frühen Abend roch es nach Apfelbäumen und Alfalfa und Pferdemist. Nachtfalken kreisten über dem Garten.

Pete fuhr vor und hielt schlingernd vor seiner Tür. Er hatte eine Frau dabei, ein schmieriges Flittchen mit hennagefärbtem Haar. Sie torkelten beide ins kleine Haus hinein. Streitgeräusche, Geräusche von zerbrechenden Flaschen und wütendem Sex drangen aus dem Haus. Maya versuchte zu lesen. *¡Puta desgraciada!* Dann schlug Pete die Frau, immer wieder. Sie schrie, schluchzte. Ein Stuhl zertrümmerte ein Fenster. Max wachte auf, weinend und verängstigt, und dann wachte Sammy auf. Sie brachte sie ins große Bett und sang ihnen eine Weile etwas vor, bis sie wieder einschliefen.

Am Morgen war die Frau nicht mehr da. Pete wusch sich an der Pumpe, verkatert und mit geschwollenen Augen. Maya ging in ihrem Bademantel hinaus.

»Pete, mach das nie wieder. Du hast meine Kinder furchtbar erschreckt. Es war widerlich. Das nächste Mal rufe ich die Polizei.«

»Du kümmerst dich um deine Angelegenheiten; ich kümmere mich um meine. Ich komm zu spät zur Arbeit.«

Die Hunde bellten wie üblich, während er den Motor aufheulen ließ. Er legte den Rückwärtsgang ein, stieß aus Versehen zurück und überfuhr Sebache. Der Hund schrie. Sammy und Max brüllten aus dem Schlafzimmerfenster. Blut sickerte unter dem Reifen hervor.

Der Hund war tot.

»Mensch. Armes kleines Baby. Ich komm zu spät zur Arbeit. Maya, begräbst du ihn für mich?«

Maya saß mit den Jungen in der Hängematte, tröstete sie. Sie hatten noch nie den Tod gesehen, waren verstört, fasziniert. Neben der Jauchegrube hob sie ein Grab aus, wickelte den Welpen in ein altes Handtuch, ließ Sammy und Max Erde darauf werfen.

»Müssen wir ihn jetzt gießen?«, fragte Sammy. Sie lachte, lachte und weinte. Das brachte die beiden wirklich durcheinander. Sie hatten sie noch nie weinen sehen. Zu dritt saßen sie in der Hängematte und weinten. Dann frühstückten sie.

Pete fuhr vor, nicht in seinem Auto, sondern in einem Lastwagen von Yamamoto. Er lud eine Trauerweide neben der Küchentür ab. Für Sebache.

Später stand Paul auf, und sie aßen zu Mittag. Sie wollte gerade von Pete anfangen, als Ernie Jones mit seinem Bass zur Tür hereinkam.

»Ernie und ich werden hier draußen jammen, bevor wir zur Arbeit fahren. Kann sein, dass Buzz Cohen dazukommt. Er ist ein Saxophonspieler, mit dem ich im College gespielt habe, hat lange nicht gespielt. Damals war er großartig.«

»Ich freue mich darauf, euch zu hören. Soll ich Kaffee machen?«

»Ich habe ein paar Limos mitgebracht«, sagte Ernie.

Die Jungen waren begeistert. Sebache war vergessen, als sie der Musik lauschten. Auch Maya hörte zu, summte. Dann pflanzte sie die Trauerweide ein und trug Wasser zu den Pflanzen. Sie stolperte mit zwei vollen Eimern auf die Klettertrompete zu, als Buzz Cohen in einem roten Porsche vorfuhr.

»Los, ich bringe dich von all dem hier weg!« Er lächelte. Er war dunkel, gutaussehend, sexy. Zweifellos ein Flegel, dachte sie, lächelte aber zurück.

»Du bist Buzz? Ich bin Maya, Pauls Frau. Geh ruhig rein.«

Sie spielten jeden Nachmittag. Buzz fand Ausreden, um auf ein Bier oder ein Wasser in die Küche oder nach draußen zu kommen, um zu fragen, wie man Tomaten stängelte. Sie genoss es, die Aufmerksamkeit. War traurig, wenn die Musik aufhörte und die Männer wegfuhren. Dann kam Pete nach Hause, und dann kamen Rómulo und Frances und die Hunde.

Es war Juli und heiß. Feldmäuse kamen durch all die Löcher ins Haus, die Tony für den Wasseranschluss gebohrt hatte. Dreiste Mäuse, die den ganzen Tag überall im Haus herumflitzten. Nachts hörte man Huschen und Klappern und sogar Getöse und Krachen, wenn sie Besen umstießen und Töpfe und Pfannen herunterwarfen. Sie stellte Mäusefallen auf, hinter dem Herd und dem Klavier. Das Schreckliche war, dass sie sofort funktionierten. Wenige Minuten, nachdem sie sie aufgestellt hatte, war da ein Schnappen und ein leises Wimmern und eine tote Maus. Knacks knacks knacks. Also machte sie es nicht mehr.

Eines Nachts lief ihr eine Maus über das Gesicht, als sie im Bett lag. Am nächsten Tag streute sie an sicheren Orten in der Küche und im Schlafzimmer Gift.

In dieser Nacht wurde sie von einem Geräusch geweckt. Sie zündete eine Kerze an und ging in die Küche, um ein Glas Wasser zu trinken. Dutzende sterbende Mäuse wanden sich auf dem Küchenboden, schrien mit leisen Stimmchen. Sie kreischte vor Entsetzen. Die Kinder wurden wach. Auch sie waren entsetzt vom Anblick der Mäuse, die wie betrunkene Aufziehspielzeuge durch die Küche torkelten. Sie versuchte, sie zur Tür hinauszukehren, als Pete auftauchte.

»¡*Hijola!* Was ist mit den Mäusen los?«

»Sie sterben. Ich habe heute Gift gestreut.« Pete zündete eine weitere Kerze an und setzte sich an den Küchentisch. Sie brachte die Jungen ins Bett. Als sie in die Küche zurückkam, sammelte Pete die Mäuse in eine Tüte. Er war zum ersten Mal in ihrem Haus.

»Gift. Maya, bist du verrückt, oder was? Wenn diese Mäuse rausgehen, fressen Bolo und Lady sie und sterben. Deine Kinder finden sie und werden krank und sterben. Was haben dir diese Mäuslein getan. Die tun kei'm was. Außerdem gehen sie wieder raus, wenn es regnet. Sie wollen nur Wasser.«

»Wasser!«

»Das war nicht gut, Maya. Die tun dir nix.«

»Die machen mich verrückt. Und ihr auch, mit eurem Gebrüll und Gezanke jede Nacht und dem Hundegebell. Verrückt.«

»Wir machen dich verrückt? Wir sind deine Freunde. Deine Nachbarn. Ich bin dein bester Nachbar. Komm mal her. Na los, komm her.« Er trat hinaus auf die Hinterveranda. »Riechst du unsere Jamin-Rosen? Riech einfach!«

In der kühlen Nachtluft dufteten die Rosen süß und stark. Unter dem schweren Duft lag der betörende Geruch sommerlicher Heckenkirschen.

Paul kam, stieg eilig aus dem Auto.

»Was ist los?« Er blickte wütend zu Pete, der in Unterhosen dastand.

»Sie hat Mäusegift gestreut. Ich hab ihr gesagt, sie wird noch ihre eigenen Kinder töten, wenn sie Gift streut. Habe ich recht oder nicht?«

»Stimmt. Zum Teufel Maya, das war dämlich.«

Ich verliere den Verstand, dachte sie. Sie ließ die beiden stehen und ging ins Bett.

Eines Abends war es so heiß, dass Pete und Rómulo ihren Tisch ins Freie unter die Bäume trugen. Sie spielten Domino und tranken Bier. Frances machte Petes Küche sauber. Alle Möbel standen draußen, und sie goss eimerweise Wasser über den Boden, wischte und sang »Mighty lak' a rose«. Sammy und Max waren im Waschzuber an der Pumpe. Maya setzte sich neben den Waschzuber, in einer Hand hielt sie ihr Buch, mit der anderen schlenkerte sie durchs Wasser. Nachtfalken segelten über den Garten. Eleuterio hatte die Felder gewässert; ein süßer Duft nach Alfalfa hing in der Luft.

Buzz fuhr in seinem Porsche vor. Er stieg aus, ließ aber den Motor an, sodass laute Musik lief. Stan Getz, Bossa

Nova. Buzz hatte einen großen Krug Frozen Daiquiri mitgebracht. Er und Maya saßen auf den Stufen, tranken aus Weingläsern. Frances tanzte unter den Pappeln zu »The Girl from Ipanema«. Pete blickte mürrisch; Dominosteine klapperten. Die Daiquiris waren stark. Kalt, kalt, lecker! »Klar!«, sagte Maya, als Buzz vorschlug, dass sie und die Jungen ins Auto steigen sollten. Sie würden zum Rio Grande hinunterfahren, wo es kühl war, zu einem Drive-In, um Hamburger und Rootbeer zu bestellen.

Es machte Spaß. Ein schöner Sommerabend. Als sie nach Hause kamen, wartete Buzz in der Küche, bis sie die Jungen ins Bett gebracht hatte.

»Es hat mir gefallen«, sagte Maya.

»Mir auch«, sagte Buzz. »Verdammt, was für eine leichte Beute. Gib ihr einen Eiswürfel, und schon folgt sie dir überall hin.« Sie lachten, und er küsste sie. Sie war erregt. Er küsste sie noch einmal. »Du brauchst ein bisschen Liebe, jemanden, der sich um dich kümmert.« Sie zog ihn an sich, dürstete nach ihm.

Pete hämmerte an die Tür.

»Was ist?«

Sie stand in der Küche, hinter der Tür. Sie hatte nur eine Kerze angezündet.

»Was machst du da im Dunkeln?«, fragte Pete. »Zucker. Ich will mir ein bisschen Zucker borgen. Ich kann meinen Kaffee nicht ohne Zucker trinken.«

Sie schüttete Zucker in eine Tasse. Mäuse stoben hinter der Büchse hervor.

»Hier.« Sie reichte die Tasse zur Tür hinaus.

»Danke.«

Nachdem Pete gegangen war, zog Buzz sie erneut an sich, aber Maya war zur Besinnung gekommen. Sie entwand sich. »Gute Nacht«, sagte sie. »Komm nicht mehr her, wenn Paul nicht da ist.«

Im August kamen die Gewitter. Das Geräusch des Regens auf dem Blechdach war wunderschön, die Blitze, der Donner. Es gab Tomaten und Kürbis und Mais. Maya und die Jungen schwammen und angelten jeden Tag in dem klaren Graben.

Die Mäuse verschwanden allerdings nicht. Der Wasseranschluss wurde nie installiert. Buzz kam oft wieder, wenn Paul nicht zu Hause war.

Im Herbst fand Paul eine neue Arbeit in New York. Er und Maya luden alles in den Lieferwagen und in einen Kleintransporter. Pete, Frances und Rómulo zogen am selben Tag ins große Haus. Sie winkten und winkten, als das Auto und der Kleintransporter abfuhren. Auch Maya winkte und weinte. Die Pflanzen, die Rotschulterstärlinge, ihre Freunde. Sie wusste, sie würde nie zurückkehren. Sie wusste auch, dass das keine gute Ehe war. Frances starb wenige Jahre darauf, aber Pete und Rómulo wohnen noch immer in diesem Haus. Sie sind jetzt beide alt. Sie sitzen unter den Bäumen und spielen Domino und trinken Bier. Das Grundstück ist von der Corrales Road aus zu sehen. Ein schönes, altes Lehmhaus, weit über hundert Jahre alt. Es ist das Haus mit der flammend roten Klettertrompete, das Haus mit den Rosen ringsherum.

EIN NEBLIGER TAG

Der Washington Market in Downtown ist bis Sonntag um Mitternacht menschenleer, wenn die Obst- und Gemüsestände an den Straßen plötzlich aufmachen, wilde Streifen aus Zitronen, Pflaumen, Mandarinen. Weiter hinten in Richtung Fulton Street raffinierte Rot- und Brauntöne von Kartoffeln, Kürbis und gelben Zwiebeln.

Das Kaufen und Einladen geht im Stakkato bis zur Morgendämmerung weiter, wenn der letzte Lieferwagen weg ist und die griechischen und syrischen Händler in schwarzen Autos davonrasen. Zu Sonnenaufgang ist der Markt so leer und trübe wie zuvor, bis auf den Geruch nach Äpfeln.

Lisa und Paul spazierten im menschenleeren Downtown Manhattan durch den Regen. Sie redete. »Hier unten ist es, als würde man auf dem Land leben. Mais und Wassermelone im Sommer … Jahreszeiten. Die Weihnachtsbäume für ganz New York bringen sie hierher. Ganze Häuserzeilen weit werden sie gestapelt. Wälder! Eines Abends hat es geschneit, und drei Hunde sind durchgegangen wie die Wölfe bei Dr. Schiwago. Man konnte weder Autos noch Fabriken riechen, nur Nadelbäume …« Sie plapperte weiter, wie immer, wenn sie mit ihm sprach oder mit Zahnärzten.

Sie wollte, dass auch er sie als schön wahrnahm, die Stadt, ihre Stadt. Sie wusste, dass das nicht der Fall war. Er sah Männer, die Süßkartoffeln oder gestohlene Grapefruit aßen oder Orangenkisten in rostigen Öfen verbrannten. Bronzefarbene *K-Ration*-Büchsen SECHS FÜR EINEN DOLLAR, grüne

138

Flaschen mit Gallo-Portwein glänzten im Licht des Feuers, schimmerten im Regen. Ein alter Mann erbrach sich in den Rinnstein, wo violette Obsthüllen am Gitter ins Indigofarbene verschwammen wie zerdrückte Anemonen.

Er erkannte die Schönheit am Abend nicht, wenn Feuer die Landschaft der Straßenzüge ringsumher sprenkelten und die Gesten der Männer in schattenhafte trunkene Kulttänze verwandelten. Oder in der Dämmerung von ihrem Fenster aus mit einem halbnackten schwarzen Jungen darunter, der auf einem Lastwagenbett aus schimmernden Limetten schlief.

Heftiger Regen setzte ein. Sie warteten im Eingang von Sahini and Sons, Artichokes, bis der Regen nachließ und in ein Nieseln überging, dann gingen sie weiter, durchnässt. Langsam und mit schlaksigem Gang, wie sie immer durch Santa Fe spaziert waren, wie alte Freunde.

In Santa Fe hatte Lisas Mann Benjamin im Restaurant George gearbeitet, gemeinsam mit Paul. George war eine gemeine Lesbe, die sich wie ein Cowboy kleidete, sich einbildete, wie Gertrude Stein zu sein, und Essen à la Alice B. Toklas servierte. Schnecken, kandierte Kastanien. Benjamin spielte dezenten Piano-Jazz, und Paul war der Oberkellner. Sie trugen Smoking. Keiner von ihnen sagte etwas. Die kultivierten, redseligen Stammgäste zogen sich alle wie Indianer an … Samt, Silber, Türkis.

Gegen halb drei Uhr morgens kamen die Männer nach Hause, rochen nach Shrimps mit Aurorasoße und Zigarettenqualm. Lisa bereitete das Frühstück zu, während sie auf dem runden Holztisch in der Küche ihr Trinkgeld zählten. Einmal hatte Benjamin zehn Dollar dadurch verdient, dass er für einen Politiker fünfmal hintereinander »Shine on Harvest Moon« spielte. Die Männer lachten, erzählten ihr von den Gästen und von George.

Schließlich wurden sie beide gefeuert. Paul hatte auf der staubigen Canyon Road eine richtige Auseinandersetzung mit George, genau wie in *High Noon*. Er hatte wirklich ein bisschen wie Gary Cooper ausgesehen. Sie hatte im Cowboy-Fummel und mit schwarzem Bette-Davis-Lippenstift wie Charles Laughton ausgesehen. Sie hatte gewonnen.

Was Benjamin betraf, so war er eines Abends zur Arbeit gekommen, und ein Mexikaner mit Rumba-Kugeln war da gewesen, der »Nosotros, que nos quisimos tanto« ... gesungen hatte. Benjamin rollte sein Yamaho-Klavier nach draußen und mit Mühe in den vw-Bus.

Es war trotzdem ein gutes Jahr. Pinyon-Rauch, Gelächter. Die drei hörten ständig Musik. Miles, Coltrane, Monk. Sie hörten sich außerdem kratzige Aufnahmen von Charles Olson, Robert Duncan und Lenny Bruce an.

Paul war ein Dichter. Er schien nie zu schlafen.

Manchmal schrieb er den ganzen Vormittag. Benjamin schlief lange, übte, spielte den größten Teil des Nachmittags und hörte, Kopfhörer auf, mit der Ernsthaftigkeit eines Studenten im Sprachlabor Musik.

Benjamin war ein korpulenter stiller Mann, ein freundlicher Mann mit einem sicheren Gefühl dafür, was richtig und falsch war. Lisa gegenüber war er väterlich und geduldig, außer wenn sie übertrieb (oft), was, wie er sagte, gleichbedeutend war mit lügen. Er sprach nie in der Vergangenheitsform oder im Futur.

Jede Nacht war sie überrascht, wenn er sie liebte. Er war zärtlich, verspielt und leidenschaftlich, küsste sie überall, ihre Augen, ihre Brüste, ihre Zehen. Sie liebte seine starken Hände auf ihren Brüsten und wie er sie mit seiner Zunge zum Orgasmus brachte. Sie liebte die Nacktheit in seinen haselnussbraunen Augen, wenn er in sie eindrang.

Jede Nacht dachte sie, am nächsten Morgen würde es zwischen ihnen anders sein, nach allem, was geschehen war,

weil sie sich gefühlt hatte, als hätte sie zum ersten Mal Sex …
sie würde anders aussehen am nächsten Morgen.

Nachdem sie sich geliebt hatten, tat er sich Vaseline auf die
Hände, zog weiße Handschuhe an und nahm einen Schlaf-
schirm von Lone Ranger und Ohrstöpsel. Lisa saß aufrecht
im Bett, rauchte und erinnerte sich an alberne Dinge, die
an diesem Tag geschehen waren, und hätte ihn am liebsten
geweckt.

Tagsüber verbrachte sie die meiste Zeit mit Paul, sie lasen,
redeten, stritten am Küchentisch. Später bildete sie sich ein,
es hätte die ganze Zeit geregnet, weil sie und Paul monatelang Darwin und W. H. Hudson und Thomas Hardy gelesen
hatten, an einem Pinyon-Feuer, das ebenfalls nur in ihrer
Vorstellung existierte.

✳

Dann gab es Tony. Ein alter Freund von Benjamin aus Har-
vard, reich und auf geheimnisvolle Weise gutaussehend.
Er fuhr Lisa in zwanzig Minuten mit einem Maserati von
Albuquerque nach Santa Fe durch den Regen nach Hause.
Wenn die anderen Autos nicht abblendeten, schaltete er
seine Scheinwerfer komplett aus.

Er ging häufig mit Lisa zum Dinner ins George's, um
Benjamin spielen zu hören. Benjamin spielte sehr schön für
seinen alten Bebop-Freund. »Round Midnight«, »Scrapple
from the Apple«, »Confirmation«.

Tony trug italienische Anzüge mit Lederaufschlägen. Paul
gab ihnen die Speisekarten, schweigend. Tony trennte sich
gerade von seiner Frau. Er seufzte: »Mann … ich hasse es,
wenn Dinge enden … ich steh nur auf Anfänge.«

»Super«, sagte Lisa. »Ich steh auf Dinge, die enden.«

Über Kristallgläser mit Cabernet Sauvignon hinweg trafen sich ihre Blicke. »… und es wird nie jemals einen ande-

ren geben als dich …«, spielte Benjamin. Eine Melodie von Chet Baker …

Die Affäre zwischen Lisa und Tony war unvermeidlich, jedenfalls sagte Tony das. Billig und vorhersehbar, sagte Paul. Benjamin sagte gar nichts.

Sie war neunzehn Jahre alt. Nicht, um sie zu entschuldigen, nur, dass sie in einem Alter war, in dem man ein ernstes Wörtchen gebrauchen kann. Sie mochte es, wenn Tony Dinge sagte wie »Wir waren füreinander bestimmt. Bei uns beiden wachsen die Augenbrauen in der Mitte zusammen …«

Eines Nachts, als Benjamin nach Hause kam, sagte sie: »Ben. Ich will Worte! Ich will Worte! Ich will mit dir reden!«

Er schaute sie an. Er legte seine Fliege und die neun rubinroten Beschläge seines Smokinghemds ab. Er zog Jacke und Schuhe aus und setzte sich neben sie auf das Zustellbett.

»Babs«, sagte er. (Er nannte sie immer Babs.)

Dann war er still, zog seine Hosen, die Unterhosen und die Socken aus. Er saß nackt auf dem Bett, müde, und sie wusste, was für ein guter Mann er war.

»Ich bin ein wortkarger Mann«, sagte er. Er hielt ihren Kopf in seinen Pianistenhänden.

»Ich liebe dich«, sagte er. »Ich liebe dich von ganzem Herzen. Weißt du das denn nicht?«

»Ja«, sagte sie und drehte sich um und weinte sich in den Schlaf.

Alles wurde sehr leidenschaftlich und schmerzhaft und ja, billig und vorhersehbar. Lisa verließ Benjamin, nahm nur *Fernab und vor langer Zeit* von W. H. Hudson mit. Sie verließ ihn für Tony und die Liebe. Aber Tony »machte gerade jede Menge Veränderungen durch«, weshalb sie schließlich allein in einem Steinhaus im Tijeras Canyon lebte.

Benjamin fuhr vor dem Haus vor. Sie seufzte, als sie ihn

vom Fenster aus kommen sah. Hinter ihm her lief Paul, blass.

»Hey, Babs ... Zeit für was Neues. Wir gehen nach New York. Steig in den Bus«, sagte Benjamin.

Sie stand da und versuchte zu überlegen. Benjamin war schon eingestiegen. Paul wartete in der Tür, während sie ihre wenigen Sachen zusammensuchte. Sie zündete sich eine Zigarette an und setzte sich hin.

»Verdammt, jetzt steig schon ein!«

Zögernd folgte sie Paul.

Als sie nach einer schweigsamen Fahrt vor dem Haus ankamen, zog Benjamin sich einen Smoking an und ging zur Arbeit. Er spielte mit Prince Bobby Jack im Skyline Club. »She brings me coffee in my favrit cup« ... Guter Blues.

Lisa und Paul packten alles in Kartons von M & M Liquors. Ein gespenstischer Mond taumelte leuchtend über die Sandia Mountains. Normalerweise hätten sich Paul und sie an so einem Ereignis erfreut. Jetzt sahen sie nur zu, zitterten draußen vor Kälte.

»Sei eine gute Ehefrau für ihn, Lisa. Er liebt dich von ganzem Herzen.«

Benjamin und Lisa fuhren am nächsten Morgen nach New York. Paul winkte zum Abschied und ging durch die Apfelbäume davon.

Den größten Teil der Strecke nach New York fuhr Lisa, sogar durch Chicago. Benjamin schlief den größten Teil der Strecke, die Augenmaske angelegt, außer, als sie den Mississippi überquerten. Der war wirklich schön, der Mississippi.

Sie fuhren durch die kleine Stadt, in der Paul geboren wurde, und sahen das Haus und die Scheune. Jedenfalls war Lisa überzeugt, dass sie das sein mussten ... Sie konnte ihn sich in den grünen Feldern vorstellen. Flachsköpfiges Kind. Rotschulterstärlinge. Sie vermisste Paul sehr.

»Also, Paul«, sagte Lisa am zweiten Tag seines Besuchs in New York zu ihm im Nieselregen der Varick Street … »Worüber wolltest du mit mir reden?«

»Über nichts eigentlich … Ich wollte nur Benjamin nicht aufwecken.« (Benjamin hatte in der Nacht zuvor auf einer Hochzeit in der Bronx gespielt.)

»New York war eine gute Entscheidung«, sagte er. »Ich kann nicht glauben, wie er spielt.«

»Wirklich! Mann … er hat gearbeitet … sechs Monate nur, um in die Gewerkschaft zu kommen … dann Stripläden, einmalige Sachen, Crossinger's … aber er hat mit ein paar großartigen Musikern gejammt.«

»Er hatte ein paar gute Jazz-Gigs.«

»Ich wünschte, du hättest ihn mit Buddy Tate spielen hören, mit all diesen alten Count Basie Jungs aus alten Zeiten. Da hat er richtig losgelegt.«

»Das macht er immer … er ist ein guter Musiker.«

Das wusste sie.

»Letzte Woche habe ich Red Garland gesehen, bei Birdland. Er stand an der Bar. Ich habe ihn begrüßt, und er hat zurückgegrüßt.«

Sie dachte an Red Garland und summte, wie er »You're My Everything« gespielt hatte, vor sich hin, als ihr Arm auf der Varick Street Pauls Arm streifte. Vor Verlangen nach Paul wurde ihr so schwindlig, dass sie stolperte, dann einen Hüpfer machen musste, um wieder in Tritt zu kommen. Ich bin niederträchtig, sagte sie sich und konzentrierte sich auf den Gehweg. Tritt nicht auf die Striche. Sonst geht Mama in die Brüche.

»Lass uns die Hobokenfähre nehmen!«, sagte sie so ungezwungen wie immer.

Sie liefen über die alte Fähranlegestelle. Kein Mensch war da. Eindeutig ein Samstagmorgen. Ein schlafender Zeitungsverkäufer, stoppelbärtig, in der Faust einen Briefbeschwerer der *Times*. Auf dem Zeitungsständer erwachte eine Katze und streckte sich. Dumme Kätzchen, alle grau.

Es war sehr dunkel. Regen wirbelte Ruß in gesprungene rautenförmige Oberlichter. Paul und Lisas Schritte warfen laute Echos, nostalgisch wie in einer alten leeren Turnhalle oder einem Bahnhof in Montana spätnachts während eines Familienstreits.

Die Fähre war im Nebel kaum zu sehen, eine elegante, schwere viktorianische Dame, vorbeiziehende Schlepper und ermüdend langsame Lastkähne voller Müll. Langsam und vorsichtig knarrte die Fähre in die Anlegestelle. Auf dem Holzdeck warfen Paul und Lisas Schritte erneut laute Echos. Tauben klagten auf dem verrottenden Dach über ihnen, ihre schimmernden Ölfedern die einzige Farbe des Morgens.

Die beiden waren allein auf dem Schiff. Sie lachten, tauschten mehrmals die Plätze, spazierten über die Decks. Nebel umgab das Schiff.

»Paul! New York gibt es nicht! Auch kein New Jersey! Vielleicht sind wir im Ärmelkanal!«

Sie starrten hinaus in den Nebel, bis gelbe Güterwagen, rote Werkstattwagen gespenstisch an New Jerseys Küste auftauchten. Der Traum von einem Güterbahnhof in North Dakota. Die Fähre knallte gegen die Pfähle. Möwen flatterten auf, balancierten dann wieder auf den schaukelnden Stämmen.

»Komm, lass uns aussteigen«, sagte er.

»Wenn wir bleiben, müssen wir nicht bezahlen.«

»Lisa, warum machst du nie das, was sich gehört? Warum kaufst du zum Beispiel keinen Handfeger?«

»Ich hasse Handfeger«, sagte sie und ging hinter ihm her von der Fähre. Eigentlich kaufte sie oft welche, warf sie dann aber aus Versehen weg.

Auf der Rückfahrt standen sie draußen, lehnten am salzverkrusteten Geländer, ohne sich zu berühren.

»Ich wünschte, du wärst glücklich«, sagte er. »Als Ben dich abgeholt hat ... das war das Mutigste, was ich einen Mann je habe tun sehen. Er hat dir verziehen. Es macht mich traurig zu sehen, wie wenig es bewirkt hat.«

Sie wollte seekrank sein, ihm sagen, dass sie, seit sie in New York war, den ganzen Tag mit ihm sprach, seine Briefe aufhob, um sie in der Dämmerung auf dem Dach zu lesen, wo der Himmel wie in New Mexico zu sein schien.

Er fuhr sich mit der Hand durch die bleichen Haare. »Ich habe dich vermisst, Lisa. Ich habe dich wirklich vermisst.«

Sie nickte, den Kopf gesenkt, Tränen verschleierten Wasser und Schaum, wie bereiftes Glas. Ihre Zähne klapperten.

Sie zeigte zum WORLD-Schriftzug am *World-Telegram*-Gebäude, das neonfarben durch den Nebel leuchtete.

»Das ist das Erste, was ich jeden Morgen sehe, wenn ich die Augen aufmache. WORLD. Nur natürlich spiegelverkehrt.«

Sie konnten, deutlich jetzt, ihre Wäsche auf dem Dach über dem Loft in der Greenwich Street sehen. Die verrußten, blendenden Kleidungsstücke flatterten vor den regenschwarzen Gebäuden um City Hall.

»Sieh mal, Diana!« Sie lachte.

Die Bronzestatue von Diana erhob sich direkt über ihrer Wäsche, als wollte sie sie allesamt in den Hudson schleudern.

»Aber du warst es, der mir verziehen hat, Paul«, sagte sie.

Als die Fähre die Angelegestelle erreichte, wurden die Maschinen abgeschaltet. Auch wenn die Fähren voller Leute sind, ist das ein Moment furchtbarer Stille. Das Wasser klatscht an den hölzernen Rumpf, bis das Schiff mit einem dumpfen Aufprall und dem Zerschmettern eines Schwarms erschreckter Möwen andockt.

»Paul ...«, sagte Lisa, aber sie war allein. Paul hatte sich umgedreht. Er ging in langen, ausgreifenden Schritten auf das eiserne Gatter am Bug zu, in Eile jetzt, zurückzukehren.

ZEIT DER KIRSCHBLÜTE

Da war er wieder, der Briefträger. Nachdem sie ihn zum ersten Mal wahrgenommen hatte, sah Cassandra ihn überall. So wie mit dem Wort *exazerbieren*, sobald man verstanden hat, was es bedeutet, sagt es plötzlich jeder, und es steht sogar morgens in der Zeitung.

Er marschierte die Sixth Avenue entlang, hob seine glänzenden Schuhe bei jedem Schritt hoch in die Luft. Eins / zwei. Eins / zwei. An der Thirteenth Street wandte er den Kopf nach rechts, machte eine Drehung und verschwand. Er trug die Post aus.

Cassandra und ihr zweijähriger Sohn Matt drehten ihre eigene Morgenrunde. Der Deli, A&P, die Bäckerei, die Feuerwehr, die Tierhandlung. Manchmal der Waschsalon. Nach Hause für Milch und Kekse, dann wieder hinunter auf den Washington Square. Nach Hause zum Mittagessen und für einen Mittagsschlaf.

Als ihr der Briefträger, der ihren Weg kreuzte und wieder kreuzte, zum ersten Mal aufgefallen war, fragte sie sich, warum sie ihn vorher nie gesehen hatte. Hatte sich ihr ganzes Leben um fünf Minuten verschoben? Was, wenn es sich um eine Stunde verschieben würde?

Dann bemerkte sie, dass seine Route zeitlich so perfekt durchgeplant war, dass er an jeder Querstraße immer genau dann den gegenüberliegenden Bordstein erreichte, wenn die Ampel auf Rot sprang. Er wich unterwegs nie davon ab, selbst die wenigen Höflichkeiten waren mit eingerechnet und vorhersehbar. Dann bemerkte sie, dass es bei ihr und Matt genauso war. Um neun Uhr beispielsweise hob ein Feuerwehrmann Matt auf das Feuerwehrauto oder setzte Matt seinen Helm auf. Um zehn Uhr fünfzehn fragte der Bäcker Matt, wie es dem großen Jungen heute ginge, und er gab ihm einen Haferflockenkeks. Oder der andere Bäcker sagte hallo Hübsche zu Cassandra und gab ihr den Keks. Als sie aus der Tür auf die Greenwich Street traten, war der Briefträger da, der gerade einen Schritt vom Bordstein hinunter machte.

Das ist verständlich, sagte sie sich. Kinder brauchen einen Rhythmus, eine Routine. Matt war so klein, er mochte die Spaziergänge, ihre Zeit im Park, aber Punkt eins bekam er schlechte Laune, brauchte etwas zu essen und seinen Mittagsschlaf. Trotzdem fing sie an, den Ablauf etwas zu verändern. Matt reagierte darauf nicht gut. Ehe ihr Spaziergang nicht beendet war, war er nicht bereit für den Sandkasten oder für das einschläfernde Schaukeln. Wenn sie früher nach Hause gingen, war er für einen Mittagsschlaf zu überdreht. Wenn sie nach dem Park in den Laden gingen, fing er an zu plärren, versuchte sich aus dem Körbchen zu winden. Also kehrten sie zu der gewohnten Routine zurück, manchmal direkt in den Fußstapfen des Briefträgers, manchmal auf der ihm gegenüberliegenden Straßenseite. Niemand stand ihm im Weg oder lief ihm vor die Füße. Eins / zwei. Eins / zwei, schnitt er in der Mitte des Gehwegs eine gerade Bahn durch die Menschen.

Eines Morgens hätten sie ihn verpasst, wenn sie wie gewöhnlich einige Zeit in der Tierhandlung gestöbert hätten. Aber mitten im Laden stand ein neuer Käfig. Tanzmäuse. Dutzende kleiner grauer Mäuse rannten wie verrückt im Kreis herum. Sie waren mit einem kaputten Trommelfell geboren worden, weshalb sie rannten und rannten. Cassandra brachte Matt aus dem Laden, und sie wären beinahe mit dem Briefträger zusammengestoßen. Auf der gegenüberliegenden Straßenseite rief eine Lesbe etwas zu ihrer Geliebten im Frauengefängnis hinauf. Jeden Morgen um zehn Uhr dreißig war sie da.

Auf der Sixth Avenue gingen sie in den Deli, um Hühnerleber zu kaufen, dann nach nebenan, um die Wäsche abzuholen. Matt trug die Einkäufe, sie schob die Wäsche in einem Wagen. Der Briefträger hüpfte einmal, um den Wagenrädern auszuweichen.

Cassandras Ehemann David kam um 17 Uhr 45 nach Hause. Er drückte dreimal auf den Summer, und sie betätigte den Türöffner. Sie und Matt warteten am Treppengeländer und sahen ihm zu, wie er, eins zwei drei vier Treppen hochgestiegen kam. Hallo! Hallo! Hallo! Sie umarmten einander, und er kam herein. Er setzte sich mit Matt auf dem Schoß an den Küchentisch, legte den Schlips ab.

»Wie war's?«, fragte sie.

»Wie immer«, sagte er, oder »nicht so gut«. Er war Schriftsteller, hatte seinen ersten Roman fast beendet. Seine Arbeit in einem Verlag mochte er nicht, sie ließ ihm weder Zeit noch Energie für sein Buch.

»Tut mir leid, David«, sagte sie und bereitete Drinks zu.

»Wie war dein Tag?«

»Gut. Wir sind spazieren und in den Park gegangen.«

»Schön.«

»Matt hat Mittagsschlaf gemacht. Ich habe Gide gelesen.« (Sie versuchte, Gide zu lesen; normalerweise las sie Thomas Hardy.) »Da gibt es diesen Briefträger –«

»Postboten.«

»Postboten«, korrigierte sie sich. »Er deprimiert mich so. Er ist wie ein Roboter. Jeden Tag derselbe Ablauf – er hat sogar die Ampeln eingeplant. Das macht mich traurig, wenn ich an mein eigenes Leben denke.«

David war wütend. »Ja, du hast es wirklich schwer. Sieh

mal, wir alle machen Dinge, die wir nicht machen wollen. Meinst du, ich bin gern in der Schulbuchabteilung?«

»Das meinte ich nicht. Ich mache das, was ich mache, gern. Ich will es nur nicht um zehn Uhr zweiundzwanzig machen. Verstehst du?«

»Kann sein. Hey, Mädchen – lass mir ein Bad ein.«

Er sagte das immer, ein Witz. Dann ließ sie ihm ein Bad ein und machte das Abendessen, während er badete. Wenn er aus der Wanne gestiegen war, seine Haare glänzend schwarz, aßen sie. Nach dem Essen schrieb er oder dachte nach. Sie spülte das Geschirr, badete Matt und las oder sang ihm etwas vor. »Texarkana Baby« und »Candy Kisses«, bis er einschlief, ein Sabberfaden tropfte von seinen rosafarbenen Lippen. Dann las sie oder nähte, bis David sagte: »Lass uns ins Bett gehen«, und das taten sie. Sie liebten sich oder auch nicht und schliefen ein.

Am nächsten Morgen lag sie wach im Bett, ihr Kopf schmerzte. Sie wartete darauf, dass er sagte: »Guten Morgen, mein Sonnenschein«, und er sagte es. Bevor er ging, wartete sie darauf, dass er sie küssen und sagen würde: »Tue nichts, was ich nicht auch tun würde«, und er tat es.

Auf dem Weg zum Washington Square dachte sie, dass wahrscheinlich irgendein Kind von der Rutsche fallen und sich die Lippe aufreißen würde. Später im Park fiel Matt von der Schaukel und riss sich die Lippe auf. Cassandra legte ein Taschentuch auf den Riss, kämpfte gegen die eigenen Tränen an. Was ist los mit mir? Was will ich denn noch? Gott, lass mich einfach das Gute sehen. Sie zwang sich, den Blick schweifen zu lassen, raus aus sich selbst, und tatsächlich, die Kirschen blühten. Sie waren nach und nach aufgegangen, aber an diesem Tag waren sie bezaubernd. Dann, als passierte es, weil sie die Bäume ansah, ging der Springbrunnen an. Mama, guck mal! Matt schrie und rannte los. Alle Kinder und ihre Mütter rannten auf die glitzernde Fontäne zu. Der Briefträger ging wie gewöhnlich direkt daran vorüber. Er schien nicht zu bemerken, dass sie an war, wurde von den Spritzern nass. Eins / zwei. Eins / zwei.

Cassandra ging mit Matt zum Mittagsschlaf nach Hause. Manchmal schlief auch sie, aber normalerweise nähte sie oder erledigte Küchenarbeiten. Sie mochte diese schläfrige Tageszeit, wenn die Katze gähnte und Busse draußen umherfuhren, wenn Telefone klingelten und klingelten. Die Nähmaschine klang wie die Fliegen im Sommer.

Aber an diesem Nachmittag blitzte die Sonne auf dem verchromten Herd auf, die Nadel an der Maschine zerbrach. Von der Straße drang das Geräusch von Bremsen und ein Krachen herauf. Silber klapperte auf dem Spülbrett, ein Messer machte ein kreischendes Geräusch auf der Emaille. Cassandra hackte Petersilie. Eins / zwei. Eins / zwei.

Matt wachte auf. Sie wusch ihm das Gesicht, behutsam an der Lippe. Sie tranken Milchshakes, warteten mit Schokoladenschnurrbärten darauf, dass David nach Hause kam, dass er den Summer dreimal drückte.

Sie wünschte, sie hätte ihm erzählen können, wie schlecht es ihr gegangen war, aber er war es, der es schwer hatte, dieser Job, keine Zeit für sein Buch. Als er sie fragte, wie ihr Tag gewesen war, sagte sie nur: »Es war ein wundervoller Tag. Die Kirschen blühen, und sie haben den Springbrunnen angestellt. Es ist Frühling!«

»Schön.« David lächelte.

»Der Briefträger ist nass geworden«, fügte sie hinzu.

»Postbote.«

»Postbote.«

»Heute gehen wir nicht in den Laden«, sagte Cassandra zu Matt. Sie backten Erdnussbutterkekse, und er drückte jeden mit der Gabel platt. So. Sie machte Sandwiches und stellte

Milch bereit, legte Decken und ein Kissen in den Wäschewagen. Sie nahmen einen völlig anderen Weg, die Fifth Avenue entlang zum Washington Square. Es war schön, auf den Torbogen zu stoßen, der die Bäume und den Springbrunnen rahmte.

Sie spielte mit Matt Ball, er spielte auf der Rutsche und im Sandkasten. Um eins breitete sie die Decke für ein Picknick aus. Sie aßen Sandwiches, boten Leuten, die vorbeigingen, ihre Kekse an. Nach dem Mittag wollte er zuerst nicht schlafen, trotz eigener Decke und Kissen. Aber sie sang für ihn. »She's my Texarkana baby and I love her like a doll, her ma she came from Texas and her pa from Arkansas.« Wieder und wieder, bis Matt schließlich einschlief und sie auch. Sie schliefen lange. Als sie aufwachte, hatte sie zuerst Angst, weil sie die Augen in die rosafarbenen Blüten vor dem blauen Himmel hinein öffnete.

Auf dem Nachhauseweg sangen sie, hielten vor der Wäscherei an, um ihr Bündel abzuholen. Als sie herauskamen und den schweren Wagen schoben, war Cassandra überrascht, den Briefträger zu sehen. Sie hatten ihn den ganzen Tag über nicht gesehen. Gemächlich folgte sie in seinem Windschatten Richtung Bordstein. Dann ließ sie den Wagen los, ließ ihn den Gehweg hinunter und heftig gegen seine Fersen segeln. Er stieß so gegen einen Fuß, dass der Fuß aus dem Schuh rutschte. Der Briefträger drehte sich mit einem hasserfüllten Blick zu ihr um, bückte sich, um seinen Schuh aufzuschnüren und wieder anzuziehen. Sie holte den Wagen, und er überquerte die Straße. Aber er war zu spät. Die Ampel sprang auf Rot, als er auf halbem Weg war. Ein Lieferwagen von Gristede kam um die Ecke, verfehlte den Briefträger nur knapp, die Bremsen kreischten. Der Briefträger erstarrte vor Schreck, ging dann weiter auf den Bordstein zu und die Thirteenth Street hinunter, rannte jetzt.

Cassandra ging mit Matt auf direktem Weg zur Fourteenth Street und um die Ecke zurück zu ihrem Haus. Es war ein ganz neuer Nachhauseweg.

David drückte um 17 Uhr 45 auf den Summer. Hallo! Hallo! Hallo! »Wie war dein Tag?«

»Wie immer. Und deiner?«

Matt und Cassandra fielen einander ins Wort, als sie ihm von ihrem Tag erzählten, ihrem Picknick.

»Es war wunderschön. Wir haben unter den Kirschblüten geschlafen.«

»Schön.« David lächelte.

Sie lächelte ebenfalls. »Auf dem Weg nach Hause habe ich den Briefträger umgebracht.«

»Postboten«, sagte David und nahm den Schlips ab.

»David. Bitte, rede mit mir.«

ABEND IM PARADIES

Manchmal schaut man Jahre später zurück und sagt, das war der Anfang von … oder wir waren damals so glücklich … ehe … danach … Oder man denkt, ich werde glücklich sein, wenn … wenn ich erst mal das und das bekomme … wenn wir … Hernán wusste, dass er jetzt glücklich war. Das Océano Hotel war voll, seine drei Kellner arbeiteten mit Höchstgeschwindigkeit.

Er war nicht der Mann, der sich über die Zukunft Sorgen machte oder an der Vergangenheit hing. Die kaugummiverkaufenden Kinder verscheuchte er aus seiner Bar, ohne einen Gedanken an seine eigene Kindheit als obdachloser Waisenjunge. Als er den Strand geharkt, Schuhe geputzt hatte.

Als er zwölf war, hatten sie mit dem Bau des Océanos begonnen. Hernán machte Besorgungen für den Besitzer. Er vergötterte Señor Morales, der einen weißen Anzug und einen Panamahut trug. Hängende Wangen, die zu den Säcken unter seinen Augen passten. Nachdem Hernáns Mutter gestorben war, war Señor Morales der einzige Mensch, der ihn mit seinem Namen ansprach. Hernán. Nicht hey, Junge, *ándale hijo, vete callejero. Buenos días,* Hernán. Während die Bauarbeiten voranschritten, verschaffte Señor Morales ihm einen festen Job, indem er ihn saubermachen ließ, sobald die Arbeiter gegangen waren. Als das Hotel fertig war, stellte er ihn in der Küche an. Gab ihm ein Zimmer unterm Dach, in dem er wohnen konnte.

Andere Männer hätten erfahrene Angestellte anderer Hotels eingestellt. Die Köche und Rezeptionisten im neuen Océano kamen aus Acapulco, aber alle anderen Arbeitnehmer waren ungebildete Straßenkinder wie Hernán. Sie waren alle stolz darauf, ein Zimmer zu haben, ihr eigenes richtiges Zimmer unterm Dach. Duschen und Toiletten für die männlichen und weiblichen Angestellten. Noch dreißig Jahre später arbeitete jeder dieser Männer in dem Hotel. Die Wäscherinnen und Zimmermädchen kamen alle aus Bergstädtchen wie Chacala oder El Tuito. Die Frauen blieben bis zur Heirat oder bis sie krank vor Heimweh wurden. Die neuen waren immer frische, junge Mädchen aus den Bergen.

Socorro kam aus Chacala. Als Hernán sie zum ersten Mal sah, stand sie in einem weißen Kleid in ihrer Zimmertür, die Zöpfe mit rosa Satinband geflochten. Sie hatte das mit einer Schnur zusammengehaltene Bündel mit ihren Sachen noch nicht abgestellt. Sie schaltete das Licht an und aus. Ihre Anmut erstaunte ihn. Sie lächelten einander an. Sie waren beide fünfzehn, und beide verliebten sich in genau diesem Moment ineinander.

Am nächsten Tag sah Señor Morales, wie Hernán Socorro in der Küche beobachtete.

»Sie ist eine kleine Schönheit, was?«

»Ja«, sagte Hernán. »Ich werde sie heiraten.«

Er machte zwei Jahre lang Doppelschichten, bis sie heiraten und in ein kleines Haus in der Nähe des Hotels ziehen konnten. Als ihre erste Tochter Claudia geboren wurde, durchlief er eine Ausbildung zum Barkeeper. Bei der Geburt von Amalia war er ein richtiger Barkeeper, und Socorro hörte auf zu arbeiten. Ihre zweite Tochter würde in zwei Wochen ihren *Quinceañera*-Geburtstag feiern. Señor Morales war der Pate beider Mädchen und veranstaltete das Fest im Hotel. Er selbst war Junggeselle und schien Socorro und die Mädchen fast ebenso zu lieben wie Hernán, wurde nie müde, anderen Leuten von ihnen zu erzählen.

»Sie sind so gut, so schön. Zart und rein und stolz und …«

»Klug, stark und harte Arbeit gewöhnt«, fügte Hernán hinzu.

»*Dios mío* … das Haar dieser Frauen … *tan, pero tan brilloso.*«

John Apple war wie immer an der Bar, schaute hinaus zum *malecón* oberhalb vom Strand. Lastwagen und Busse rumpelten draußen über das Kopfsteinpflaster. John trank ein gepflegtes Bier und murmelte vor sich hin.

»Riechst du diese fiesen Abgase? Was für eine Rakete. Jetzt ist alles vorbei, Hernán. Schluss mit dem Paradies. Das Ende unseres trüben, verschlafenen kleinen Ortes.«

Hernáns Englisch war sehr gut, aber manches entging ihm, wie diese Bemerkung von John. Er wusste nur, dass er es jahrelang immer wieder gehört hatte. Er ignorierte die Seufzer, als John erneut so tat, als würde er das leere Glas austrinken. Jemand anderes sollte ihm den nächsten Drink spendieren.

»Nicht das Ende«, sagte Hernán. »Ein neues Puerto Vallarta.«

Dutzende Luxusresorts entstanden, der neue Highway war fertig, der große Flughafen gerade eröffnet worden. Statt eines Fluges pro Woche gab es jeden Tag fünf oder sechs internationale Flüge. Hernán trauerte der Zeit, als der Ort noch so friedlich gewesen, diese die einzige gute Bar und er der einzige Barkeeper gewesen war, der darin gearbeitet hatte, nicht nach. Er mochte es, so viele Kellner zur Unterstützung zu haben. Er war nicht einmal müde, wenn er jetzt nach Hause kam, konnte mit Socorro zu Abend essen, Zeitung lesen, sich eine Weile unterhalten.

Immer mehr Leute kamen herein. Hernán schickte Memo in die Küche, um Hilfskellner zur Unterstützung zu holen, ein paar zusätzliche Stühle zu besorgen. Die meisten Gäste im Hotel waren Journalisten oder Schauspieler aus der Crew des Films *Die Nacht des Leguans*. Die meisten von ihnen waren in der Bar und mischten sich unter die »angesagten« Leute aus dem Ort, ansässige Mexikaner und Amerikaner. Touristen und Paare in den Flitterwochen hielten nach Ava, Burton und Liz Ausschau.

Damals wurde jede Woche ein mexikanischer Film auf der Plaza gezeigt. Es gab kein Fernsehen, weshalb die Schauspieler aus *Die Nacht des Leguans* niemanden im Ort beeindruckten. Aber alle wussten, wer Elizabeth Taylor war. Ihr Mann, Richard Burton, spielte mit.

Hernán mochte sie alle, und er mochte John Huston, den Regisseur.

Der alte Mann verhielt sich Socorro und seinen Töchtern gegenüber immer respektvoll. Er sprach spanisch mit ihnen und lüftete den Hut, wenn er sie in der Stadt sah. Socorro bat ihren Bruder, *raicilla* aus den Bergen in der Nähe von Chacala mitzubringen, schwarzgebrannten Mescal für Señor Morales. Hernán bewahrte ihn in einem riesigen Mayonnaiseglas unter der Bar auf, versuchte, ihn zu rationieren und zu verdünnen, ohne dass Señor Morales es bemerkte.

Mexikanische Anwälte und Banker probierten an Sue Lyons, der blonden Naiven, ihr Englisch aus. Ruby und Alma, zwei geschiedene Amerikanerinnen, flirteten mit Kameramännern. Beide Frauen waren sehr wohlhabend, besaßen Häuser auf Klippen am Wasser. Sie dachten immer noch, sie würden in der Océano Bar die große Liebe finden. Normalerweise lernten sie verheiratete Männer auf Angeltouren kennen oder, so wie jetzt, Journalisten oder Kameramänner. Nicht die Sorte Mann, die vorhat, zu bleiben.

Alma war nett und schön, ehe sich ihre Augen und ihr Mund spätabends in Wunden verwandelten und ihre Stimme ein Schluchzen wurde, als wollte sie, dass man sie schlug und wegging. Ruby war beinahe fünfzig, geliftet, gefärbt und zusammengeflickt. Sie war witzig, und man hatte Spaß mit ihr, aber sobald sie viel getrunken hatte, wurde sie böse, und dann machte sie schlapp, und Hernán ließ sie von jemandem nach Hause bringen. John Apple kam herüber, um sich neben sie zu setzen. Alma bestellte ihm eine doppelte Margarita.

Luis und Víctor standen lange genug am Eingang, um von allen wahrgenommen zu werden. Sie glitten in die Bar und setzten sich dorthin, wo sie zu sehen waren. Geheimnisvoll und gutaussehend, trugen beide enge, weiße Hosen, offene weiße Hemden. Barfuß, ein leuchtendes Schmuckband am Knöchel. Weißes Lächeln, nasses, schwarzes Haar. »*Ratoncitos tiernos.*« Zarte kleine Ratten, wie die Huren die jungen, sexy aussehenden nennen.

Hernán arbeitete schon in der Küche des Océano, als er ihnen zum ersten Mal begegnet war, da waren sie noch Kinder. Bettelten sternhagelvolle Touristen an. Ursprünglich kamen sie aus Culiacán, nannten einander *Compa*, für *compadre*.

Jahrelang hatten Luis und Víctor nachts unter *petates* in Booten geschlafen, waren den ganzen Tag auf den Strich gegangen. Hernán verstand sie und verurteilte sie nicht, auch nicht fürs Stehlen. Wie sie Frauen behandelten, schockierte ihn nicht. Aber er verurteilte die Frauen. Eines Tages hatte er gesehen, wie Víctor sich Amalia auf dem *malecón* genähert hatte. Sie trug Schuluniform, Faltenrock und weiße Bluse, hielt ihre Bücher fest an die sprießenden Brüste gepresst. Hernán rannte aus der Bar und jagte über die Straße. »Geh nach Hause!«, sagte er zu Amalia. Zu Víctor sagte er: »Wenn du noch einmal eine meiner Töchter ansprichst, bring ich dich um.«

Hernán goss Martinis in geeiste Gläser, stellte sie auf Memos Tablett. Er verließ den Tresen und ging zu den jungen Männern hinüber.

»*Quibo.* Warum werde ich so nervös, wenn ich euch beide in meiner Bar sehe?«

»*Cálmate, viejo.* Wir sind hier, um Zeugen von zwei historischen Ereignissen zu werden.«

»Zwei? Eines muss Tony und das andere Beto betreffen. Was ist mit Beto?«

»Er kommt, um mit den Filmleuten zu feiern. Er hat eine Rolle in *Die Nacht des Leguans.* Echtes Geld. *Lana.*«

»*¡No me digas!* Wie schön für ihn. Dann ist er jetzt also kein Strandjunge mehr. Was für eine Rolle?«

»Er spielt einen Strandjungen!«

»Er wird es versauen. Das andere Ereignis kenne ich schon. Tony treibt es mit Ava Gardner.«

»Das ist kein Ereignis. *Fíjate.* Dort ist das Ereignis!«

Eine prachtvolle Chris-Craft-Jacht gischte in den Hafen, brachte das vom Sonnenuntergang beleuchtete, purpurfarbene Wasser in Bewegung. Tony stand da und winkte, ließ den Anker von *La Ava* los. Ein kleiner Junge fuhr in einem Ruderboot hinaus, um ihn zu holen.

»*Híjola.* Hat sie es wirklich für ihn gekauft?«

»Ist unter seinem Namen registriert. Sie hat letzte Nacht auf ihn gewartet, nackt in einer Hängematte, hatte es auf ihren Busen geklebt. Rate mal, was er zuerst gemacht hat.«

»Sich das Schiff angeschaut.«

Die drei lachten, als die schöne, wacklige Ava die Treppe herunterkam und allen zulächelte. Sie setzte sich allein in eine Nische und wartete auf Tony. Hernán war erfreut, dass, obwohl sie von allen angeschaut und bewundert wurde, niemand sie belästigte. Meine Gäste haben gute Manieren, dachte er.

Hernán kehrte hinter den Tresen zurück, arbeitete schnell, um aufzuholen. *Pobrecita.* Sie ist schüchtern. Einsam. Er summte eine Melodie aus einem Pedro-Infante-Film vor sich hin. »Auch reiche Leute weinen.«

Wie alle anderen sah auch Hernán, dass sich die Liebenden zur Begrüßung küssten. Blitzlichter leuchteten wie Diamanten im ganzen Raum auf. Alle Amerikaner kannten sie, die ganze Stadt mochte Tony. Er war jetzt etwa neunzehn. Er hatte blonde Strähnen in seinem langen Haar, bernsteinfarbene Augen und ein Engelslächeln. Er hatte immer bei den Schiffen gearbeitet, sie entladen, beladen, sich mitnehmen lassen, Geld für sein eigenes Boot gespart, das er eines Tages haben würde, um für die Touristen Wasserski anzubieten.

Die Geschichten variierten. Einige sagten, es wäre während eines Würfelspiels passiert, andere, er hätte Diego bar bezahlt, um das Schiff voller Filmstars täglich ans Set in Mismaloya bringen zu dürfen. Nachdem seine goldenen Augen etwa drei Tagen lang in ihre grünen gestarrt hatten, fing sie an, während der Pausen Bootsausflüge mit ihm zu unternehmen, bis, so sagte Tony, ihm das Glück hold gewesen sei. Memo sagte, dass Tony der Minderwertigste von allen war, ein Gigolo.

»Sieh ihn dir an«, sagte Hernán. »Er ist verliebt. Er wird sie nicht verletzen.«

Luis rief einer älteren Amerikanerin, die gerade am Tresen vorbeiging, quer durch den Raum etwas zu.

»Madame, bitte, gesellen Sie sich zu uns. Ich bin Luis und das ist Víctor. Helfen Sie uns, meinen Geburtstag zu feiern«, sagte er.

»Na, das wäre mir ein Vergnügen.« Sie lächelte überrascht. Sie bestellte Getränke, bezahlte den Kellner mit einer Handvoll Scheine. Sie lachte, erfreut über die Aufmerksamkeit, holte ihre gesamten Einkäufe hervor, um sie ihnen zu zeigen.

Luis war dem Strandjungenalter entwachsen. Er hatte eine winzige Boutique, die gerade total angesagt war. Er verkaufte Gemälde im Kolonialstil und präkolumbianische Kunst. Niemand wusste, woher er sie hatte oder wer sie anfertigte. Er gab Amerikanerinnen Yoga-Unterricht, denselben, die seine Kleider in allen Farben kauften. Es war schwer zu sagen, ob Luis Frauen mochte oder nicht. Er gab ihnen ein gutes Gefühl. So oder so bekam er von ihnen Geld.

Memo fragte Hernán, ob die Frauen ihn dafür bezahlten, dass er Sex mit ihnen hatte. *¿Quién sabe?* Er vermutete, dass Luis sie ausgeführt, nach Hause begleitet und ausgeraubt hatte, als sie hinüber waren. Den Frauen war es zu peinlich, etwas zu sagen. Hernán hatte kein Mitleid mit den Frauen. Sie hatten es nicht anders gewollt. Sie reisten allein, sie tranken und gaben sich den erstbesten *callegeros* hin, denen sie begegneten.

Beto kam mit Audrey herein, einem Hippiemädchen von etwa fünfzehn Jahren. Silberblondes Haar, das Gesicht einer Göttin. Journalisten eröffneten Blitzlichtgewitter, und die blonde Schauspielerin bekam schlechte Laune. Audrey bewegte sich wie Honig. Sie hatte die blinden Augen einer Statue.

Víctor kam zum Tresen, um mit jemandem zu reden. Hernán fragte ihn, wovon Audrey drauf war.

»Secobarbital, Amobarbital, irgendsowas.«

»Du verkaufst nicht an sie, oder?«

Beto saß mit der Crew zusammen. Sie prosteten ihm zu, versuchten, spanisch zu sprechen. Er lächelte und trank. Beto hatte immer den blöden Gesichtsausdruck von jemandem, der im Bus sitzt und gerade geweckt worden ist.

Señor Huston gab Hernán ein Zeichen, dass er einen *raicilla* wollte. Hernán brachte den Drink persönlich zu ihm hinüber, neugierig darauf zu erfahren, warum der Regisseur so verärgert mit Audrey sprach. Señor Huston dankte Hernán, richtete Grüße an die Familie aus. Dann teilte er Hernán mit, dass Audrey die Tochter einer guten Freundin sei, einer großartigen Theaterschauspielerin. Audrey sei letztes Jahr von zu Hause weggelaufen.

»Stell dir nur mal vor, wie ihre Mutter sich fühlen muss. Audrey war jünger als deine beiden Töchter, als sie verschwand.«

Audrey bat Señor Huston eindringlich darum, ihrer Mutter nicht zu sagen, wo sie war.

»Beto liebt mich. Endlich liebt mich jemand. Und jetzt hat Beto einen Job. Wir können uns eine Wohnung besorgen.«

»Welche Droge hast du genommen?«

»Ich bin schläfrig, du Dummkopf. Wir bekommen ein Kind!«

Sie erhob sich, küsste den alten Mann. »Bitte«, sagte sie und setzte sich ein Stück hinter Beto, sang leise vor sich hin. Señor Huston stand auf, steif, warf seinen Stuhl um. Er stand aufrecht vor Beto, begann, auf ihn einzureden, schüttelte dann den Kopf und verließ mit großen Schritten die Bar. Er überquerte die Straße zum *malecón*, wo er sich hinsetzte, rauchte, aufs Wasser schaute.

Hernán bemerkte, dass alle, die Journalisten, die Frauen und die Filmcrew, Víctor kannten; viele blieben stehen, um sich mit ihm zu unterhalten. Víctor ging oft auf die Herrentoilette, vor oder nach einem Amerikaner. Er war die wichtigste Marihuana-Verbindung im Ort und hatte ein paar diskrete Heroin-Kunden. Das hier war anders. Keiner ging hinterher hinaus, um einen Bummel am Strand zu machen.

Hernán hatte gehört, dass es Acapulco erreicht hatte. Tja, nun hat Puerto Vallarta sein eigenes Kokain, dachte er.

Sam Newman fuhr in einem Taxi vor, winkte Hernán zu, als er durch den Hof ging, um einzuchecken und seine Taschen aufs Zimmer bringen zu lassen. Er ging zu Tony und Ava Gardner hinüber, umarmte Tony und küsste Ava die Hand. Auf dem Weg zur Bar blieb er an einigen der Tische stehen, schüttelte Hände, küsste die Frauen, die er kannte, warf ein Auge auf die neuen, die alle merklich munterer wurden. Er sah gut aus, ein unbeschwerter Amerikaner, verheiratet mit einer wohlhabenden älteren Frau, die ihm die Zügel locker ließ. Sie lebten weiter unten an der Küste in Yelapa. Sam kam alle paar Wochen in die Stadt, um Vorräte zu kaufen und sich zu erholen. Im Paradies zu leben, lauge ihn aus, sagte er. Grinsend saß er auf einem Barhocker, überreichte Hernán eine Tüte Juan-Cruz-Kaffee.

»Danke, Sam. Socorro hat ihren Kaffee schon vermisst.« Hernán mixte ihm einen doppelten Bacardi mit Tehuacán Soda. »Bist du mit der *Paladín* rübergekommen?«

»Ja, unglücklicherweise. Voller Touristen. Und John Langley. Rate mal, was er gesagt hat.«

»Wir sitzen alle im selben Boot.«

»Das sagt er immer. Er hat was Neues. Wir fahren am Filmset vorbei, und da greift diese Lady nach seinem Arm. ›Sir, ist das Mismaloya?‹ Langley wischt ihre Hand von seinem Arm und sagt in seiner typischen, versnobten britischen Art: ›Für Sie immer noch Mr. Maloya, Madam.‹ Also, mal abgesehen von Tonys Boot, was gibt's Neues?«

Hernán erzählte ihm von Betos Filmkarriere und von Audrey, der Ausreißerin, die schwanger und auf Drogen war. Er lud Sam zu Amalias *Quinceañera*-Party ein. Selbstverständlich würde er da sein, sagte Sam. Hernán war erfreut.

»Señor Huston kommt auch. Er ist ein großartiger Mann, ein würdevoller Mann.«

»Großartig, dass du das weißt. Ich meine, ohne zu wissen, dass er wirklich ein großartiger Mann *ist*. Ein berühmter Mann.«

Alma kam, küsste Sam auf den Mund. John Apple kam an die Bar zurück, und Sam bestellte ihm eine doppelte Margarita.

Luis und die Amerikanerin fuhren in einem Taxi davon. Víctor saß mit ein paar Journalisten zusammen. Hernán wusste nicht, was er mit Víctor anfangen sollte. Er hätte ihn nie verhaften lassen, aber er wollte nicht, dass er im Océano dealte. Er würde heute Abend Socorro fragen. Sie wusste immer genau, was zu tun war.

»Sam, bring mich bitte zu Ava Gardner, damit ich sie kennenlernen kann«, sagte Alma. »Ich möchte sie einladen, bei mir zu wohnen.« Sie und Sam gingen, um sich zu dem verliebten Paar zu gesellen. Auf halbem Weg blieb Sam stehen, um mit Víctor zu reden. Sie nickten einander zu, sahen zu Boden, während sie sprachen.

Señor Huston kam wieder herein und setzte sich in seine »große« Nische. Richard und Liz trafen ein. Wo immer sie hingingen, war es, als wäre eine Granate durchs Fenster geworfen worden. Blitzlichter explodierten, Menschen stöhnten auf und schrien, kreischten auf. »Ah! Ah!« Stühle schrammten über den Boden und kippten um, Glas zerbrach. Eilige Schritte, Gerenne.

Das Paar lächelte in die Runde und winkte, wie beim Bühnenbeifall, setzte sich dann zu Señor Huston in die Nische. Liz warf Hernán einen Kuss zu. Er war schon dabei, ein Tablett mit einer doppelten Margarita für sie und *agua de Tehuacán* für Burton vorzubereiten, der nicht trank. Einen *raicilla,* verschnitten mit gewöhnlichem Tequila für den Regisseur. Etwas Guacamole und Salsa, wie sie es am liebsten hatte, mit jeder Menge Knoblauch. Sie fluchte vor sich hin. Hernán mochte sie; sie war herzlich und derb. Sie und Burton lachten laut und dröhnend, waren einfach mittendrin, miteinander, im Moment, im Leben.

Nach und nach leerte sich die Bar, da die Leute gingen, um sich zum Dinner umzukleiden. Sie verschwanden zu Fuß oder in einem der vielen Taxis draußen vor dem Hotel. Víctor ging mit fünf oder sechs Männern zu Fuß in Richtung Norden, dem »schlimmen« Stadtteil. Sam und Alma fuhren mit Tony und Ava in ihrem Jeep davon.

Ruby, Beto und Audrey schliefen tief. John Apple bot an, sie in Rubys Auto nach Hause zu fahren. Hernán wusste, dass John ihre Hausbar und den Kühlschrank im Sinn hatte. Immerhin war er noch in der Verfassung zu fahren. Memo und Raúl halfen ihnen zum Auto hinaus.

In der Bar waren zwei alte Männer zurückgeblieben, die Madero Brandy aus großen Cognacschwenkern tranken. Sie stellten ein Schachbrett auf und fingen an zu spielen. Ein junges Pärchen in den Flitterwochen kam von einem Spaziergang auf dem *malecón* herein, fragte nach Weinkühlern.

Hernán wischte den Tresen ab, ordnete Flaschen und ersetzte die leeren. Memo war schon eingeschlafen, aufrecht auf einem Stuhl neben der Küche sitzend, wie in Hab-Acht-Stellung. Hernán schaute zum Meer und den Palmen hinaus, hörte Liz und Burton und John Huston zu. Sie diskutierten, lachten, zitierten Sätze aus dem Film oder vielleicht auch aus anderen Filmen. Als er ihnen frische Drinks brachte, fragte Liz ihn, ob sie zu laut wären.

»Nein, nein«, sagte Hernán. »Es ist wunderbar, Leuten, die das, was sie tun, wirklich mögen, dabei zuzuhören, wenn sie von ihrer Arbeit reden. Ihr habt wirklich Glück.«

Er setzte sich hinter den Tresen, die Füße auf einem Stuhl. Raúl brachte ihm *café con leche* und *pan dulce*. Er tunkte das Gebäck in den Kaffee, während er die Zeitung las. Jetzt gab es ein paar schöne, ruhige Stunden. Später würden einige Leute vielleicht noch einen Absacker trinken, bevor sie ins Bett gingen. Dann würde er zu Fuß nach Hause gehen, nicht weit, wo Socorro auf ihn wartete. Sie würden gemeinsam zu Abend essen und darüber reden, wie sie den Tag und den Abend verbracht hatten, und über ihre Töchter. Er würde ihr den ganzen Klatsch erzählen. Sie würden streiten. Sie verteidigte immer die Frauen. Ihr taten Alma und Ruby leid, die niemanden hatten, der sie beschützte. Er würde ihr von Víctor und den Drogen erzählen. Sogar Sam hatte offensichtlich mit ihm über Drogen geredet. Socorro würde

Hernán den Rücken massieren, wenn sie ins Bett gingen. Sie würden über irgendetwas lachen.

»Gott, habe ich ein Glück.« Das sagte er laut. Es war ihm peinlich, und er schaute sich um. Niemand hatte ihn gehört. Er lächelte und sagte: »Ich habe großes Glück!«

»Hernán, bist du einsam? Redest du mit dir selbst?«, rief Elizabeth Taylor ihm zu.

»Ich vermisse meine Frau. Noch vier Stunden, bis ich sie wiedersehe!« Sie fragten ihn nach einer Empfehlung für ein gutes Restaurant. Er sagte ihnen, sie sollten zum Italiener hinter der Kirche gehen. Touristen gingen dort nie hin, sie hielten es für verrückt, in Mexiko italienisch zu essen. Es sei ruhig dort, und das Essen wäre gut.

Sie verließen die Bar, und dann gingen auch das Flitterwochenpärchen und die Schachspieler nach oben. Raúl schlief Memo gegenüber vor der Küchentür. Sie wirkten wie Dekoration, in ihren schwarzen *boleros* und roten Schärpen, und mit den Schnurrbärten sahen sie wie gigantische Puppen für Touristen aus.

Auch Hernán war kurz davor, einzuschlafen, als die Tür eines Taxis zuschlug. Luis stieg mit der Amerikanerin aus. Sie war sturzbetrunken. Pancho ging hin, um ihr nach oben auf ihr Zimmer zu helfen. Luis kam nicht wieder herunter.

Einige Minuten später war erneut das Schlagen einer Taxitür zu hören, und eine Frau rief: »Du Arschloch!«, und dann kam Ava Gardner mit nur einem hochhackigen Schuh herein, sodass ihr Gang im Hof und auf der Treppe ein Schluckaufgeräusch verursachte. Dieselbe Taxitür schlug erneut zu, und es überraschte Hernán, Sam zu sehen, ohne Schuhe oder Hemd. Er hatte ein riesiges blaues Auge, einen Schnitt und eine geschwollene Lippe.

»Welches ist ihr Zimmer?«

»Ganz oben, das zweite, Meerseite.«

Sam ging nach oben, überlegte es sich anders und kam

wieder herunter, streckte die Hand nach dem Drink aus, den Hernán ihm hinhielt. Er redete, als hätte er Novokain im Mund, so geschwollen war seine Lippe.

»Hernán. Das darfst du keiner Menschenseele erzählen. Mein Ruf wäre völlig ruiniert. Du siehst hier einen blamierten Mann vor dir. Vollkommen gedemütigt. Ich habe sie beleidigt! O Gott.«

Noch ein Taxi, noch ein Zuschlagen. Tony kam hereingerannt, Tränen strömten ihm über die Wangen. Er flog die Treppe hinauf und hämmerte an ihre Tür. »*¡Mi vida! ¡Mi sueño!*« Ringsum gingen die Türen auf.

»Sei still, du Idiot! Halt's Maul! Halt's Maul!«

Tony kam die Treppe herunter. Er umarmte Sam, entschuldigte sich und schüttelte ihm die Hand. Er weinte in kleinen Schluchzern, wie ein Kind.

»Sam, rede du mit ihr. Du kannst es erklären. Ich kann kein Englisch. Sag ihr doch, dass es zu dunkel war. Erklär es ihr, bitte!«

»Ich weiß nicht, Tony. Sie ist richtig wütend auf mich. Komm schon. Du gehst einfach rein zu ihr und küsst sie, lass sie diese Krokodilstränen sehen.«

Hernán unterbrach sie. »Ich weiß ja nicht, was passiert ist. Aber ich wette, die Lady wird sich morgen gar nicht mehr daran erinnern, was da so Schreckliches an diesem Abend passiert ist. Erinnert sie nicht daran!«

»Gut überlegt. Unser Mann, Hernán.« Sam ging mit Tony nach oben, öffnete Avas Tür mit einer Kreditkarte und schob Tony sanft ins Zimmer. Er wartete einen Augenblick, aber Tony kam nicht wieder heraus.

Sam stand auf dem kopfsteingepflasterten Hof, hielt seine Karte in die Höhe, redete in eine unsichtbare Kamera: »Hallo zusammen! Ich bin Sam Newman … Weltreisender, Bonvivant, Müßiggänger. Ohne meine American-Express-Karte gehe ich nirgendwo hin.«

»Sam, ¿qué haces?«

»Nichts. Schau, Hernán … Du musst es schwören.«

»Beim Grab meiner Mutter. Komm schon, erzähl mir alles.«

»Also … O Gott. Wir kommen also zu Alma, und sie sagt dem Koch, dass er Dinner für uns machen soll. Wir sind draußen auf ihrer Terrasse, trinken weiter. Musik läuft. Tony verträgt keinen Alkohol, normalerweise trinkt er nicht. Und ich hatte kaum angefangen. Aber diese beiden Frauen waren hinüber. Es war dunkel, und wir lagen irgendwie alle auf diesen Wasserbettsofas herum, die sie hat, als Alma Tony an die Hand nimmt und, na ja, ihn in ihr Schlafzimmer zieht. Ava sieht einfach zu den Sternen. Ich werde panisch, und dann kriegt sie mit, dass sie weg sind, setzt sich mit einem Ruck auf, schleppt mich mit, um sie zu suchen. Na ja, und die sind in Almas Bett, nackt, bumsen wie verrückt. Ich dachte, Ava schlägt sie mit einem stumpfen Gegenstand, aber nein, sie lächelt bloß und führt mich zurück auf die Terrasse. O Gott, wie habe ich versagt. Ich bin eine Schande. Krank. Direkt vor Gott und allen steigt Ava Gardner höchstpersönlich aus ihrem Kleid und legt sich aufs Sofa. O Gott, hilf mir. Mein Freund, diese Frau ist umwerfend. Sie hat die Farbe von Buttertoffeepudding, überall. Ihre Brüste sind der Himmel auf Erden. Ihre Beine, sie ist die verdammte Herzogin von Alba! Nein. Sie ist die Barfüßige Gräfin! Ich reiß mir also die Kleider vom Leib und leg mich zu ihr. Und da ist sie. Ava, warm, leibhaftig, sieht mit diesen grünen Augen ICH WEISS in meine. Mein Schwanz verschwand. Der haute nach Tijuana ab, meine Eier nach Ohio. Und diese Gräfin, diese Göttin, hat alles gemacht, was möglich war. Keine Rettung in Sicht. Ich bin vor Scham gestorben. Ich habe mich entschuldigt und, o verdammt, wie ein IDIOT gesagt: ›Meine Güte, das tut mir leid. Es ist nur so, dass ich wie verrückt in dich verliebt

bin, schon als Kind!‹ Sie ist es, die mich auf die Lippe ge-
schlagen hat. Dann taucht Tony auf und fängt an, mir die
Scheiße aus dem Leib zu prügeln. Und gerade da kommt
der verdammte Koch rein, macht das Licht an und sagt:
›Das Dinner ist fertig.‹ Ich habe dem Koch ein bisschen
Geld gegeben und sie gebeten, mir ein Taxi zu besorgen,
hab meine Hosen angezogen und bin rausgerannt. Der
Koch hat das Taxi organisiert. Ich bin eingestiegen, dann
Ava nach mir. Tony rannte hinter uns her die Straße hin-
unter, aber sie ließ den Fahrer nicht anhalten. Ava Gardner.
Ich könnte mich erschießen.«

Tony kam leichtfüßig die Treppe herunter und rannte zum
Tresen.

»Sie verzeiht mir. Sie liebt mich. Jetzt schläft sie.«

»Sollen wir zurückkehren und zu Abend essen?« Sam
grinste. Tony war beleidigt. Nach einer Weile sagte er, dass
er tatsächlich vor Hunger fast umkam. Memo war wach,
hatte alles mitbekommen. Er sagte, er hätte auch Hunger,
sie sollten in die Küche gehen und Frühstück machen.

Víctor kehrte allein zurück, setzte sich im mittlerweile
dämmrigen Licht ans andere Ende des Tisches. Raúl brachte
ihm heiße Schokolade und *pan dulce*. Víctor trank nie und
nahm auch keine Drogen. Hernán dachte, er müsste mittlerweile ziemlich reich sein. Raúl teilte Víctor mit, dass Luis
noch immer oben sei. »Ich warte«, sagte er.

Memo kam genau in dem Moment aus der Küche, als ei-
nige Leute hereinkamen, um nach dem Essen noch einen
Drink zu nehmen. Tony ging hinüber, um mit Víctor auf
Luis zu warten. Tony trank ebenfalls Schokolade, und
Hernán ließ ihm ein paar Aspirin bringen. Tony erwähnte
Víctor gegenüber nichts von diesem Abend, redete nur von
seinem neuen Boot.

Sam kam zum Tresen und bestellte einen Kahlua mit
Brandy. Er hielt den Kopf in den Händen. Hernán reichte

ihm den Drink und sagte: »Du kannst auch ein Aspirin gebrauchen.«

Luis kam herunter, trug eine von den Einkaufstüten der Frauen. Die drei Freunde sprachen im Flüsterton, lachten wie Teenager. Sie verließen die Bar, schritten leichtfüßig an den offenen Fenstern vorbei, ihr Gelächter verlor sich im Geräusch der Wellen, unbefangen und unschuldig.

»Was war das für ein klackerndes Geräusch. Maracas?«

»Zähne. Luis hat die falschen Zähne der Frau mitgenommen.«

Hernán nahm Sams leeres Glas, wischte dort, wo es gestanden hatte, sorgsam den Ring weg.

»Zeit für mich, nach Hause zu gehen. Willst du ein bisschen Eis für deine Lippe?«

»Nein, schon in Ordnung. Danke. Gute Nacht, Hernán.«

»Gute Nacht, Sam. *Hasta mañana.*«

LA BARCA DE LA ILUSIÓN

Der Fußboden im Haus war feiner weißer Sand. Morgens harkten und kehrten Maya und Pilla, das Dienstmädchen, den Sand, prüften, ob es Skorpione gab, glätteten ihn. In der ersten Stunde danach schrie Maya die Jungen an: »Lauft nicht über meinen Fußboden!«, als handelte es sich um frisch gewachstes Linoleum. Alle sechs Monate kam der einäugige Luis mit seinem Maultier vorbei und brachte Satteltaschen voller Sand hinaus, unternahm unzählige Gänge zum Strand, um weißen, glitzernden Sand zu holen, den das Meer reingewaschen hatte.

Das Haus war eine *palapa* mit einem Palmdach. Es gab drei Dächer, denn es war ein hoher rechtwinkliger Bau mit einem Halbrund an jedem Ende. Das Haus war majestätisch wie ein altes viktorianisches Fährschiff; so hatte es seinen Namen *la barca de la ilusión* bekommen. Innen, wo es kühl war, war die Decke riesig, wurde gestützt von hohen Eisenholzpfosten, die Querbalken waren mit *guacamole*-Ranken zusammengebunden. Das Haus war wie eine Kathedrale, besonders nachts, wenn Sterne und Mondlicht durch die Deckenluken schienen, dort, wo die Dächer verbunden waren. Mit Ausnahme eines Zimmers aus Lehm unterhalb des *tapanco* gab es keine Wände.

Buzz und Maya schliefen auf einer Matratze im *tapanco*, einem großen Dachboden aus Palmfasern. Wenn es kalt war, schliefen Ben und Keith und Nathan in Stockbetten im Lehmzimmer. Normalerweise schliefen sie in Hängematten

171

im großen Wohnzimmer oder draußen neben dem Stechapfel. Der Stechapfel blühte in einer Fülle weißer Blüten, die bis zum Abend schwerfällig plump herunterhingen, wenn das Mondlicht und das Licht der Sterne den Blütenblättern einen opalisierenden Silberglanz verliehen und der berauschende Duft der Pflanze durchs ganze Haus wehte und hinaus zur Lagune.

Die meisten anderen Blumen dufteten nicht und waren vor Ameisen sicher. Bougainvillea und Hibiskus, indisches Blumenrohr, Wunderblumen, Springkraut, Zinnie. Die Levkojen, Gardenien und Rosen dufteten berauschend, waren voller Schmetterlinge in allen Farben.

Abends machten Maya und ihre Nachbarin Teodora mit Laternen einen Kontrollgang durch die Gärten und den Kokosnusshain, töteten die flinken Kolonnen von Blattschneiderameisen, indem sie Kerosin in die Nester der Ameisen schütteten, die ihre Tomaten und Bohnen, ihren Salat und Kürbis fraßen. Teodora hatte Maya beigebracht, Pflanzen bei Neumond zu setzen und bei Vollmond zu beschneiden, Krüge voller Wasser an die unteren Äste von Mangobäumen zu binden, wenn sie keine Früchte trugen. Juanito, Teodoras siebenjähriger Sohn, kam jeden Morgen zu Maya in die Schule, außer, wenn die Kaffeebohnen in den Hügeln reif waren und er jeden Tag arbeiten musste.

Ben und Keith, sieben und sechs Jahre alt, befanden sich in Mathematik und Rechtschreibung zwischen der ersten und fünften Klasse. Keith mochte Bruch- und Dezimalrechnen, was Ben und Maya ein Rätsel war. Ben las alles, von Kinderbüchern bis zu Büchern für Erwachsene wie *The White Nile*. Jeden Morgen hatten die Jungen am großen Holztisch Unterricht. Scharrend, seufzend, durchstreichend, kichernd beugten sie ihre nackten braunen Rücken über ihre marmorierten Schreibhefte. Lesen und Schreiben und Rechnen. Geografie. Lesen und Schreiben auf Spanisch mit Juanito.

Das Haus war am Rand eines Kokosnusshains an einem Flussufer errichtet worden. Auf der anderen Flussseite gab es einen Strand, südlich hinter dem Berg befand sich oberhalb einer kleinen Bucht das Dorf. Hohe Berge umgaben die Bucht, weshalb keine Straßen nach Yelapa führten. Reitwege durch den dichten Dschungel nach Tuito, nach Chacala, Stunden entfernt.

Der Fluss veränderte sich das ganze Jahr über. Manchmal tief, schnell und grün, manchmal nur ein Strom. Manchmal kam der Strand näher, abhängig von den Gezeiten, und der Fluss verwandelte sich in eine Lagune. Das war die schönste Zeit, mit Enten, Blaureihern und Fischreihern. Die Jungen spielten in ihren Einbäumen stundenlang Pirat, fingen Krebse, warfen Netze zum Fischen aus, setzten vom Strand Passagiere über. Sogar Nathan konnte gut mit einem Kanu umgehen, dabei war er gerade erst vier.

In der Trockenzeit gab es überhaupt kein Wasser. Die Kinder spielten mit Jungs aus dem Dorf Fußball, veranstalteten Wettrennen auf klapprigen Pferden. Nachdem der Regen einsetzte, kam das Wasser, manchmal in wilden Sturzfluten, trug Äste voller Blumen, Orangenzweige, tote Hühner, einmal eine Kuh mit sich, und das wirbelnde schlammige Wasser brach mit einem gewaltigen Keuchen über den Strand herein und saugte den Sand ein, wirbelte hinaus in den türkisfarbenen Ozean. Nach einigen Tagen wurde das Flusswasser grün und lieblich, und die warmen Felsenbecken füllten sich mit Wasser zum Baden und Waschen.

Abends schlenderte Teodora mit einer riesigen, klappernden Blechwanne voll Geschirr auf dem Kopf an ihrem Haus vorbei zum Fluss. Donasiano folgte ihr in einigen Schritten Entfernung, er trug eine Machete und einen Strohhut, auf dem ACAPULCO stand. Teodora war verwitwet, Donasiano ihr Geliebter, obwohl er eine Frau und eine Familie in der Stadt hatte. Nach Einbruch der Dunkelheit kamen sie zurück, das Geschirr klapperte, allerdings langsamer. Bevor Donasiano morgens in die Hügel aufbrach, um Kaffee zu pflücken, saß er zusammengekauert im Schatten einer Würgefeige oder gelb blühenden Bougainvillea auf der anderen Seite des Flusses und wartete auf Rehe, die zum Trinken ans Wasser kamen. Nur einmal hatte ihn Maya wirklich ein Reh töten sehen, obwohl er das oft tat und das Fleisch mit den Dorfbewohnern teilte. Er war hinter dem Baum hervorgesprungen und hatte die Hirschkuh mit einem einzigen glitzernden Schlag der Machete geköpft. Der Kopf war in den Sand gefallen, Blut rann in den Strom, die Kitze flohen.

Buzz und Maya arbeiteten regelmäßig am Zaun, um ihn vor Affen und Schweinen zu sichern, und wässerten und jäteten den Garten.

Pilla und Luis trugen während der Trockenzeit unzählige Eimer mit Wasser heran, holten sie flussaufwärts oder von der Quelle im Dorf. Luis, Pablo und Buzz sammelten und hackten Holz für das Feuer, das den ganzen Tag brannte.

»Es ist schwer, dieses Leben im Paradies«, sagte Buzz.

Maya fragte sich, wie lange sie es aushalten würden, im Paradies zu leben. Abends, wenn sie am Tisch saß und las, lag Buzz in der Hängematte und rauchte Haschisch, starrte hinaus aufs Meer.

»Alles in Ordnung mit dir, Buzz?«

»Ich langweile mich«, sagte er.

Wenn sie eine Farm gehabt hätten, eine richtige Farm, oder eine Schule eröffnet hätten, vielleicht. Das Problem war, dass Buzz nicht arbeiten musste. Das hatte er noch nie gemusst. Sein Vater war ein wohlhabender Arzt aus Boston. Buzz, gutaussehend und intelligent, war ein ausgezeichneter Student in Andover und Harvard gewesen, der Universität von Harvard. Im zweiten Jahr seines Medizinstudiums hatte er mit dem Saxophonspielen begonnen, hatte Dizzy und Bird, Jaki Byard, Bud Powell gehört. Er war heroinabhängig geworden, wegen Morphium vom Medizinstudium ausgeschlossen worden. Er hatte Circe geheiratet, eine Bostoner Erbin, war von den Drogen losgekommen. Sie reisten um die Welt. Sie ließen sich in New Mexico nieder, wo er Saxophon spielte und in den USA und Europa Rennen für Porsche fuhr. Um etwas zu tun, gründete er ein Unternehmen. Er kaufte die erste Volkswagenlizenz westlich von Mississippi und wurde beinahe auf Anhieb fast Millionär. Er hörte mit den Autorennen auf, hörte mit dem Saxophonspielen auf. Er und Circe ließen sich scheiden. Er und Maya verliebten sich, hatten eine Affäre.

»Gebt mir etwas, wofür ich leben kann – du und die Jungen«, hatte sein Antrag gelautet. Maya hatte das tatsächlich romantisch gefunden. Sie heirateten. Er adoptierte Ben und Keith, und sie bekamen Nathan. Sie hatte bis einen Monat nach der Hochzeit nicht gewusst, dass er wieder auf Heroin war. Wenn man reich ist, lässt sich Heroin leicht verstecken, weil man es immer hat.

Als er keine Drogen nahm, war ihr Leben großartig. Sie liebten einander, hatten wunderschöne Kinder. Sie waren wohlhabend und frei, reisten in ihrem kleinen Flugzeug quer durch die Vereinigten Staaten und Mexiko.

Aber schließlich wurden die Drogen der einzige Lebensgrund für Buzz. Bald wären die Kinder groß genug, um es zu bemerken. Die einzigen Menschen, die sie trafen, waren Verbindungsleute und Dealer und ihnen auf den Fersen die Drogenfahnder. Heroin war der Mittelpunkt eines jeden Tages, des ganzen Tages, für sie beide. Ihr Umzug nach Yelapa war ihre einzige Chance.

Nach und nach schien es so, als würde alles gut gehen. Als könnte Yelapa ihr Zuhause werden. Buzz begann damit, vom Boot aus in der Bucht zu angeln, fing Pacific Sierra oder Red Snapper. Er tauchte in der Nähe der Felsen, kam mit Austern und Hummern wieder hoch. Immer öfter begleiteten Ben und Keith ihn dabei. Obwohl sie große Angst davor hatte, dass ihnen eine Kokosnuss auf den Kopf fallen könnte, machte Maya sich unerklärlicherweise keine Sorgen darum, dass die Kinder in dem kleinen Boot draußen auf See waren. Es stimmte, manchmal gab es gefährliche Wogen, Haie, Teufelsrochen, die mit dem Boot spielten. Unter Wasser gab es Stachelrochen, Muränen. Aber sie kehrten mit Fisch, Muscheln und Hummern, Geschichten über Delphine und Buckelwale, riesige Sägerochen zurück. Maya liebte es, Buzz und die Jungen von ihrem Ausflug erzählen, sie streiten und übertreiben zu hören. Keith war der beste Fischer, geduldig und zielstrebig; Ben war der Entdecker, er fand feine Muschelschalen oder die Spitze eines blauen Hummerfühlers, versteckt in den Felsen.

Nach einem Jahr besorgte sich Buzz einen Generator, den er an der Spitze aufstellte. Sie füllten Sauerstoffflaschen und jagten unter Wasser mit Harpunen Fisch. Nach und nach lernten immer mehr Jungs aus dem Dorf tauchen und fischen, fingen an, ihr Leben auf diese Weise zu bestreiten. Sefarino und Pablo kauften sich eigene Boote und Flaschen und verkauften den Fisch in der Stadt. Ein kleines Restaurant machte in der Stadt auf. Ronco und Buzz kauften einen Motor und ein Boot aus Fiberglas. Sie fuhren zum Tauchen weiter hinaus, bis zu den Inseln. Als sie am späten Nachmittag vor Anker gingen, trieben ihre Rufe und ihr Lachen über das Meer.

Tage und Monate vergingen in einem leichten, schaukelnden Rhythmus. Kurz vor Sonnenaufgang krähten die Hähne, und mit dem ersten Licht flogen Tausende lachende Möwen stromaufwärts am Haus vorbei. Schwärme von Papageien leuchteten in blendendem Grün vor den kühlen grauen Kokosnüssen auf. Ähnlich wie im Nil sonnten sich grüne Leguane auf den Steinen im Fluss. Schweine grunzten im Schlamm, und Pferde aus Chacala schnaubten auf dem

Pfad. Sporen. Die sanfte Brandung flüsterte Tag und Nacht, und die Palmen raschelten im selben Takt wie das Meer. Jeden Tag legte die *Paladin* um die Mittagszeit in der Bucht an, und zwölf Touristen wateten durch die sanfte Brandung zum Strand. Sie wateten durch den Fluss oder ließen sich von Nathan übersetzen, wenn er zu tief war. Einige ritten auf Pferden stromaufwärts oder durch das Dorf und hinauf zum Wasserfall. Manchmal gaben sich Ben und Keith wie die Dorfkinder als Führer aus. Oft fragten die Touristen Nathan nach dem Weg, aber er sprach kein Englisch. Wenn sie den Fluss überqueren wollten, zeigte er einfach auf seinen Einbaum und sagte: »Setzen!« Sie setzten sich, hielten sich fest; er stand gebieterisch am Ende, stakte und ruderte, seine blassen blauen Augen ernst im gebräunten Gesicht, sein lockiges blondes Haar glänzte.

Um drei war die *Paladin* wieder weg, und nur die sechs oder sieben Häuser der Gringos und die zweihundert Leute im Dorf blieben übrig. Hunde bellten, Holzhacken. Als es dunkel wurde das pulsierende Geräusch von Grillen und Fröschen und später der Schrei der Eulen.

Liz und Jay kamen oft von ihrem Haus auf der Anhöhe herunter. Sie waren alte Freunde aus New Mexiko. Die Paare tranken Jamaica Juice oder Manzanilla-Tee, rauchten Marihuana und sahen zu, wie die Sonne rosa über der Bucht unterging. Maya grillte Fisch oder Hühnchen mit Bohnen und Reis, frisches Gemüse aus dem Garten. Besonders in der Regenzeit blieben sie lange auf und spielten Scrabble oder Monopoly oder Gin Rommé. Manchmal verbrachten Ben und Keith die Nacht oben bei Liz und Jay, sie machten Karamell, schliefen auf einem Wasserbett unter den Sternen. Liz und Jay waren Weber, die Jungen bastelten aus Wollresten hundert Mal das Auge.

Alle sechs Monate mussten sie ihr Touristenvisum erneuern. Maya, die Kinder, Liz und Jay unternahmen einfach eine kurze Reise an die Grenze und zurück, aber Buzz hatte gewöhnlich mehrere Wochen lang geschäftlich in New Mexiko zu tun. Gespräche mit seinem Geschäftspartner, Steuerunterlagen, Mietverträge, die zu unterschreiben waren. Anfangs erbeutete er bei jedem seiner Aufenthalte Heroin, aber es war jedesmal weniger. Eine Woche war er high, eine Woche krank. Er hat »Dengue«, sagte Maya zu Pilla und Teodora. Einmal brachte Teodora ihm Tee, um ihn zu heilen, und es half über Nacht, alle Entzugserscheinungen waren verschwunden, obwohl es ein Heilmittel gegen Dengue-Fieber war, eine Art Malaria. Ein Tee aus Papayablättern, Kamille und einem Pferdeapfel. Im zweiten Jahr, als Buzz die Reise machte, kam er schließlich clean zurück, ohne Drogen. Das war, als er mit den Sauerstoffflaschen zurückkam. Und als die Tage und Monate vergingen, schien diese Welt weit in der Vergangenheit zu liegen. Verbindungsleute, Dealer und Polizei, auch die Angst, schienen weit in der Vergangenheit.

Alle waren kräftig und gesund. Limonade oder Süßigkeiten gab es nicht. Niemand stürzte von einem Baum oder von Felsen. Die wenigen Male, als jemand krank war, zogen Maya und Liz das Merck-Handbuch zu Rate und eine Anleitung zur Einnahme von verschreibungspflichtigen Medikamenten, verabreichten notfalls Antibiotika.

Keith bekam schlimme Halsschmerzen, die auch nach Ampicillinspritzen nicht besser wurden. Maya brachte ihn mit der *Paladin* nach Puerto Vallarta, flog mit ihm in ein Krankenhaus in Guadalajara. Der dortige Arzt nahm ihm die Mandeln heraus und behielt ihn einige Tage da. Als es ihm besser ging, machten er und Maya drei Tage Urlaub. Sie fuhren mit Taxis und Bussen durch die ganze Stadt, verbrachten Stunden auf dem Markt und in Geschäften damit, Geschenke und Lebensmittel zu kaufen. Keith gefielen Telefon und Fernsehen. Sie bestellten Hamburger und

Eiscreme beim Roomservice, gingen ins Kino und zu einem Stierkampf. El Cordobes höchstpersönlich wohnte in ihrem Hotel, gab Keith ein Autogramm.

Als sie aus dem Fahrstuhl stieg, sah sie Víctor, einen Drogendealer, in der Lobby. Sie versuchte, Keith zurück in den Fahrstuhl zu scheuchen, aber die Türen schlossen sich, und Víctor stand vor ihnen. Aus dem Gefängnis entlassen. Jahrelang hatte er Buzz immer wieder gefunden, in New Mexico, in Chiapas. Er hatte Buzz öfter um Tausende Dollar betrogen. Aber wenn das passiert, gibt es keinen Anspruch auf Rückzahlung. Was daran lag, dass Maya das Heroin gekauft und es nicht ausprobiert hatte. Mayas Schuld, Buzz hatte sie so heftig geschlagen, dass sie hingefallen war, sich den Kopf aufgeschlagen hatte. In Guatemala war Buzz zugedröhnt und krank gewesen. Víctor hatte ihn über den Boden auf sich zukriechen lassen, um sich den Schuss zu holen.

So nah, er stand immer so nah, dass man ihn riechen konnte. Dunkel, fast schwarz, mager, animalisch. Er war ein Waisenjunge aus den Straßen von Mexico City. Sie hatten ihn in Acapulco kennengelernt. Er war damals auch ein Gigolo gewesen, ein gutaussehender Strandjunge mit einem kehligen Lachen, glänzenden weißen Zähnen. Eines Abends hatte er einer alten Frau ihr ganzes Geld und alle Juwelen gestohlen und dazu ihre falschen Zähne mitgenommen.

Vor dem Fahrstuhl griff Víctor nach Mayas Arm. »Wo ist Buzz?«

»Ajijic«, sagte sie. »Wir wohnen in Ajijic.« Sie griff nach Keiths Handgelenk, betete darum, dass er nichts sagen würde.

»Komm nicht, Víctor. Er ist jetzt clean.«

»Ach, ich komm mal irgendwann vorbei … Gibt mir ein bisschen Geld, Maya, sonst muss ich dich zum Abendessen begleiten. Ich habe nur einen … Gib mir ein bisschen Geld, Maya.«

Sie gab ihm, was sie im Portemonnaie hatte. Fünfzigtausend Pesos.

»Ciao.«

Am nächsten Morgen flogen Maya und Keith nach Vallarta, kamen rechtzeitig an, um die *Paladín* zu erwischen. Aus dem Radio der *Paladín* schmetterten die Rolling Stones, und die Touristen tranken Rum, lachten, redeten, knutschten, übergaben sich. Die See war rau. Keith jubelte, als sie endlich die weißen Felsen erreichten und die Bucht von Yelapa sahen. Rings um sie herum tauchten Pelikane; Delfine verfolgten das Schiff. Buzz, Ben und Nathan winkten am Strand.

Maya und Keith fingen sofort an zu reden, als sie die Geschenke auspackten. Schmetterlingsnetze, Spiele, ein Periskop, ein Globus. Erdnussbutter! Schokoladenriegel! Für Juanito hatten sie ein Messer und einen Kanarienvogel in einem Holzkäfig mitgebracht. Jede Menge Schalen mit Blumen- und Gemüsesetzlingen für Maya und Teodora, die darauf bestand, dass sie sofort eingepflanzt werden müssten, weil heute Nacht Neumond war.

Buzz half ihnen beim Einpflanzen, hob die Löcher zuerst mit einer Hacke aus, holte Eimer voller Wasser vom Fluss. Als sie fertig waren, saßen sie draußen. Ben war in der Hängematte, bestand darauf, dass er im Licht der Sterne wunderbar lesen konnte. Keith stand mit dem Teleskop am Zaun, schrie auf, als er einen Schwarm phosphoreszierender Fische in der Bucht sah. »Schnell, lasst uns schwimmen gehen!«

Später sagte Buzz zu ihr, dass es gefährlich wäre, in der Nähe der phosphoreszierenden Fische zu schwimmen, weil Haie von ihrem Licht angezogen würden. Aber an jenem Abend tauchten sie mitten zwischen ihnen mit Taucherbrillen und Schwimmflossen hindurch, traten Wasser und betrachteten die Muster, die die Fische an den Hintergrund zeichneten. Mager, zitternd lagen Ben und Keith mit dem

Teleskop am Strand, sahen abwechselnd zu den Sternen hinauf. Draußen auf dem schaukelnden Meer umarmten Buzz und Maya sich, salzig und ineinander verschlungen, lachten durchnässt zu einem warmen Nachthimmel hinauf. Später lagen sie im Sand neben den Jungen und reichten das Teleskop hin und her. Buzz streichelte Mayas Arm, legte seine Hand sanft auf ihren Bauch.

»Es muss ein Mädchen sein«, sagte er. »Du bist immer noch so dünn.«

Maya stützte sich auf einen Ellbogen, küsste Buzz' salzige Lippen.

»Ich freue mich jetzt auf das Baby. Was das Baby für ein Glück hat!«

Damals glaubte sie in diesem Moment, dass ihr Baby in eine liebliche, sichere Welt hineingeboren werden würde.

Keith erinnerte sie daran, dass sie Marshmallows für Kakao aus Guadalajara mitgebracht hatten. Buzz machte in dem riesigen Kupferkessel auf dem Boden des Wohnzimmers ein Feuer, Maya kochte auf dem Coleman-Kocher heiße Schokolade, schlug sie mit einem Holzquirl schaumig. Es war ein Uhr morgens, aber sie holten Nathan aus dem Bett, damit er dabei sein konnte.

Statt Schule fingen Buzz, die Jungen und Juanito in den nächsten Tagen Schmetterlinge, die im Tötungsglas wellenartig umherflatterten und auf Baumwollspitzen unter Glas gespießt wurden. Was sie nicht gekauft hatten, was sie wirklich hätten gebrauchen können, war ein Buch über Schmetterlinge.

Eines frühen Morgens packten Buzz und die Jungen Sandwiches und Jamaica-Juice ein und gingen stromaufwärts auf die Suche nach neongrün-schwarzen Schmetterlingen, die sie in den lavendelfarbenen Wandelröschen auf dem Weg nach Chacala gesehen hatten. Nathan hatte gebettelt, mitkommen zu dürfen, weshalb Maya zu Pilla sagte, nachdem sie Feuer gemacht und Wasser geholt hatte, sie könne den Rest des Tages frei haben. Schmollend ging Pilla weg. Sie wäre gern bei Nathan oder im wunderschönen Garten geblieben.

Maya harkte den Fußboden, lag in einer Hängematte und sah den Möwen zu, die stromaufwärts flogen. Hin und wieder stand sie auf, um nach den Bohnen zu sehen, legte sich wieder zu faulen Tagträumen hin. Ein Falke segelte hoch oben über die Würgefeige hinweg, und am gegenüberliegenden Ufer umflatterten *Zopilotes* den Kadaver eines Rehs.

Es war wohltuend, das Haus für sich allein zu haben. Sie lag im Duft des Stechapfels, bis sie den Pfiff der *Paladín* hörte. Da stand sie auf und legte mehr Holz aufs Feuer. Mit einer langen Gabel röstete sie grüne Paprika, zog ihnen mit einem Schälmesser die Haut ab. Sie waren scharf und heiß. Tränen traten ihr in die Augen, und sie wischte sie mit dem Handrücken ab.

Víctor war geräuschlos hereingekommen, ohne Ankündigung. Der Fluss stand zu hoch, um ihn zu überqueren. Er musste über den Strand und den Pfad gekommen sein. Seine teuren Schuhe waren staubig vom Weg. Maya roch seinen Schweiß und das Kölnischwasser. Sie sagte nichts und dachte nichts. Sie stach ihm das Schälmesser in den Bauch. Blut lief an seinen weißen Hailederhosen herab. Er lachte sie aus, griff nach einem Lappen.

»Hol mir einen Verband.«

Sie bewegte sich nicht. Mit dem Instinkt eines Diebes ging er direkt auf den Korb zu, in dem sich der Verbandskasten befand, sofort. Er träufelte Alkohol auf den immer noch blutenden Schnitt, verband ihn fest. Blut sickerte rot durch die weiße Gaze auf seiner schwarzen, harten Haut.

Er ging hinauf in den *tapanco*, und als er wieder herunterkam, hatte er ein Paar Hosen von Buzz und ein T-Shirt an, auf dem FÖRDERT GEISTIGE GESUNDHEIT stand. Es war ein

Geschenk gewesen, ein Witz. Er goss sich ein Glas *raicilla* ein und streckte sich in einer Hängematte in ihrer Nähe aus, gab sich selbst mit einem Bein Schwung, jetzt barfuß.

»Keine Sorge«, sagte er, »ist nur eine Fleischwunde.«

»Hau ab, Víctor. Buzz ist clean. Ich bekomme ein Kind. Lass uns in Ruhe.«

»Ich kann es nicht erwarten, den alten Buzz zu sehen.«

»Er kommt erst spät zurück. Du wirst das Schiff verpassen.«

»Ich warte.«

Sie warteten. Víctor in der Hängematte, Maya stand noch immer am Herd, hielt noch immer das Messer in der Hand. Der Pfiff der *Paladín* ertönte, dann stach das Schiff in See.

Sie kehrten zurück, lachten auf dem Weg. Oh, was für schöne Schmetterlinge. Aber Ben und Keith waren voller Zecken, in ihren Haaren, auf ihren Beinen. Sie knieten im Gras, während Maya sie herauszog, einige mussten mit einer Zigarette ausgebrannt werden. Dann holten die Jungen Seife und rannten damit zum Fluss, um zu baden.

Buzz und Víctor setzten sich an den Tisch, unterhielten sich leise, teilten sich einen Joint.

»Warst du überrascht, Víctor zu sehen?«, fragte Buzz. Maya antwortete nicht, sie schnitt Fleisch und Zwiebeln für Tacos klein.

»Sie war überrascht«, sagte Víctor. »Hat mich prima willkommen geheißen.«

Sie schickte die Jungen mit ein paar grünen Paprikas und der Bitte zu Liz und Jay hinauf, ob sie bei ihnen die Nacht verbringen könnten. Die Jungen freuten sich, holten das Teleskop und das Schmetterlingsnetz für den nächsten Morgen.

Es wurde dunkel. Teodora und Donasiano gingen mit Geschirr am Tor vorbei. Die Hühner krächzten, als sie sich zum Schlafen in den Büschen und Bäumen niederließen.

Nach dem Essen räumte Maya den Tisch ab und brachte Nathan ins Lehmzimmer. Sie zündete eine Laterne an, suchte das Bett nach Skorpionen ab. Nathan fielen die Augen zu, er war müde nach dem Ausflug stromaufwärts, aber sie hörte nicht auf, ihm etwas vorzusingen, strich ihm auch, als er schon eingeschlafen war, immer noch durch die Haare. »Swing Low, Sweet Chariot.« »The Red River Valley«, sang sie vor sich hin, Tränen durchnässten das Kopfkissen.

Buzz hatte ein großes Feuer im Kupferkessel gemacht, die Männer saßen im Schneidersitz davor, tranken Kaffee, rauchten Marihuana. Maya setzte sich mit einem Glas *raicilla* an den Tisch. Als Buzz sagte, sie wäre doch sicher müde und wolle sich hinhauen, verließ sie gehorsam das Zimmer. *»Duerme con los angelitos«,* sagte Víctor.

Die Brandung schlug in der Ferne an den Strand, der Fluss plätscherte ans nahe Ufer. Irgendwo hackte jemand Holz, jemand anderes spielte Gitarre. Sie versuchte, die Stimmen unter den Geräuschen nicht zu hören, konnte sich aber nicht davon abhalten, zuzuhören.

»Ich denke mal, du schuldest mir fünftausend. Dollar«, sagte Buzz.

»Verdammt, das war übel, *ese.* Was für ein Beschiss … Ich hab selbst dabei zehntausend verloren. Deswegen hab ich dich gesucht. Ich kann es wiedergutmachen, du wirst sehen, wenn du erst mal siehst, was ich habe.«

»Was, diesen *caca*-farbigen mexikanischen Shit?«

»Ganz und gar nicht. Das ist eine versiegelte Schachtel. Versiegelt. Mit Glasampullen. Pures medizinisches Morphium. Zehn Milligramm das Stück. Probier's, Mann. Versiegelt. Hier geht's um ungetrübtes Draufsein. Das ist meine Abbitte, Bruder.«

Stille. Sie wollte nichts hören, nichts sehen. Sie trank noch einen *raicilla*, bedeckte den Kopf mit einem Kissen, konnte sich aber nicht davon abhalten, an die Kante des *tapanco* zu kriechen und hinunterzuschauen, so wie Menschen wie gebannt einen Brand, einen tödlichen Unfall anstarren. Sie schaute hinunter, obwohl sie dieser Ausdruck auf ihren Gesichtern krank machte, beide hager, totenkopfähnlich im Licht des Feuers. Der Ausdruck des Abhängigen kurz vor dem Schuss, stark sexuell, ein Ausdruck der Gier, verzweifeltes Verlangen. Dicht nebeneinander sitzend schnürten sie einander den Arm ab. Víctor erhitzte den Löffel im Feuer. »Mach langsam, Mann, dieser Shit ist nicht das gepanschte Zeug, an das wir gewöhnt sind.« Buzz zog die Spritze zuerst auf, suchte und suchte, bis er schließlich eine Vene gefunden hatte. Die Spritze füllte sich mit Blut, und er drückte den Kolben hinunter. Der Schlauch löste sich vom Arm. Sein Gesicht wurde zu Stein, seine Augen euphorisch, verschleiert. Auch sein Körper schien zu versteinern, aber er wiegte sich langsam vor und zurück, lächelte, das erotische Lächeln einer Figur auf einem etruskischen Grab. Er stöhnte, leise, wie Singsang. Víctor beobachtete ihn, grinsend, und zog dann die Spritze auf und setzte den Schuss. In dem Augenblick, in dem die Droge Víctor erreichte, fiel er nach vorn in die Flammen. Maya schrie auf, aber Buzz rührte sich nicht. Sie sprang hinunter, tief, kam auf den Knien auf. Die Knie waren zerschrammt, Tränen brannten in den Augen, ein Kind mit aufgeschürften Knien. Ein widerlicher Gestank nach verbranntem Haar und verbrannter Haut hing in der Luft. Sie schnappte Víctor und drückte seinen Kopf in den Sand. Er war tot. Buzz legte sich zurück. Er atmete flach, sein Puls ging langsam. Maya konnte ihn nicht aufwecken. Sie deckte ihn mit einer Navajo-Decke zu. Sie blies die Laterne aus und saß in der Dunkelheit. Zitternd saß sie lange am Tisch, vollkommen allein.

Sie schaute nach Nathan. Er schlief fest. Sie küsste sein feuchtes salziges Haar. Sie ging zurück ins Wohnzimmer und versteckte die Nadel und die Schachtel mit Morphium in einem Kanister. Sie leerte Víctors Taschen, verbrannte sein Portemonnaie und den Ausweis im Rest der Kohlen. Sie wickelte seine Brille in das FÖRDERT GEISTIGE GESUNDHEIT-T-Shirt und legte es in den *tapanco*.

Sie zog den Körper an den Füßen aus dem Haus, über das Gras und zum Tor hinaus. Sie machte eine Pause im Licht des Mondes. Auf dem Pfad zeichnete sich eine unstete, bewegliche Spur von Blattschneiderameisen ab. Maya fing an zu kichern, hysterisch, war dann still, zerrte ihn durchs Schilf zum Flussufer, wo sie seinen Körper schließlich ins Boot hievte. Er stank nach verbrannter Haut und Scheiße. Sie würgte und übergab sich. Sie schob das *panga*, aber es bewegte sich nicht, schließlich ging sie auf alle viere und drückte mit ihrer Schulter dagegen, bis es langsam ins Wasser glitt. Durchs kalte Wasser plantschend ging sie dem Boot nach und sprang hinein, zerrte seine Arme und Beine zur Seite, um an die Paddel zu kommen. Der Einbaum glitt ruhig voran, während sie paddelte, eine Brise wehte in ihr schweißdurchtränktes Haar. Als sie die *boca* erreichte, zog sie die Paddel ein und betete darum, die hereinkommende Dünung gut zu erwischen. Eine Welle hob das Boot hoch in die Luft. Es landete mit einem Schlag, heftig herumwirbelnd. Blindwütig paddelte sie weiter, summte, um sich zu beruhigen, vor sich hin, mal auf der einen, mal auf der anderen Seite paddelnd.

Das Kanu befand sich in der Mitte der Bucht, glitt ruhig und gleichmäßig Richtung Meer hinaus. Dunst hatte sich vor Mond und Sterne geschoben, sodass es dunkel war, aber die Wellen, die auf den zurückweichenden Strand trafen, leuchteten in neonfarbenem Silber. Nur ein einziges winziges Licht brannte im Dorf. Sie hatte Blasen an den Händen, aber sie paddelte weiter, an den weißen Felsen, der Landspitze vorbei. Sie paddelte, bis das Licht im Dorf verschwand und sie spürte, wie das Boot von der starken Dünung vor der

Bucht in Richtung Süden hinausgezogen wurde. Das kleine Boot drehte sich und schaukelte, als sie an Víctors Körper zog und schob. Schließlich hievte sie ihn ins Wasser, wo er seine Leichtigkeit zurückgewann und sofort versank.

Ihre Lungen waren kurz vorm Bersten, das Herz hämmerte vor Angst, als sie paddelte und gegen die starke Dünung ankämpfte, um wieder in die Bucht zurückzukommen. Als sie es geschafft hatte, musste sie immer wieder anhalten und horchen, wo sie war, auf das sanfte Flüstern der Wellen lauschen, die an den Strand schlugen. Aus dem Dunst waren Wolken geworden. Es war so dunkel, ihre Hände so blutig jetzt, dass sie es nicht schaffte, das Kanu auf den Strand zu ziehen. Es kenterte, sie verlor die Paddel. Sie schwamm unter Wasser, bis sie sich vom Boot befreit hatte. Sie schlug wild um sich, würgte und merkte, dass sie stehen konnte. Kühler weißer Schaum wirbelte um sie herum. Sie blieb im Sand liegen, bis sie genug Kraft gesammelt hatte, es über den Fluss zu schaffen. Das Flusswasser erschien ihr warm und schwer nach dem Meer. Krebse, eine Schildkröte stießen an ihr Bein, Schwärme von Bitterfischen kitzelten ihre Knöchel wie Regentropfen.

Sie erreichte den Pfad, und die Macht der Gewohnheit ließ sie der Spur der Blattschneiderameisen zum Garten folgen. Sogar im Dunkeln konnte sie sehen, dass sie den Stamm und die Rosen abgefressen hatten. Zwei Esel waren im Gemüsegarten, sie scheuchte sie hinaus und schloß das Tor, die Tür zur Scheune. Sie kicherte. Drinnen hatte Buzz sich in eine Hängematte gelegt. Nathan schlief friedlich. Es war noch dunkel, aber die Hähne hatten zu krähen begonnen, die Esel schrien.

Maya zitterte, als sie ihre schlimmen Blasen an den Händen verband. Buzz wurde wach, setzte sich aufrecht hin, desorientiert.

»Wo ist die Schachtel?«

»In Sicherheit.«

»Wo ist die Schachtel?«

»Im blauen Kanister.«

»Wo ist Víctor?«

»Er ist tot. Er hat eine Überdosis genommen.«

»Wo ist Víctor?«

»Er ist weg. Geh ins Bett.«

Buzz ging in die entfernteste Ecke des Gartens, um zu pinkeln. Der Himmel nahm die Farbe von Lavendel an. Steifbeinig lief er zur Leiter zurück und kletterte zum *tapanco* hoch. Er hatte die Schachtel dabei.

Maya zerrte den kupfernen Feuerkessel den Pfad entlang hinters Haus, kippte die noch rote Glut und die Asche ins strömende Wasser. Sie scheuerte den Kessel mit Sand aus.

Dann machte sie drinnen ein Feuer, um Wasser zu kochen, verband ihre Hände neu. Alles war schwer, fühlte sich dumpf an wegen ihrer Hände. Harken, kehren. Ungeschickt, aber entschlossen fegte sie den Sand im Wohnzimmer, bis er so glatt war, als wäre nie jemand hier gewesen.

Pilla kam, ehe Nathan erwachte. Maya hatte sich umgezogen und die Haare gekämmt, saß Kaffee trinkend am Tisch.

»Doña! Sind Sie krank? Und Ihre Hände? *¿Que pasó?*«

»Pilla, es war eine furchtbare Nacht. Der Señor war sehr krank, vielleicht Dengue. Ich bin mit ihm wach geblieben, von der Leiter gefallen und auf meine Hände gestürzt.«

Sobald die Sucht wieder einsetzt, setzen sofort die Lügen ein. Die Angst kommt wieder.

Das Misstrauen kommt wieder. Diese Gringos müssen sich betrunken haben, dachte Pilla. Mein armer Nathan!

»Und der Mexikaner?«

»Er ist weg.«

Pilla ging in den Garten hinaus.

»Das Boot ist auch weg«, sagte sie trocken.

»*No te digo pues …* es war eine furchtbare Nacht.«

»*¡Ai, y las rosas!* Die Ameisen haben sie gefressen!«
Maya, die die Geduld verlor, unterbrach sie.

»Bitte, helfen Sie Nathan beim Anziehen und frühstücken
Sie im Dorf mit ihm. Sie können ihn abends zur Essenszeit
wiederbringen. Ich muss mich ausruhen. Ich mache mir Sorgen um mein Baby.«

»Sie haben keine Schmierblutung oder Krämpfe?«

»Nein, aber ich bin erschöpft. Bitte, nehmen Sie mir Nathan ab.« Maya glaubte, gleich schreien, schluchzen, sich
übergeben zu müssen, aber sie blieb ruhig, wiegte Nathan,
der aufgewacht war und bitterlich über das verlorengegan-
gene Boot weinte. Luis kam den Pfad hinuntergerannt, seine
Machete glänzte in der Sonne. Die schon brannte.

»*Fíjase, señora.* Ronco hat Ihr Kanu zerschmettert an der
Landspitze gefunden, an den Pelikanfelsen.«

»Und der Mann? Vielleicht ist er ertrunken!« Pilla lebte
sichtlich auf angesichts all dieser Neuigkeiten, die sie im
Dorf würde erzählen können.

»Nein. Er ist zu Fuß weggegangen«, sagte Maya. »Ich
nehme an, das Kanu hat sich einfach losgerissen. Der Fluss
steht hoch. Wir besorgen uns ein neues, ein schöneres, Nathan.« Um Gottes willen, bitte geht, ihr alle, sagte sie zu sich
selbst.

»Mochte nicht, wie er aussah. *Callejero … vicioso*«, flüsterte Pilla Luis zu. *Vicious*, Teufel, das spanische Wort für
Süchtiger.

Maya lag in der Hängematte unter dem Mangobaum, war
kurz vorm Einschlafen, als Liz auftauchte, lächelnd am Tor
stand. Guten Morgen! Sie sah schön aus in ihrem rosafarbenen Hemdkleid, ihr rotes Haar knisterte in der starken
Sonne.

»Komm rein, Liz. Ich bin zu müde, um aufzustehen.«

Die Frauen umarmten einander. Liz trug einen Lederstuhl
zur Hängematte hinaus. Sie roch sauber.

»Du bist so rein!« Tränen rannen über Mayas Gesicht.

»Was ist los, Liebes? Oh, ist es das Baby? Du verlierst doch nicht etwa das Baby?« Sie hielt Mayas Hand.

»Nein. Es ist Buzz. Einer von seinen Verbindungsleuten ist gestern aufgetaucht. Buzz ist wieder auf Drogen.«

»Er ist lange clean gewesen, Maya. Er wird es wieder sein. Hab Geduld. Er liebt dich und die Kinder. Er ist ein sehr schöner Mann, ein Mann mit einer schönen, edlen Seele. Und du liebst ihn sehr … hab Geduld.«

Maya nickte, während Liz redete, zitterte, ihre Zähne klapperten.

»Ich möchte in die wirkliche Welt zurück«, sagte sie.

Liz wies auf die grünen Palmen, den Himmel. »*Das* ist wirklich, Maya. Du bist nur ausgelaugt. Ruh dich für den Rest des Tages aus. Jay hat die Jungen und Juanita zu den Plantagen oberhalb des Wasserfalls mitgenommen.«

Die Frauen tranken Tee. Liz strich Maya übers Haar, tätschelte ihre Schulter. »Mach dir keine Sorgen«, sagte sie. »Es wird alles gut.« Dann schlief Maya ein, und Liz ging.

Maya wachte vom Pfiff der *Paladín* auf. Kommt das Schiff an oder fährt es ab? Ich weiß nicht, ob ich komme oder gehe! Warum mache ich Witze, wenn es am schlimmsten ist, so wie Mama?

Die *Paladín* fuhr aus der Bucht aufs Meer hinaus. Maya blieb den heißen, schwülen Nachmittag über in der Hängematte liegen. Nein, dachte sie, es wird nicht gut. Die Angst und die Trostlosigkeit fühlten sich vertraut an, wie nach Hause kommen. Asche.

MEIN LEBEN IST
EIN OFFENES BUCH

Sie wissen schon, das einzige Haus in Corrales, das nicht aus Lehm ist. Dieses dreistöckige, weiße Farmhaus, der Pappelhain höher als das Haus. Steht auf achttausend Quadratmeter Land, neben dem Feld von Gus mit der Herde Black-Angus-Rinder. Sie ist schon vor Jahren weggezogen, trotzdem nennen es alle immer nur das Bellamy-Haus. Bevor Claire Bellamy eingezogen ist, war es das Sanchez-Haus, egal, wer da jeweils gewohnt hat. Das war der Farmer mit den Schafen, der hat es 1910 gebaut.

Der ganze Ort ist fast gestorben vor Neugier, welcher arme Trottel das Haus gekauft hatte. Konnte nicht anders, hatte Mitleid mit ihr, dabei hat es nur tausend gekostet. Klar, jetzt wär sie reich, wenn sie's behalten hätte. Jeder hätte ihr sagen können, dass es die Pumpe nicht mehr lange macht, hätte ihr was von Termiten und Elektrik erzählt. Hat ja niemand damit gerechnet, dass das Dach einstürzt. Das ist ein verdammt gutes Dach gewesen.

Claire war geschieden, nicht älter als dreißig, mit vier Kindern. Das älteste war etwa zehn, das Baby konnte noch nicht mal laufen. Sie hat Spanisch an der Universität unterrichtet, Nachhilfe gegeben. Brachte jeden Morgen die älteren Jungs zur Schule und die kleinen rüber zu Lupe Vargas. Hat die gesamten Innenwände des Hauses selbst gemalert, das Gehege umzäunt, Gemüse angepflanzt, Kaninchenbuchten gebaut. Klar, die Kaninchen haben sie nicht gegessen, auch nicht die Enten, die ließen sie einfach wild herumlaufen, auch eine Ziege und ein Pony. Zwei Hunde und beinahe ein Dutzend Katzen. Kommen Sie mal wieder hier raus … das Haus ist unübersehbar.

Noch besser, Sie hätten es gesehen, als sie noch hier war. An keinem von den hohen Fenstern hat sie Vorhänge gehabt. Und ich hab da so ein Fernglas. Für die Vögel. Der Helmspecht lebt da unten in den alten toten Pappeln. Sie hat Vögel auch gemocht, stand abends oft an Gus sein Zaun gelehnt, wenn die Rotschulterstärlinge alle draußen waren. Der schönste Anblick, den man sich vorstellen kann, die Vögel da vor dem grünen Gras, den schwarzen Rindern.

Es war wie ein lebendiges Puppenhaus. Kinder überall, verrückt, ihre und die der Nachbarn. Auf Bäumen, in Wagen, auf Dreirädern und dem Pony, sind durch den Sprenger gerannt. Katzen in jedem Fenster. Abends konntest du sie und die Jungs am Tisch sehen, und wenn sie die Kleinen gebadet hatte, brachte sie sie ins Bett und las Ben und Keith etwas vor. Dann hat sie abgewaschen, die Tiere gefüttert. Im Esszimmer ging Licht an, dann lernte sie stundenlang. Wenn ich oder Arnold aufgestanden sind, um den Hund rauszulassen, um zwölf oder eins, war sie noch auf … manchmal ist sie einfach direkt da eingeschlafen, den Kopf auf der Schreibmaschine. Aber um sechs war sie wieder auf, hat die Tiere gefüttert und die Kinder für die Schule fertig gemacht. Sie war im Elternausschuss, Ben und Keith sind bei den Pfadfindern und bei 4-H gewesen. Ben hatte bei Miss Handy Geigenunterricht. Die Stadt hat ein Auge auf sie gehabt, war gerade erst zu dem Schluss gekommen, dass sie arbeiten konnte und eine verdammt gute Mutter war.

Und dann zieht sie los und treibt sich mit diesem Casey-Jungen rum. Ein Schlimmer, dieser Mike Casey. Er und sein Bruder Pete. Immer schon gewesen. Schulabbrecher, Diebe, Junkies. Haben das Marihuana direkt vor Gottes

und aller Augen geraucht, draußen vor Earls Lebensmittelladen. Deren Leute sind zwei alte Säufer. Erbärmlich war
das, sag ich dir. Mike hat wenigstens noch zu Hause geholfen. Hat gekocht und aufgeräumt. Meistens hat er bloß Gitarre gespielt und Boote gebaut. Modellboote, ohne Vorlage,
perfekter ging's nicht. Das war ein echter Anblick. Langes
schmutziges Haar und ein Ohrring. Motorradklamotten
mit einem Totenschädel auf dem Rücken, großes, altes Messer. Was ich sagen will, den musste man gesehen haben. Einfach total unheimlich.

Na ja, wir alle hätten es ja verstanden, wenn sie mit einem
netten Mann verkehrt hätte, aber das war ein Irrer und gerade mal neunzehn, was die Sache noch schlimmer machte.
Und nicht, dass sie sich je darum bemüht hätte, irgendwas
geheim zu halten. Die gingen im hellsten Taglicht zum Graben, sie und Casey, die Kinder und Hunde und eine Katze,
die gern ins Wasser ging. Am Wochenende haben sie seinen
Pick-up mit Schlafsäcken und einem Campingkocher voll-
gepackt und sind weiß der Henker wohin gefahren.

Sie hat weiter so spät abends noch gelernt, nur, dass er
jetzt auch da war und geschrieben oder Gitarre gespielt hat.
Dann ist das Licht im Zimmer angewesen, ihrem gemeinsa-
men Zimmer, nehm ich mal an. Bei Mondschein hab ich sie
manchmal draußen auf dem Dach gesehen, in den Baum-
kronen. Der Mensch konnte ja nicht anders, als sie zu sehen,
hell wie der Tag.

Eines Tages hab ich gesehen, wie er irgendwas Schweres
in einem Jutesack reingeschafft hat. Dann hab ich endlich
erkennen können, dass es ein rosafarbener Marmorengel
vom Friedhof war. Richtig alt, die Leute kommen extra hin,
um sich den anzuschauen. Ich hatte den Impuls, Jed anzurufen, er ist die Polizei, aber Arnold hat gesagt, warte erst mal.
Klar, dass sie einen Anfall hatte, wedelte mit den Armen und
brüllte. Er hat ihn in derselben Nacht noch zurückgeschafft,

nur, dass er ihn falsch rum aufs Grab gestellt hat, mit dem Gesicht zu den Bergen. Steht immer noch so.

Bessie fand, dass jemand sie sich mal vorknöpfen sollte. Der Junge ist in Nazareth gewesen und zweimal in Haft. Es war absehbar, dass er jeden Moment durchknallen und die ganzen armen Kinder alle umbringen würde oder schlimmer. Sie hat ihn sogar mit dem Baby allein gelassen. Als sie weg war, hat er Ben und Keith erlaubt, mit seinem Pick-up auf die Felder zu fahren und mit seinem Luftgewehr auf Büchsen zu schießen. Wir waren alle krank vor Sorge, richtig krank. Hab aber nichts zu ihr gesagt, Matti Price und Lupe Vargas haben wir allerdings gesagt, dass sie ihre Kinder nicht mehr da drüben spielen lassen sollen.

Wir haben einen Film von dem Nachmittag, an dem wir Casey kennengelernt haben. Nathan hatte am Tag zuvor im klaren Wassergraben schwimmen gelernt, und er wollte, dass es aufgenommen wird. Es war der zweite heiße Tag des Sommers. Ich lag auf der Decke und schaute den Kindern zu, lauschte den Krähen, beobachtete im Zoom der Kamera Libellen. Dutzende von ihnen, überraschend neonblau, sonnenlichtdurchflutetes Blassblau im Filigranmuster der Flügel, pfeilschnell, schwebend, übers grüne Wasser streifendes Lapislazuli.

Dann glitt eine spanische Galeone unter vollen Segeln mitten durch sie hindurch. Ein ausnehmend schönes Boot, etwa einen halben Meter lang. Es gehörte Casey. Ich hatte seinen Bruder Pete gerade an diesem Morgen in einer Telefonzelle draußen auf der North Fourth mit einem Gasbrenner gesehen. Casey machte bloß einen bösen Eindruck, so aufgebrezelt und bizarr in Leder, mit einem Totenkopf aus Nägeln auf dem Rücken. Für mich hatte er immer etwas Magisches, wie eine Figur aus *Orfeu Negro*. Oder wie ein Harlekin, von weit her, vor den weißen Sanddünen oder der rosa Tamariske in den Wäldern, vor dem roten nassen Sand des Flussbettes.

Er ließ sich am Ufer des Grabens nieder, ließ die Kinder mit seinem Boot spielen, erzählte ihnen, wie er es gebaut hatte. Nach einer Weile nahm er es ihnen höflich wieder weg, wischte es mit einem T-Shirt trocken und wickelte es in seine schwarze Jacke. Er zog die Hosen aus und tauchte ins Wasser, die Libellen stoben auseinander. Sein Körper war wunderschön. Er hatte ein Gesicht wie aus Bürgerkriegs-zeiten, etwas hinterwäldlerisch und ausgemergelt, eingesun-kene, verschlagene Augen, ein mürrischer Mund, schlechte Zähne. Er kam mit uns zum Abendessen nach Hause und blieb dann einfach. An diesem Abend zeigte er mir eine Falltür, die aufs Dach führte, zu einem Sims, der mitten in den Pappelkronen lag. Man konnte die ganze kleine Stadt sehen, auf die schlafenden schwarzen Rinder hinabschauen. Eule im Baum. Dort oben auf dem Dach wurden wir ein Paar. Am Morgen, als wir in meinem Bett erwachten, war er mir schon bekannt, vertraut. Es gab keinen Übergang. Als ich hinunterging, machte er mit den Jungen Eierkuchen, und nach dem Frühstück gingen die drei älteren mit ihm zum Graben.

Ich versuche, mich daran zu erinnern, worüber wir rede-ten, aber es gelingt mir nicht. Und ich bin jemand, die redet, genau wie meine Jungen. Mit Casey machten wir Dinge ohne Worte. Gruben den ganzen Tag auf der Hochebene nach Keramikscherben, murmelten oder seufzten, stießen einen Schrei aus, sobald wir die Schale einer Meeresschne-cke fanden, einen Türkis oder ein großes Stück Keramik. Still, unsere Angelsehnen im Wasser. Trotteten durch den Canyon de Chelly, bestiegen den Acoma. Joel, das Baby, saß wie gebannt da, beobachtete, wie seine Brüder Casey bei der Arbeit an den Booten halfen. Abends, wenn ich lernte und Hausaufgaben benotete, zeichnete Casey oder spielte Gitarre. Wenn ich kurz aufsah, sah er ebenfalls kurz auf.

Oft zelteten wir draußen auf unseren Felsen. Nicht weit entfernt von der Stadt, aber die Straße war schlecht, ein langer Marsch ins Inland. Nackte rote Felsvorsprünge, die oberhalb des Tals blank lagen, der Blick ging weit nach Süden, reichte über die Route 66, weit über Acoma hinweg. Kein Zeichen, dass hier je Indianer gewesen waren, was seltsam war, der Ort war so heilig. Ringsherum nur Himmel und alle sakralen Orte in Sichtweite. Die Sandias, die Jemez-Berge, der Rio Grande. Wir erforschten die Gegend, kletterten, schauten dem Falken vor dem Sonnenuntergang zu. Stachelschweine mit grünen Kielen. Nachtfalken in der Dämmerung und in der Nacht eine Eule. Wilde Hunde, die die Jungen für Kojoten hielten. Wir sahen einen Puma ein Reh töten. Das war herrlich. Wirklich. Niemand sonst kam jemals auf unsere Felsen, außer dem Jäger, der den Puma tötete. Wir hatten den Mann nicht gesehen, aber das Foto von ihm und dem Puma war in der Zeitung. Da suchten wir nach Spuren, fanden Rehspuren und Pumaspuren und dann Hundespuren und die Menschenspuren. Am Fluss.

Ich brauchte acht Monate, bis ich nachdachte. Ich hatte die Blicke der alten Frauen in Earls Laden ignoriert, und wir hatten gerade erst alle zusammen darüber gelacht, dass Jennie Caldwell uns mit einem Fernglas von ihrer hinteren Veranda aus beobachtete. Casey und ich wären der Skandal der Stadt, sagte mir Betty Boyer. Dann sagte mir Keith, dass die Price-Kinder nicht mehr in unser Haus kommen dürften. Ich saß auf der Veranda hinter dem Haus. Ich war nach Corrales gezogen, um ein neues Leben anzufangen, meine Kinder richtig zu erziehen. In einer kleinen, friedlichen Stadt, als Teil der Gemeinschaft. Ich hatte vor, meinen Doktor zu machen und zu unterrichten, einfach eine gute Lehrerin und gute Mutter zu sein. Wenn ich mir einen

Mann in dieser Zukunft vorgestellt hätte, dann wäre es ein graumelierter, freundlicher Mann mit Festanstellung gewesen. Und jetzt das.

Casey wusch das Geschirr ab. Er rief nach mir, fragte, was ich täte.

»Nachdenken.«

»Mensch, Claire, bitte denk nicht nach.« Aber das hatte ich schon.

»Du musst gehen, Casey.«

Er nahm seine Gitarre, sagte: »Bis dann« und war weg. Für die Kinder war es genauso schwer wie für mich. Noch schlimmer, als wir ohne ihn auf ein Grab der Zuni stießen und bei einem Tanz der Geweihträger in San Felipe.

Marzie, Doktorandin wie ich, fragte mich immer wieder, ob ich nicht mit ihr ausgehen wollte. Sie war Mitglied im Sierra Club, bei den Swinging Singles und sogar bei Eltern ohne Partner, dabei hatte sie nicht mal Kinder.

Casey schlich sich irgendwie vorsichtig in unser Leben zurück. Er wohnte nicht im Haus, und wir waren kein Paar, die meiste Zeit nicht, aber er war oft da. Er und die Jungen hoben einen Ententeich aus. Er passte auf die Kinder auf, wenn ich in der Bibliothek war. Die Prüfungen standen bevor. An den Wochenenden gingen wir im Graben schwimmen oder fuhren hinaus zu den Felsen. Joel lernte laufen.

Ich erinnere mich, dass ich mit Ben und Keith telefonierte und sagte, es sei ein Feiertag, was immer das bedeutet. Meine letzte Prüfung, und am Nachmittag würde ich einen neuen vw-Campingbus abholen. Ich hatte Marzie gesagt, ich würde mit ihr ausgehen, um das zu feiern. Zu einem Ball im Deutsch-Amerikanischen Club. Keine Intellektuellen, keine Akademiker. Nur lockere Typen, sagte sie.

Ich fuhr den neuen Bus nach Hause. Die Jungen waren begeistert. Er hatte ein eingebautes Bett, einen Kühlschrank und einen Herd. Joel stieg sofort mit seiner Decke und mit Spielzeug ein, kletterte stundenlang hinein und hinaus. Casey machte mit allen eine Rundfahrt, während ich das Abendessen vorbereitete und mich umzog. Minirock und lange Ohrringe. Die Kinder waren so traurig, mich ausgehen zu sehen, dass mir klar wurde, ich hätte das schon längst tun sollen. Ich sagte Casey, dass ich im Deutsch-Amerikanischen Club sein würde. Ich sagte, ich würde spät nach Hause kommen, würde ihn später anrufen, um zu hören, wie es lief. Ich hatte vergessen, Parfüm aufzulegen, ging noch einmal hinauf.

Der Deutsch-Amerikanische Club war ziemlich schrecklich. Laute Diskomusik und dann eine deutsche Polkaband in Lederhosen. Akkordeons. Wir tanzten mit Kampfjetpiloten aus Kirtland und Technikern aus Sandia. Bombenbauer. Was machte ich hier? Ich rief vier- oder fünfmal zu Hause an, aber es war immer besetzt. Der Telefonhörer lag wahrscheinlich nicht richtig auf. Wir hatten eine schlaue Katze, die ihn öfter von der Gabel schubste, um die Stimme zu hören, die sagte, ihr Telefon ist nicht aufgelegt. Nach einer Weile begann es mir Spaß zu machen, zu tanzen und Bier zu trinken. Jeder kann Ihnen sagen, dass ich Spirituosen nicht vertrage. Marzie sah sogar noch alberner aus als ich, in ihrem Hosenanzug aus Silberlamé. Sie verschwand und ließ mich mit einem Piloten namens Buck zurück. Gutaussehend auf diese Nazi-Art, wie der alte Richard Widmark in Schwarz-Weiß.

Ich hab mir gedacht, dieser Casey-Junge muss jetzt völlig durchgedreht sein, total Amok laufen. Der ist wie ein Besengter mit seinem Pick-up die Wege am Graben hochund runtergefahren, hat am Ufer gedreht, Staub wirbelt, Krähen krächzen, und drei von diesen armen Bellamy-Kindern vorn im Fahrerhaus. Damit hat sich das erledigt, habe ich gesagt und die Polizei angerufen. Jed muss im Laden gewesen sein und mit Earl geredet haben, die Polizei ist in fünf Minuten da gewesen, Rundumleuchten, Sirenen und so. Casey ist noch schneller gefahren und abgehauen, aber dann hat er angehalten und ist ausgestiegen. Er hat ausgesehen wie ein Verrückter. Er und Earl sind ans Ufer geklettert und haben ins Wasser runter gesehen, als würden sie sich fragen, ob die Fische beißen. Earl hat dann was in sein Funkgerät gesprochen, und dann sind Casey und die Kinder hinter ihm her zum Bellamy-Haus. Ich hab meinen Pullover und eine Taschenlampe geholt und bin los, über das Feld von Gus.

Sie war ausgegangen, hatte den neuen Bus genommen, wollte im Spanisch-Amerikanischen Club den Schulabschluss feiern. Das hat sie unterrichtet, Spanisch. Sie haben alle zusammen Abendbrot gegessen, und dann hat Casey gemerkt, dass Joel weg ist. Das Baby hat gerade erst laufen gelernt. Sie haben nach ihm gerufen und ihn im ganzen Haus gesucht, und dann haben sie draußen gesucht, und da standen seine kleinen roten Turnschuhe. Das Traurigste, was man sich vorstellen kann, die kleinen roten Schuhe. Kann nicht weit sein, barfuß, wie er ist, habe ich gesagt, aber Jed hat gesagt, der Graben ist nicht weit. Er hat gesagt, man kann nichts machen, außer die verdammten Gräben trockenlegen. Er hat die Freiwillige Feuerwehr angerufen und mehr Polizei angefordert.

Die Männer sind alle raus zum Graben. Casey und die Jungs haben im Wald gesucht. Leute aus der Stadt sind vorbeigekommen, also habe ich Arnold gesagt, er soll die Kaffeemaschine aus der Kirche holen und Styroporbecher und Sahne zu Earl rüberschaffen. Earl hat eine Kiste Cola geschickt, kalte. Ich hab Arnold nach Hause zurückgeschickt, damit er ein paar Thunfisch-Makkaroni-Aufläufe und zwei Beerentorten aus dem Gefrierfach holt. Bessie kann es nicht haben, wenn man sie überbietet. Sie ist nach Hause gegangen und hat Hühnchen, einen ganzen Schinken und Kartoffelsalat geholt. Lupe Vargas tauchte mit einer ganzen Waschwanne voll Tamales auf. Hat dem Herzen gutgetan, zu sehen, wie unsere Stadt zusammensteht, wenn Leute in Schwierigkeiten sind. Und diese Freiwilligen, die Männer, die die Gräben trockengelegt haben, waren genau dieselben Farmer, die dieses Wasser für ihre Pflanzen brauchten, um diese Jahreszeit mehr als sonst. Aber nicht einer hat gemeckert. Haben einfach das gemacht, was jeder machen würde.

Wir müssen die Mutter finden, sagte ich. Ich musste immerzu an das Gesicht von diesem Casey-Jungen denken, kreideweiß, so erschüttert, dass er kaum reden konnte. Er hat gesagt, dass sie feiern ist. Claire Bellamy war davor nicht ein einziges Mal ausgegangen, in dem ganzen Jahr nicht, nachdem sie eingezogen waren. Casey hat verstört und schuldig ausgesehen. Genau so hat er ausgesehen, schuldig. Wo war sie? Vielleicht hatte er sie beide ermordet und ihre Leichen vergraben, ohne dass ich es gesehen habe, obwohl das kaum möglich war. Vielleicht lagen sie tot auf dem Dachboden. Ich habe den Spanisch-Amerikanischen Club im Telefonbuch gesucht. Nicht zu finden. Hab bei der Universität angerufen und die Namen ihrer Professoren ergattert. Auch von denen hatte keiner jemals von diesem Club gehört, aber alle waren ziemlich erschüttert davon, dass das Baby vielleicht ertrunken war. Sie haben mir die Nummern von Studenten und Freundinnen von ihr gegeben, aber keiner von denen hatte irgendwas von einer Feier gehört, was mir dann richtig Sorgen gemacht hat.

Wo war sein Gewehr? Was, wenn er sich in die Ecke gedrängt gefühlt und in die Menge geschossen hätte? So was liest man ja ständig. Ich dachte mir, ich sollte das lieber Bessie erzählen. Wir sind dann weg von Mabel Strom, um aus Claire Bellamys Telefonbuch weiter Leute anzurufen, während wir das Haus gründlich unter die Lupe genommen haben. Wir haben alle Schubladen und Schränke durchsucht, aber das Gewehr nicht gefunden. Aber in ihrem Zimmer, ganz offen mittendrin, lagen diese Zeichnungen von ihr. Splitternackt. Kein Fetzen Kleidung am Leib. Einfach so, vor den Augen dieser armen unschuldigen Kinder. Und ein paar Gedichte über seidene Brüste und solchen Schund. Hat uns fast das Herz gebrochen, also haben wir die ganzen Gedichte und Gemälde einfach zerrissen. Sie hält das Haus sauber, das muss man schon sagen, sagte Bessie, und das stimmte auch.

Die Hubschrauber und die Spürhunde sind etwa zur selben Zeit eingetroffen. Ein schrecklicher Aufruhr, Geklapper und Gekläffe. Die Bellamy-Kinder kamen vom Graben zurückgeprescht, damit sie zugucken konnten, wie der Hubschrauber auf ihrem Hinterhof landet, und die Hunde haben die kleinen roten Schuhe beschnüffelt. Ich hab ihnen gesagt, sie sollten sich schämen, so einen Mordsspaß zu haben, wo ihr kleiner Bruder bestimmt ertrunken ist. Für etwa zwei Minuten sind sie ernst geworden, Nathan hat sogar geweint, und dann sind sie hinter den Hunden her übers Feld. Massen von Menschen sind zu dieser Zeit schon da gewesen, weshalb Bessie und ich in der Küche zu tun hatten. Viele Freundinnen von Claire Bellamy. Mabel hat bestimmt jeden Namen in Claires Telefonbuch angerufen. Zwei Nonnen aus der Schule, wo sie mal unterrichtet hat. So an die zehn Studenten aus der Rio-Grande-Highschool sind direkt vom Abschlussball gekommen, in Abendkleidern und Smokings. Ihre Professoren sind gekommen und ihr Ex-Mann, in einem Lotus, wie sich herausgestellt hat. Alle Kinder raus, um sich das Auto anzuschauen. Er ist mit einer Französin gekommen, die mit den Nonnen auf Französisch geredet hat. Dann ist noch ein anderer Ex-Mann aufgekreuzt. Das hat uns fast umgehauen. Er hat seine Mutter dabeigehabt, eine richtige Schreckschraube. Hab es gehasst, wie sie in meinem Haus herumspioniert hat. Der erste Ex-Mann war gerade aus Italien zurück, hatte den zweiten nie zuvor gesehen. Aber sie sind richtig freundlich gewesen, haben Hände geschüttelt, und einer hat gesagt, tja, da kann man nichts machen, nur warten. Dabei hat es viel gegeben, was sie hätten machen können, aber ich hab meine Zunge im Zaum gehalten. Zwei fies aussehende Mexikaner kamen. Dann zwei nette Ladys, die die erste Schwiegermutter kannten. Dann sind noch mehr Professoren gekommen. Die sind richtig sauer geworden, als Bessie, das Großmaul, ihnen gesagt hat, man müsste nicht nur Angst haben, dass das Baby ertrunken wäre, sondern Claire Bellamy selbst könnte was Schlimmes passiert sein.

Die Männer sind erschöpft vom Graben zurückgekommen. Casey ist mit den Kindern wiedergekommen, hat ihnen was zu essen gemacht und sie nach oben ins Bett gebracht. Die Männer haben alle was gegessen und sind dann zum Rauchen raus und haben eine Flasche rumgehen lassen wie auf einer Party. Drinnen haben die Leute gegessen und geschwatzt. Jed ist zu mir gekommen und wollte wissen, woher das verdammte Gerede der Leute über was Schlimmes, das passiert sein sollte, kam. Ich hab ihm von der Affäre und der Trennung erzählt, wie Casey hinter den Bäumen gelauert hat. Als Casey runtergekommen ist, haben Jed und Wilt, der Hilfssheriff, ihn für eine Stunde mit ins Nähzimmer genommen. Als sie rauskamen, hat Jed gefragt: »Habt ihr sie inzwischen gefunden?«, und er und Wilt sind zurück in den Wald. Casey ist wütend auf mich zu. Ich hätte sterben wollen. Aber er hat nur gesagt: »Du dreckige Schlampe«, und ist zur Hintertür raus.

Ich ging mit Buck zu ihm nach Hause, wir schlängelten uns an seinem Trainingsrad und der Rudermaschine und den Hanteln vorbei zum Wasserbett. Später sagte er: »Wow, das war gut. War es gut für dich?« »Ja«, sagte ich. »Ich muss zu Hause anrufen.« Die Leitung war immer noch besetzt. Buck sagte, er wäre am Verhungern. »Bist du nicht am Verhungern?« Also ja, das war ich. Wir fuhren zu dieser Fernfahrerkneipe auf der Lomas Street, aßen Steak und Eier und lachten. Angenehm. Ich fing an, ihn zu mögen. Es war fast Morgen. Der Zeitungswagen kam, der Fahrer lud einen Stapel Zeitungen ab. Buck holte sich eine und überflog die Sportseite. Mein Blick fiel nur flüchtig auf die erste Seite, als ich es im unteren Teil sah. CORRALES BABY VIELLEICHT ERTRUNKEN – GRÄBEN TROCKENGELEGT. Und direkt darunter stand Joel Bellamy. Das war mein Sohn.

Buck setzte mich bei meinem Bus ab, und ich raste nach Hause, trotz rot blinkender Ampeln, gelb blinkender Ampeln. Ich weinte nicht, aber aus meiner Brust drang der Laut einer Totenklage und klang wie Wind. Kurz vor Corrales, bei Dead Man's Curve, hörte ich ein Geräusch und ein Rascheln, und dann sagte Joel: »Hallo, Mama!« Er kletterte über den Sitz und in meinen Schoß. Ich kam schlitternd zum Stehen. Ich saß da und hielt ihn, sog seinen Duft ein. Schließlich hörte ich auf zu zittern und fuhr uns den Rest des Weges nach Hause.

Der Rest dieser Nacht ist wie ein Traum, und ich meine nicht träumerisch. Entstellt und zerrissen. Menschen rücken ins Blickfeld und verschwinden wieder, aus dem Zusammenhang gerissen. Unser Land war zu einem riesigen, albtraumhaften Parkplatz geworden. Ein Polizist winkte mich mit seiner Taschenlampe auf einen freien Platz. Betty Boyer saß betrunken auf der Hinterveranda. »Willkommen in *This is Your Life*!«

Als Erste war da die alte Jenny Caldwell, die Geschirr spülte, Casey trocknete ab. Er stöhnte, wurde fast ohnmächtig, als er Joel sah. Betty und ich halfen ihm beim Hinsetzen. Er hielt Joel im Arm, wiegte ihn, stöhnte noch immer. Unser Haus war voller Leute, Fremder. Nein, nicht alle waren Fremde. Die Leute rannten umher, riefen, dass das Baby gefunden, okay sei. Aber nach der anfänglichen Erleichterung und der Freude schien die Stimmung zu kippen. Als wären sie betrogen worden, und jetzt war es vier Uhr morgens. Einer der Farmer sagte, dass die beiden anderen Male, als sie die Gräben trockengelegt hatten, wenigstens eine Leiche drin gewesen war. Fairerweise muss man sagen, dass vor Erschöpfung und Sorge bei allen die Nerven blank lagen. Und doch schien es, als wären die Einzigen, die einfach nur froh darüber waren, dass es Joel gut ging, Casey und Schwester Cecilia und Schwester Lourdes. Oder die keine Andeutungen machten, dass ich an der ganzen Sache schuld wäre. Sogar meine eigenen Kinder sahen das so. Sie hatten gewusst, dass ich nirgendwohin hätte ausgehen sollen. Von meinen Ex-Männern Tony und John möchte ich gar nicht reden, auch nicht von meiner Ex-Schwiegermutter. Ich ignorierte ihre boshaften Kommentare. Die gesamte Spanischabteilung war da, sogar Dr. Duncan, der Leiter. Er war seit dem Zwischenfall auf der First Street mir gegenüber misstrauisch, aber das ist eine andere Geschichte. Ich bin ein sehr zurückhaltender Mensch. Aber immerhin hatte ich bei Buck geduscht und gefrühstückt. Im Grunde war ich erfrischt, aber auch das schien die Leute zu verärgern.

Der Schlimmste war Mr. Oglesby von der Bank. Ich war ihm noch nie zuvor begegnet. Er war es, der mich bei einer Kontoüberziehung anrief. »Hör mal, Claire, hier ist Oglesby von der Bank. Du solltest mal lieber ein bisschen was einzahlen, Schätzchen.« Was hatte Mr. Oglesby in meiner Küche zu suchen? Zwei Frauen, die ich auf der Babyparty für Keith zum letzten Mal gesehen hatte, vor neun Jahren.

Schließlich brachte die Polizei alle dazu, zu gehen. Die Polizisten gingen allerdings nicht, sondern setzten sich zu mir und Casey an den Küchentisch. Die Ziege und das Pony steckten den Kopf durch das Fenster. Ich gehe und füttere sie, sagte Casey. Sie bleiben, wo Sie sind, sagte der Polizist zu ihm. Als hätte jemand ein Verbrechen begangen. Wo war Joel gewesen, als ich wegfuhr? Waren die Türen des Busses offen gewesen? Nein, ich hatte nie Spanisch-Amerikanisch gesagt. Wo war ich zwischen zwei und vier Uhr morgens gewesen? Buck wer? Ich sagte ihnen, dass ich zu Hause angerufen hätte, etwa sieben Mal.

»Tja dann, kleine Lady«, sagte Jed, »wenn Sie nicht wussten, dass hier was gewaltig nicht in Ordnung war … wieso haben Sie dann weiter versucht, anzurufen?«

»Einfach um hallo zu sagen«, sagte ich.

»Hallo. Sie rufen Ihren Babysitter um drei Uhr morgens an, einfach um hallo zu sagen?«

»Ja.«

Casey lächelte. Er sah richtig glücklich aus. Ich lächelte zurück.

»Beim heiligen Judas«, sagte der Polizist. »Komm, Wilt, nichts wie raus aus diesem Irrenhaus, ich brauch was zwischen die Kiemen.«

DIE EHEFRAUEN

Jedes Mal, wenn Laura an Decca dachte, sah sie sie, als wäre sie Teil eines Bühnenbilds. Sie hatte Decca kennengelernt, als sie und Max noch verheiratet gewesen waren, viele Jahre bevor Laura ihn geheiratet hatte. Das Haus auf der High Street in Albuquerque. Beau hatte sie mitgenommen. Durch die weit offene Tür in eine Küche mit schmutzigen Töpfen und Tiegeln, Geschirr und Katzen, geöffneten Büchsen, Tellern mit zerlaufenem Karamell, Flaschen ohne Deckel, Schachteln mit chinesischem Take-away-Essen, durch ein Schlafzimmer, wo sie an Kleiderhaufen, Schuhe, Stapel von Zeitschriften und Zeitungen stießen, Trockner mit Netzpullovern, Seifen, Reifen. In der schwach beleuchteten Bühnenmitte ein Fenster zur Bucht mit ausgefransten, safrangelben, nikotinfleckigen Vorhängen. Decca und Max saßen in Ledersesseln, mit Blick auf einen Miniaturfernseher auf einem Stuhl. Auf dem Tisch zwischen ihnen befanden sich ein gewaltiger Aschenbecher voller Kippen, eine Zeitschrift mit einem Messer und einem Häufchen Marihuana, eine Flasche Rum und Deccas Glas. Max trug einen schwarzen Velourbademantel, Decca einen roten Seidenkimono, die schwarzen Haare offen und lang. Sie sahen umwerfend aus. Umwerfend. Ihre Anwesenheit traf einen körperlich, wie ein Schlag.

Decca redete nicht, Max schon. Er blickte Laura aus seinen dick bewimperten, müde bekifften dunklen Augen tief in die ihren. Er sagte mit kratziger Stimme: »Hey, Schöne, wie geht's?« Danach konnte sich Laura an nichts mehr erinnern. Vielleicht hatte Beau gefragt, ob er das Auto oder ein bisschen Geld borgen könnte. Er wohnte bei ihnen auf seinem Weg nach New York. Beau war ein Saxophonspieler, den sie zufällig kennengelernt hatte, als sie ihr Baby im Kinderwagen auf der Elm Street spazieren fuhr.

Decca. Wie kommt es, dass aristokratische Engländerinnen und Amerikanerinnen der Upperclass alle Namen haben wie Pookie und Muffin? Behielten sie die Namen bei, mit denen die Kindermädchen sie angesprochen haben? Bei NBC gibt es eine Nachrichtensprecherin, die Cokie heißt. Cokie kommt ganz sicher nicht aus einer netten Familie in Ohio. Sie entstammt einer feinen, alten, wohlhabenden Familie. Philadelphia? Virginia? Decca war eine B--, eine der besten Familien in Boston. Sie hätte einen wohlhabenden Mann heiraten sollen, hatte am Wellesley College studiert, war teilweise enterbt worden, als sie mit Max durchbrannte, aber sie lenkten ein, als ihnen klar wurde, wie reich er war.

Decca rief gegen elf an diesem Abend an. Lauras Söhne schliefen. Sie hinterließ ihnen eine Nachricht und Deccas Telefonnummer für den Fall, dass einer von ihnen aufwachen sollte, schrieb, sie wäre bald zurück.

Der Grund, warum das Ganze immer wie ein Bühnenbild wirkt, sagt sie sich selbst, ist der, dass Decca nie die Türen abschließt und nie aufsteht, um auf die Türklingel oder ein Klopfen zu reagieren. Also geht man einfach rein und findet sie in situ, rechts auf der Bühne, in einem schwachen Licht. Irgendwann, bevor sie sich hingesetzt und zu trinken begonnen hat, hat sie ein Pinyon-Feuer, Kerzen in den Nischen und Petroleumkerzen angezündet, deren mildes Licht sich jetzt in ihrem welligen seidigen Haar fängt. Sie trägt einen kunstvoll bestickten grünen Kimono über einem immer noch anmutigen Körper. Nur aus der Nähe sieht man, dass sie über vierzig ist und ihre Haut vom Trinken aufgedunsen und ihre Augen gerötet sind.

Es ist ein großes Zimmer in einem alten Lehmhaus. Das Feuer spiegelt sich in den roten Kacheln des Fußbodens. An den weißen Wänden hängen Gemälde von Howard Schleeter, ein Diebenkorn, ein Franz Kline, einige schöne alte Santos-Schnitzereien. Unterwäsche baumelt von einer John-Chamberlain-Skulptur. Über der Wiege des Babys in der Ecke hängt ein echtes Calder-Mobile. Bei genauerem Hinschauen bemerkt man schöne Keramiktöpfe von Santo Domingo und Acoma.

Alte Navajo-Läufer sind unter den Zeitschriftenstapeln aus *Nations, New Republics, I. F. Stone Weekly, New York Times, Le Monde, Art News, Mad* und Pizzakartons und von Baca's Take-away-Kartons verborgen. Auf dem nerzgemusterten Bett häufen sich Klamotten, Spielzeug, Windeln, Katzen. Leere, mit Stroh eingefasste Bacardi-Krüge liegen umgekippt im ganzen Zimmer, drehen sich hin und wieder, wenn eine Katze gegen sie stößt. Eine Reihe gefüllter Krüge steht neben Deccas Sessel, eine weitere Reihe am Bett.

Decca war die einzige Alkoholikerin, die Laura kannte, die ihren Schnaps nicht versteckte. Laura gestand sich selbst noch nicht ein, dass sie trank, aber sie versteckte ihre Flaschen. Damit ihre Söhne sie nicht wegschütten, sie sie nicht sehen, sich ihnen nicht stellen musste.

So wie Decca immer wie auf einer Bühne wirkte, in diesem großartigen Sessel, das Haar glänzend im Lampenlicht, so war Laura besonders gut beim Auftritt. Sie steht, elegant und lässig in der Tür, trägt einen bodenlangen italienischen Wildledermantel, dreht sich ins Profil, während sie das Zimmer begutachtet. Sie ist Anfang dreißig, ihre Schönheit trügerisch frisch und jung.

»Was zum Teufel machst du hier?«, sagt Decca.

»Du hast mich angerufen. Dreimal sogar. Komm schnell, hast du gesagt.«

»Hab ich?« Decca schenkt sich mehr Rum ein. Sie tastet

unter ihrem Sessel herum und holt ein zweites Glas hervor, wischt es mit ihrem Kimono aus.

»Ich hab dich angerufen?« Sie schenkt Laura das Glas voll, die auf der anderen Seite des Tisches im Sessel sitzt. Laura zündet sich eine von Deccas Delicados an, hustet, nimmt einen Schluck.

»Ich weiß, dass du das warst, Decca. Sonst nennt mich niemand Kübelarsch oder dickarschiger Trottel.«

»Muss wohl ich gewesen sein.« Decca lacht.

»Du hast gesagt, ich soll herkommen. Es wäre dringend.«

»Wieso hast du dann so lange gebraucht? Herrje, ich agiere gerade im totalen Blackout-Modus. Säufst du noch immer? Na ja, klar, ist ja offensichtlich.«

Sie schenkt ihnen beiden mehr Rum ein. Sie trinken. Decca lacht.

»Na, jedenfalls hast du trinken gelernt. Ich erinnere mich noch, wie ihr beiden frisch verheiratet wart. Ich hab dir einen Martini angeboten, und du hast gesagt ›Nein, danke. Von Alkohol wird mir schwindlig.‹«

»Immer noch.«

»Komisch, dass seine beiden Frauen Säuferinnen geworden sind.«

»Noch komischer, dass wir keine Junkies geworden sind.«

»Ich schon«, sagt Decca. »Sechs Monate. Ich hab mit dem Trinken angefangen, als ich vom Heroin loskommen wollte.«

»Haben die Drogen dich ihm nähergebracht?«

»Nein. Aber wegen ihnen hat es mich nicht mehr gestört.« Decca streckt die Hand zu einer komplizierten Stereoanlage aus, tauscht die Coltrane-Kassette gegen Miles Davis aus. *Kind of Blue*. »Da ist unser Max also im Knast. Mexikanischer Knast, das wird Max nicht verkraften.«

»Ich weiß. Er mag es, wenn seine Kopfkissenbezüge gebügelt sind.«

»Gott, du Dummchen. Ist das deine Einschätzung der Lage?«

»Ja. Ich meine, wenn er schon bei Kopfkissenbezügen so ist, stell dir vor, wie schrecklich dann alles andere sein wird. Egal. Ich wollte dir sagen, dass Art sich darum kümmert. Er schickt Geld runter, damit er rauskommt.«

Decca seufzt. »Verdammt, jetzt fällt mir das alles wieder ein. Rate mal, wie das Geld dahin kommt? Mit Camille! Beau war im Flugzeug nach Mexiko mit ihr. Er hat mich vom Flughafen aus angerufen. Deshalb hab ich dich angerufen. Max wird Camille heiraten!«

»Oje.«

Decca schenkt beiden mehr Rum ein.

»Oje? Du bist so vornehm, dass es mich krank macht. Wahrscheinlich schickst du ihnen noch Kristallgläser. Du rauchst zwei Zigaretten.«

»Du hast *uns* Kristallgläser geschickt. Baccarat-Gläser.«

»Hab ich? Muss ein Witz gewesen sein. Wie auch immer, Camille hat Max gesagt, dass sie die Flitterwochen in Acapulco verbringen werden. Genau wie du.«

»Acapulco?« Laura steht auf, zieht ihren Mantel aus und wirft ihn aufs Bett. Zwei Katzen springen herunter. Laura trägt einen schwarzen Seidenpyjama und Schlappen. Sie torkelt, entweder wegen der Gefühle oder dem vielen Rum. Sie setzt sich hin.

»Acapulco?« Das sagt sie traurig.

»Ich wusste, das würde dir was ausmachen. Wahrscheinlich in derselben Suite im Mirador. Der Duft von Bougainvillea und Hibiskus, der in ihr Zimmer weht.«

»Diese Blumen riechen nicht. Tuberose würde hereinwehen.« Laura hält den Kopf in den Händen, denkt nach.

»Streifen. Streifen von Sonne, die durch die Holzfensterläden fallen.«

Decca lacht, macht eine neue Flasche Rum auf, schenkt ein.

»Nein, Mirador ist zu still und zu alt für Camille. Er wird mit ihr in irgendein Schickimicki-Strandmotel gehen, mit einer Bar im Swimmingpool, Unterwasserstühlen und Schirmchen im Kokosdrink. Sie fahren in einem rosagestreiften Jeep durch die Gegend. Gib's zu, Laura. Das geht dir an die Nieren. Eine dumme Büroangestellte. Billiges, kleines Flittchen!«

»Hör auf, Decca. So schlimm ist sie auch wieder nicht. Sie ist jung. So alt, wie wir beide waren, als wir ihn geheiratet haben. Sie ist nicht wirklich dumm.«

Diese Idiotin ist so herzensgut, denkt Decca. Sie muss so nett zu ihm gewesen sein.

»Camille ist dumm. Gott, aber das warst du auch. Ich wusste allerdings, dass du ihn liebst und ihm Söhne schenken würdest. Sie sind hübsch, Laura.«

»Ja, oder?«

Ich bin dumm, denkt Laura, und Decca ist brillant. Er muss Decca sehr vermisst haben.

»Ich wollte unbedingt ein Kind«, sagt Decca. »Wir haben es jahrelang versucht. Jahrelang. Und uns gestritten, weil ich so besessen war davon, jeder hat den anderen beschuldigt. Ich hätte diese Hebamme Rita umbringen können, als sie sein Kind bekam.«

»Du weißt, dass sie in der ganzen Stadt herumgesucht und ihn herausgepickt hat. Sie wollte keinen Geliebten, nur ein Kind. Sappho. Was für ein Name, oder?«

»Merkwürdig. Noch merkwürdiger, dass ich, Jahre nach unserer Scheidung, mit vierzig schwanger werde. Eine Nacht, eine verdammte Nacht, nein, vielleicht nur zehn blühende Minuten im moskitoverseuchten San Blas vögele ich einen australischen Klempner. Bingo.«

»Heißt dein Baby deshalb Melbourne? Armes Kind. Wieso nicht Perth? Perth ist hübsch.« Wackelig steht Laura auf und geht hinüber, um nach dem Kind zu sehen. Sie lächelt und deckt es zu.

»Er ist so groß. Wunderschönes ingwerfarbenes Haar. Wie geht es ihm?«

»Großartig. Er ist ein verdammt großartiger Junge. Fängt an zu sprechen.«

Decca steht auf, stolpert leicht, als sie durchs Zimmer geht, um nach dem Kind zu schauen, geht dann ins Bad. Laura trinkt ihr Glas aus, im Begriff, aufzustehen und nach Hause zu gehen.

»Ich geh dann mal«, sagt sie zu Decca, als sie zurückkommt.

»Setz dich hin.« Sie trinken aus lächerlich kleinen Teetassen, wenn man bedenkt, wie oft sie nachgefüllt werden.

»Du scheinst den Ernst der Lage nicht zu begreifen. Also, mir geht's gut, ich habe ausgesorgt. Ich habe eine gewaltige Scheidungsvereinbarung plus Geld von meiner Familie. Wie sieht es mit einer Erbschaft für deine Kinder aus? Diese Frau wird ihn auslöschen. Wie dumm von dir, dass du keinen Kindesunterhalt beantragt hast. Verflucht dumm.«

»Ja. Ich dachte, ich könnte uns versorgen. Ich hab noch nie zuvor einen Job gehabt. Er hatte die Angewohnheit, achthundert Dollar am Tag zu verbrauchen, und fuhr immerzu Autos zu Schrott. Also hab ich bloß Geld für ihr College zurückgelegt. Willst du die Wahrheit wissen? Ich dachte, er wird nicht mehr lange leben.«

Decca lacht, schlägt sich aufs Knie. »Ich wusste, dass du das dachtest! Diese, wie heißt sie noch, die wollte auch keinen Unterhalt fürs Kind. Der alte Anwalt Trebb rief mich an, nachdem eure Scheidung durch war. Er wollte wissen, warum wir drei Frauen alle diese riesigen Lebensversicherungen von Max hatten.«

Decca seufzt, zündet sich einen dicken Joint an, der auf dem Tisch gelegen hat. Er sprüht und knistert, kleine Funken brennen drei große Löcher in ihren hübschen Kimono. Eines mitten in einen Rumfleck, der die Form von Italien hat. Sie schlägt darauf, hustend, bis die Funken verlöschen, reicht Laura den Joint. Als Laura zieht, verursacht sie ebenfalls einen kleinen Funkenregen, der Löcher in ihr Seidenoberteil brennt.

»Immerhin hat er mir beigebracht, wie man Gras auseinanderpflückt«, sagt sie und hört sich komisch an durch den Rauch.

»Also«, fährt Decca fort. »Wenn er rauskommt, wird er clean sein. Am Leben und gesund in Acapulco. Ich hab ihm die besten Jahre meines Lebens geschenkt, und jetzt das. Er ist am Leben und gesund in Acapulco mit einer Straßennutte.«

Decca lallt jetzt, ihr läuft die Nase, als sie jammert: »Die besten Jahre meines Lebens!«

»Verdammt, Decca, ich hab ihm die schlimmsten Jahre meines Lebens geschenkt!« Die beiden Frauen finden das wahnsinnig komisch, klatschen einander auf die Schenkel, halten sich die Seiten, trampeln mit den Füßen und werfen den Aschenbecher um, so heftig müssen sie lachen. Laura will sich einschenken, verschüttet aber alles über ihren Pyjama.

»Im Ernst, Decca«, sagt Laura. »Das könnte was richtig Gutes sein. Ich hoffe, sie sind glücklich. Er kann ihr die Welt zeigen. Sie wird ihn anbeten, sich um ihn kümmern.«

»Ihn in die Reinigung schaffen. Ist sie ein Flittchen, oder was? Billige Straßennutte.«

»Du wiederholst dich. Sie hat mehr was von einer Clinique-Verkäuferin, würde ich sagen. Du weißt, dass sie mal Miss Redondo Beach war?«

»Du hast Stil, K. A. Du raffiniertes, vornehmes Luder. Du tust so, als würdest du dich freuen für das Hochzeitspaar. Wirfst am Ende noch Reis. Aber, jetzt sag mal, wie fühlt es sich wirklich an, wenn du an sie in Acapulco denkst? Stell es dir vor. Sonnenuntergang. Die Sonne macht einen grünen Fleck und verschwindet. ›Cuando Caliente el Sol‹ läuft.

Viel pulsierendes Saxophon, Rumbakugeln. Nein, jetzt wird ›Piel Canela‹ gespielt, aber sie sind noch im Bett. Sie schläft, müde von der Sonne und vom Wasserski. Dampfender, verschwitzter Sex. Er liegt eng an ihrem Rücken. Er streift mit seinen Lippen ihren Nacken, lehnt sich zu ihr hinüber, knabbert an ihrem Ohr, atmet.«

Laura verschüttet etwas von ihrem soeben eingeschenkten Drink auf ihr Oberteil. »Hat er das bei dir gemacht?« Decca gibt ihr ein Handtuch zum Trockenreiben.

»Kübelarsch, glaubst du, du hast das einzige Ohrläppchen der Welt?« Sie grinst, es macht ihr jetzt Spaß. »Dann streift er mit der Handfläche über deine Brust, richtig? Du stöhnst und drehst dich zu ihm um. Dann hält er deinen Kopf in …«

»Hör auf!«

Das deprimiert jetzt beide. Sie rauchen und trinken mit den ausgesprochen vorsichtigen, langsamen Bewegungen von Menschen, die sehr viel getrunken haben. Katzen kommen in ihre Nähe, taumelnd, aber sie stoßen sie achtlos weg.

»Wenigstens gab es vor mir keine«, sagt Decca.

»Elinor. Sie ruft ihn immer noch an, mitten in der Nacht. Weint viel.«

»Sie zählt nicht. Sie war seine Studentin an der Brandeis-Uni. Ein intensives, verregnetes Wochenende im Truro. Ihre Familie hat die Dekanin angerufen. Ende der Romanze und der Professorenkarriere.«

»Sarah?«

»Du meinst Sarah? Seine Schwester Sarah? So dumm bist du doch nicht, K. A. Sarah ist unsere allergrößte Rivalin. Ich spreche das allerdings nie laut aus. Meinst du, dass sie jemals wirklich Sex hatten?«

»Nein, natürlich nicht. Aber sie sind sich so nah. Erbittert nah. Ich glaube nicht, dass ihn irgendjemand so verehren kann, wie sie es tut.«

»Ich war eifersüchtig auf sie. Gott, war ich eifersüchtig auf sie.«

»Decca, hör zu! Ach, warte mal. Ich muss pinkeln.« Laura steht auf, schwankt, taumelt durchs Zimmer ins Bad. Decca hört sie fallen, das Krachen eines Kopfes auf Porzellan.

»Alles in Ordnung?«

»Ja.«

Laura kommt zurück, kriecht auf allen vieren zu ihrem Sessel.

»Das Leben steckt voller Risiken.« Sie kichert. Auf ihrer Stirn zeigt sich bereits eine große blaue Beule.

»Hör zu, Decca. Es gibt nichts, worüber man sich Sorgen machen müsste. Er wird Camille niemals heiraten. Vielleicht hat er das gesagt, damit sie da runterkommt zu ihm. Aber er wird es nicht tun. Ich wette um eine Million Dollar. Und weißt du, warum?«

»Jep. Ich kapier's. Schwester Sarah! Sie wird nie an der guten alten Sarah vorbeikommen.«

Decca hat ihr Haar mit einem Gummi oben auf ihrem Kopf zusammengebunden, sodass es aussieht wie eine Palme. Lauras Haar hat sich aus dem Haarknoten gelöst, sodass ein Bündel an einer Seite ihres Kopfes herunterbaumelt. Sie sitzen in ihren verbrannten nassen Sachen da und lächeln einander idiotisch an.

»Das stimmt. Sarah mag dich und mich wirklich. Und weißt du warum?«

»Weil wir kultiviert sind.«

»Weil wir Ladys sind.« Sie prosten einander mit einem frischen Drink zu, lachen brüllend, trampeln auf den Boden.

»Das ist wahr«, sagt Decca. »Obwohl wir in diesem Moment vielleicht nicht gerade in Bestform sind. Aber erzähl mal, warst du auch eifersüchtig auf Sarah?«

»Nein«, sagt Laura. »Ich hatte nie eine richtige Familie. Sie hat mir dabei geholfen, mich als Teil einer Familie zu fühlen. Das macht sie immer noch, und sie liebt die Jungen. Nein, ich war eifersüchtig auf die Dope-Dealer. Juni, Beto, Willy, Nacho.«

»Ja, all die hübschen Dreckskerle.«

»Sie haben uns immer gefunden. Anderthalb Jahre clean. Beto hat uns in Chiapas gefunden, unter der Kirche auf dem Hügel. San Cristóbal. Regenstreifen auf seiner Spiegelglassonnenbrille.«

»Kanntest du Frankie?«

»Ich kannte Frankie. Er war der Schlimmste.«

»Ich hab gesehen, wie sein Hund gestorben ist, einmal, als er aufgeflogen ist. Sogar der Pudel, sein Spielzeug, war zugedröhnt.«

»Ich hab mal einen Verbindungsmann niedergestochen, in Yelapa. Ihm aber nicht mal richtig wehgetan. Hab aber trotzdem gespürt, wie die Klinge reinging, gesehen, wie er geblutet hat.«

Decca weint jetzt. Traurige Schluchzer, wie die eines Kindes. Sie legt *Charlie Parker with Strings* auf, »April in Paris«.

»Max und ich waren im April in Paris. Hat die ganze verdammte Zeit geregnet. Wir hatten beide ziemlich viel Glück, Laura, und die Drogen haben alles versaut. Ich meine, für eine kurze Zeit hatten wir alles, was sich eine Frau nur wünschen könnte. Okay, ich habe ihn in seinen goldenen Jahren gekannt. Italien, Frankreich und Spanien. Mallorca. Alles, was er in Angriff nahm, hat er in Gold verwandelt. Er konnte schreiben, Saxophon spielen, Stierkämpfe bestreiten, Autorennen fahren.« Sie schenkt beiden mehr Rum ein.

Laura kann sich nicht mehr richtig ausdrücken. »Ich kannte ihn, als, als er …«

»Glücklich war, hättest du fast gesagt, oder? Er war nie glücklich.«

»Doch, war er. Wir waren's. Niemand war je so glücklich wie wir.«

Decca seufzt. »Das mag stimmen. Als ich euch alle zusammen gesehen habe, habe ich das auch gedacht. Aber es hat ihm nicht gereicht.«

»Einmal waren wir in Harlem. Max und ein Musikerfreund gingen zum Fixen ins Bad. Die Frau des Mannes hat mich angesehen, quer über den Küchentisch, und gesagt: ›Da gehen sie hin, unsere Männer, zur Dame im See.‹ Vielleicht lagen wir falsch, Decca. Hybris oder so was, wollten ihm zu viel bedeuten. Vielleicht wird dieses Mädchen, wie heißt sie noch mal? Vielleicht wird sie einfach nur da sein.«

Decca hat vor sich hin gemurmelt. Laut sagt sie: »Niemand hat mir jemals, jemals so viel bedeutet. Ist dir irgendein Mann begegnet, der an ihn heranreicht? An seinen Verstand? Seinen Witz?«

»Nein. Und keiner ist so freundlich oder lieb wie er, wenn er bei Musik zu weinen anfängt, seinen Söhnen einen Gute-Nacht-Kuss gibt.«

Beide Frauen schluchzen jetzt, putzen sich die Nase. »Ich bin manchmal richtig einsam. Ich versuche, Männer kennenzulernen«, sagt Laura. »Ich bin sogar der Amerikanischen Bürgerrechtsvereinigung beigetreten.«

»Du bist was?«

»Ich bin sogar auf einen Sundowner zur Happy Hour gegangen. Aber diese ganzen Männer gehen mir einfach nur auf die Nerven.«

»Genau. Nach Max irritieren mich andere Männer bloß. Sie sagen zu oft ›weißt du‹ oder wiederholen dieselben Geschichten, lachen zu laut. Max war nie langweilig, hat einen nie verärgert.«

»Ich bin mit diesem Kinderarzt ausgegangen. Ein netter Typ, der Krawatten trägt und Drachenfliegen betreibt. Der perfekte Mann. Liebt Kinder, ist gesund, reich und sieht gut aus. Er joggt, trinkt Rosé aus Weinkühlern.«

Die Frauen rollen mit den Augen. »Okay, ich hab also alles arrangiert. Die Kinder schlafen. Ich trage weißen Chiffon. Wir sitzen am Tisch auf der Terrasse. Kerzen. Bossa Nova von Stan Getz und Astrud Gilberto. Hummer. Sterne. Dann kreuzt Max auf, fährt mit einem Lamborghini auf dem Rasen vor. Hat einen weißen Anzug an. Er wirft uns ein kleines Winken zu, geht rein, um nach den Kindern zu sehen, sagt irgendwas Idiotisches, wie, dass er es mag, sie anzuschauen, wenn sie schlafen. Ich bin ausgeflippt. Schmetterte den Weinkühler mit dem Rosé auf die Ziegelsteine, warf die Teller mit Hummer runter, schmetter, schmetter, Salatteller, schmetter. Habe dem Typen gesagt, er soll abhauen.«

»Was er auch gemacht hat, oder?«

»Richtig.«

»Siehst du, Laura, Max wäre nie abgehauen. Er hätte sowas gesagt wie ›Süße, du brauchst ein bisschen Liebe‹, oder er hätte auch angefangen, Teller und Essen runterzuwerfen, bis ihr beide gelacht hättet.«

»Ja. Das hat er übrigens auch gemacht, als er rauskam. Er hat ein paar Gläser zertrümmert und eine Vase mit Fresien, aber er hat den Hummer gerettet, und wir haben ihn gegessen. Voll Sand. Er hat nur gegrinst und gesagt: ›Dieser Kinderarzt ist nicht wirklich eine Verbesserung.‹«

»Es gibt nie wieder so einen Mann wie ihn. Er hat nie gefurzt oder gerülpst.«

»Doch, hat er, Decca. Oft.«

»Also mir ist es nie auf die Nerven gegangen. Du bist nur hergekommen, um mir schlechte Laune zu machen. Geh nach Hause!«

»Das letzte Mal, als du zu mir gesagt hast, ich soll nach Hause gehen, warst du bei mir.«

»Wirklich? Verdammt, dann geh ich jetzt eben nach Hause.«

Laura steht auf, um zu gehen. Sie torkelt zum Bett, um ihren Mantel zu holen, steht dort, sammelt ihre Sachen zusammen. Decca stellt sich hinter sie, umarmt sie, berührt mit den Lippen ihren Nacken. Laura hält den Atem an, bewegt sich nicht. Sonny Rollings spielt »In Your Own Sweet Way«. Decca beugt sich vor, küsst Laura aufs Ohr.

»Dann streift er mit seinem Handteller über deine Brustwarze.« Sie macht das bei Laura. »Dann drehst du dich zu ihm um, und er hält deinen Kopf in beiden Händen und küsst dich auf den Mund.« Aber Laura bewegt sich nicht.

»Leg dich hin, Laura.«

Laura stolpert, gleitet hinab auf das nerzgemusterte Bett. Decca bläst die Lampe aus und legt sich ebenfalls hin. Aber die Frauen liegen voneinander weggedreht. Beide warten darauf, dass die andere sie so anfasst, wie Max es getan hat. Es ist lange still. Laura weint, leise, aber Decca lacht laut auf, schlägt Laura auf den Hintern.

»Gute Nacht, du dickarschiger Trottel.«

Kurz darauf ist Decca eingeschlafen. Laura verlässt leise das Zimmer, kommt nach Hause und duscht, zieht sich an, bevor ihre Kinder aufwachen.

NOËL, 1974

Liebe liebste Zelda, es tut mir leid, dass dein Urlaub in eine für uns so ungünstige Zeit fällt. Weihnachten, Schule etc. Ich arbeite jetzt als Lehrerin – werde Hausarbeiten benoten und an einem Weihnachtsstück arbeiten. Wir haben ein sehr kleines Haus. Der Vermieter denkt, ich hätte nur zwei Söhne, wegen der zwei kleinen Zimmer, deshalb muss einer, wenn er auftaucht, verschwinden. Ben (er ist jetzt 19!) schläft in der Garage. Keith (17) schläft auf der Couch im Wohnzimmer. Joel hat ein kleines Schlafzimmer, eigentlich eine Kammer, und ich habe das andere. Ich weiß, du wirst sagen, du wärst auch glücklich damit, auf dem Boden zu schlafen, aber ein Freund von Ben aus New Mexico (Jesse) schläft bereits auf dem Boden im Wohnzimmer. Ich würde dich wirklich gern sehen, aber die gegenwärtigen Umstände würden es für alle sehr ungemütlich machen. Ich freue mich, zu hören, dass du ein neues Leben angefangen hast. Liebe Grüße Maggie

»Also ist das ein selbstbewusster Brief, oder nicht?« Maggie schrieb ihn noch einmal ab, steckte ihn in einen Umschlag und legte ihn für den Postboten nach draußen.

»Wer ist Tante Zelda überhaupt?«, fragte Joel.

»Die große Schwester deines Vaters. Wirklich groß. Ich bin ihr nur einmal begegnet, bei einer Bar-Mizwa auf Rhode Island. Ihre Tochter Mabel geht an die CalArts-Kunsthochschule, aber es gibt die Regel in ihrer Kommune, dass Eltern nicht erlaubt sind. Ich treffe Mabel manchmal, und sie ist prima, aber sie ist jetzt lesbisch und hat Angst, es ihrer Mutter zu sagen. Also, Zelda kann nicht hierherkommen, und damit Schluss.«

Aber Zelda kam trotzdem, sechs Tage später, mit einer Schefflera-Pflanze und drei Pfund Räucherlachs. Mabel holte sie vom Flughafen ab und brachte sie vorbei, sagte, sie würden sich später wiedersehen. Steif begrüßte Maggie Zelda, stellte sie Joel vor, der die Taschen nach oben in Maggies Zimmer trug. Zelda folgte ihm, um auszupacken.

Ben, Keith und Jesse spielten Poker in der Garage. »Jumpin' Jack Flash« in der Stereoanlage.

»Was soll ich mit ihr machen? Was, wenn sie über Weihnachten bleibt?«

Jesse streckte sich in Stiefeln auf dem Bett aus. »Willst du, dass ich gehe, Maggie? Zeitig, meine ich – ich würde vor Weihnachten gehen.«

»Nein, natürlich nicht. Wir haben dir gesagt, du bist hier willkommen. Zu ihr habe ich das nicht gesagt, darum geht es. Die Schlampe hat Eier in der Hose.«

Joel klopfte an die Tür und kam herein.

»Kopf hoch, Ma, rate mal, was Tante Zelda macht?«

»Weiß der Himmel.«

»Sie wäscht ab. Wir haben uns eine nette jüdische Mama organisiert.«

»Aber ich möchte einen japanischen Hausdiener.« Trotzdem lachte Maggie und folgte Joel ins Haus.

Aus Zelda war eine neue Frau geworden. Seit ihrer Scheidung hatte sie siebeneinhalb Kilo abgenommen, hatte sich Löcher in die Ohrläppchen stechen und sich die Eileiter abbinden lassen. »Ich bin bereit zu Abenteuern!«, sagte sie, und Maggie kicherte bei der Vorstellung rasierter Intimbereiche. Zelda war entschlossen munter, umarmte jeden und sagte wiederholt Dinge wie »Super!« Und: »Göttlich!«

Keith zog nach oben in Joels Zimmer um, und Joel zog nach unten auf die Couch über Jesses Schlafsack. Maggie schlief in der Hängematte im Wohnzimmer. Sie hatte weder Zeit noch Energie, Zelda zu unterhalten. Mabel auch nicht, an der Uni beschäftigt und damit, einen vw-Motor wieder zusammenzubauen. Aber Zelda war entschlossen, sich zu amüsieren, und das tat sie. Sie ging zu Gump's und I. Magnin und Cost Plus. Sie nahm die Fähre nach Sausalito, fuhr mit der Straßenbahn, aß am Jack London Square zu Mittag. Für den Rest der Zeit wusch sie das Geschirr ab, nicht nur das schmutzige Geschirr, sondern das gesamte Geschirr und die Töpfe und Tiegel in den Schränken, legte die Regale mit neuem Papier aus. Sie taute den Kühlschrank ab, bügelte. Jesse ließ sie das Wohnzimmer nicht sauber machen, während er dort war und Musik komponierte, Gitarre spielte. Sie ließ ihn nicht über ihren gewachsten Küchenboden laufen. Keith nannte die beiden Ein Seltsames Paar. Aber es funktionierte, das gab Maggie zu. Krautrouladen simmerten, wenn sie erschöpft aus der Schule kam. Zelda bereitete Hors d'oeuvres zu, kaufte Käse und Wein für Gute Zeiten, die jeden Abend waren. (Ihr Ehemann hatte Gute-Zeiten-Partymischungen verkauft.)

Ben fertigte Schmuck an, den er nach Schulschluss auf der Telegraph Street verkaufte. Hinterher brachte er vier oder fünf Straßenkünstler mit nach Hause. Greg, den Glasbläser, immer. Keiths Mädchen Lauren kam jeden Abend, meistens mit anderen Mädchen, um Jesse, den gutaussehenden, schlaksigen Langhaarigen aus New Mexico zu treffen. Lee war immer da, ein Chicano-Biker, dessen Lederklamotten Reißverschlüsse hatten, die wie russische Schlitten klingelten. Lee spielte Harmonika und Bongos, flirtete mit Mabel. Ihm war nicht klar, dass sie lesbisch war, weil sie ihn Zeldas wegen ermutigte, während sie unter dem Couchtisch ihren Oberschenkel gegen den ihrer Geliebten rieb, Wuschelhaar Big Mac. Big Mac sang, Mabel und Jesse spielten Gitarre.

Tante Zelda lachte, glühte, verschluckte sich am Marihuana. Keith und Lauren saßen am Esstisch, machten Hausaufgaben, spielten Schach, während Maggie Hausarbeiten benotete, den Unterricht am nächsten Tag vorbereitete, Jim Beam nippte, den sie getrennt vom Fun Time-Bier und dem Wein aufbewahrte.

Joel und seine Freunde gingen nach oben und kamen wieder herunter. Stereoanlagen und Radios, Fernseher und Gitarren und Bongos und Harmonikas und elektrischer Football. Die Waschmaschine und der Trockner und der Pachinko-Automat. Maggie schrieb Bemerkungen an den Rand, machte sich Sorgen ums Geld und den Vermieter. Sie hatte ihr ganzes Einkommen für Weihnachtsgeschenke ausgegeben, ihren letzten Zuni-Schmuck verkauft, um die Miete zu bezahlen. Sie war angespannt und müde und vermisste ihr Bett, befürchtete, es würde für immer nach Estée Lauder riechen.

»Unfassbar!«, sagte Zelda, als Maggie sich zu ihr ans Feuer setzte. Zelda war rot im Gesicht, hatte Tränen in den Augen, als sie Mabel und Big Mac »Lay, Lady, Lay« spielen und singen hörte. Sie putzte sich die Nase. »Ich möchte nie mehr nach Hause!«, sagte sie. Jesse grinste Maggie an, die zu ihm zurück schielte. Er bat sie, ihm die Schlüssel für den Pick-up zu geben, die auf dem Kamin lagen. Als er die Haustür öffnete, war die Luft kühl, leiser Regen. Der Pick-up gab Zwischengas, stieß rückwärts aus der Einfahrt. Maggie ging ebenfalls hinaus. Sie ging mit Chata, dem Hund, über den leeren Parkplatz der Bahnhaltestelle, beide kümmerten sich nicht um die Pfützen. Chata hörte den Pick-up, der herunterschaltete, als Erster.

»Willst du in meine Richtung, Lady?«

»Hi, Jesse. Klar. Ich brauchte mal ein bisschen frische Luft.«

»Du wusstest, ich würde dich aufsammeln. Steig ein. Nein,

du nicht, Chata. Kumpel, raus mit dir.« Sie brauchten zwei Seitenstraßen, um den Hund abzuhängen.

Meilenweit menschenleere Straßen im Südwesten von Oakland. Es war gut, aus dem Haus zu kommen, und sie mochte seine Art, nie zu sprechen. Sie wollte etwas über Zelda sagen, aber er unterbrach sie.

»Ich will nichts von Zelda oder deinen Kindern oder deiner Schule hören.«

»Da bleibt nichts mehr, worüber ich reden könnte.«

»Genau.« Er langte hinter den Sitz nach einer Flasche Jim Beam, nahm einen Schluck und gab sie ihr.

»Dein Trinken macht mir Angst, Jesse. Siebzehn ist zu jung, um Alkoholiker zu werden.«

»Ich bin alt für mein Alter. Fünfunddreißig ist jung für einen Burnout.«

Sie landeten im U.S. Postdepot in West Oakland. Reihenweise geparkte Sattelschlepper, jeder mit einem Schild für einen anderen Bundesstaat versehen.

»Wie seid ihr hier reingekommen?«, fragte der Mann in Louisiana, ging aber wieder zurück, um die Post zu sortieren. Jesse und Maggie schlenderten von Bundesstaat zu Bundesstaat. Sie wollte New York finden, er ging nach Wyoming, Mississippi. Das erste Wort, das sie zu buchstabieren gelernt hatte. Onkel John hatte es ihr beigebracht. Der Wind blies um den New-Mexico-Schlepper, aber es gab keine Geräusche, nur das Vogelgeflatter von Briefen. Sie schauten dem Mann beim Sortieren zu, still, als wären sie auf der anderen Seite eines Fensters. »Besser, ihr verschwindet«, sagte der New-Mexico-Mann. Sie hatten beim Hereinfahren das BE-TRETEN VERBOTEN!-Schild nicht gesehen. Als sie hinausfuhren, kam ein kleiner Wärter aus einer Kabine und bedeutete ihnen, anzuhalten.

»Aussteigen«, sagte er, aber als sie ausgestiegen waren, waren sie beide so groß, dass er stammelte: »Steigt wieder ein!«

Er fing an, in sein Funkgerät zu sprechen, fummelte nach seiner Pistole. Jesse schaltete und fuhr weg, schnell. Zisch, eine Kugel traf die Stoßstange. »Heiße Sache!« Maggie lachte. Ein Abenteuer.

Als sie nach Hause kamen, waren alle ins Bett gegangen. Jesse kroch sofort in seinen Schlafsack am Feuer, mittlerweile nur noch Glut. Maggie musste noch stapelweise Hausarbeiten benoten, nippte Jim Beam, um wach zu bleiben.

Weihnachtsrummel. Jesse und Ben verkauften Schmuck auf der Telegraph Street, trotz des Regens lief es gut. Maggie und Joel kamen spät aus der Schule, beide probten für Weihnachtsprogramme. Maggie hatte eine Parodie auf *Eine Weihnachtsgeschichte* geschrieben. Scrooge besaß eine Gebrauchtwagenhandlung in Hayward, Tiny Tim war ein militanter Querschnittsgelähmter. Es war witzig, hektisch.

Tante Zelda ging einkaufen. Abends half sie Maggie beim Backen und Geschenkeinwickeln, lag Maggie mit ihrem neuen Selbstbild in den Ohren und dass sie eine neue Beziehung eingehen wolle. Maggie schwieg. Zelda nahm an, dass Maggie einfach an ihrem gebrochenen Herzen litt, sich am Ende aber alles fügen würde.

»Mein Bruder wird jeden Augenblick zur Vernunft kommen. Ihr wart ein großartiges Paar. Ich werde euch beide bei Marvins Bar-Mizwa nie vergessen. So glücklich! Und du in diesem Anzug. Norell?«

»B. H. Wragge.« Das war ein schöner Anzug gewesen.

»Und wie er immer zwei Zigaretten gleichzeitig anzündete und dir deine gab.«

Maggie lachte. »Das hatte er von John Garfield.« Nur Shelley Berman konnte es besser – er vergaß, der Frau ihre zu geben, rauchte nervös einfach beide. Zur Vernunft kommen? Zur Vernunft. Geschmack, Geruch, Gehör, Tastsinn.

»Ich hab mir freigenommen von der Vernunft«, sagte Maggie.

Zelda lächelte, »super«, wie üblich. Nur gelegentlich brach eine natürliche Reaktion aus ihr heraus. Von euch hat keiner Schlappen? Du hast vormittags getrunken? Ihr habt keine Toilettenbürste?

Sie gingen alle gemeinsam zum Krippenspiel in Joels Schule. Zelda und Maggie hatten schon beim ersten »Hört, die Engelsboten singen« Tränen in den Augen. Jesse und Ben gingen einige Male hinaus, um einen Joint zu rauchen. Keith und Lauren standen immer wieder auf, um mit ehemaligen Lehrern zu sprechen, mit Freunden zu sprechen.

Die atemberaubendste Szene war die, in der die Mädchen aus der vierten Klasse in Miniröcken und Rentiergeweihen auf die Bühne kamen und anfingen, zu Marvin Gayes »Let's Get It On« Striptease zu tanzen. Schockiertes Luftholen im Publikum. Dann führte die fünfte Klasse »Rebhuhn in einem Birnbaum« auf, die erste Strophe aus *Zwölf Weihnachtstage*. Ben brachte sie alle in Stimmung, zum Kichern, als sie sich das Durcheinander vorstellten, das all die Geschenke aus dem Lied in ihrem Haus auf der Russel Street verursachen würden. Französische Hühner, Gänse, Moriskentänzer.

Joels Klasse gab die letzte und schönste Darbietung. Es war sehr einfach, wie ein Ballett. Er und zwei andere Jungen wurden während einer Schneeballschlacht in Statuen verwandelt. Sie standen vollkommen eingefroren da, während der Schneemann, in Wirklichkeit Darryl, zu schmelzen begann, immer weniger wurde, bis der Geist von Weihnachten sie alle wieder zurückverwandelte. Joel blinzelte als Statue nach einem ersten braunäugigen Flackern nicht ein einziges Mal, bis er seine Familie entdeckte.

Als das Programm zu Ende war, kamen Santa Claus und Mrs. Beck, die Direktorin, unter großem Beifall auf die Bühne. Laut erklang »Freue dich, Welt«, als sie damit begannen, die Geschenke zu verteilen. Spielzeuglastwagen.

Barbiepuppen. Gewaltige Regierungsgelder zur Armutsbe-kämpfung. Innerhalb von Sekunden war die Bühne geram-melt voll, die meisten Teenager, aber auch viele Erwachsene. Es war wie beim Altamont-Rockfestival. Joel wurde zu Bo-den geschubst, schlug sich die Lippe auf, blutete. Ben und Jesse sprangen auf die Bühne. Ben hob Joel hoch. Jesse riss den Spielzeuglaster aus den Händen des Kindes, das ihn sich geschnappt hatte. Mrs. Becks mit Reif bedeckte Perücke war verrutscht. Sie schrie ins Mikrofon.

»Diese Geschenke sind nur für unsere Kinder! Nur für die Kinder! Haut ab, ihr Wichser!«

»Lasst uns von hier verschwinden.« Maggie ging voran. Jesse hielt Joel an der Hand.

»Wie wäre es mit einem Eis, Maggie? Du kaufst, ich fahre.«

»Jesse – sah ich eingefroren aus?«

»Ja – ganz *lange*. *Give me five.*« Klatsch, klatsch.

Tante Zeldas letzte Nacht. Jesse und Joel waren nach Mar-tinez gefahren, um den Baum zu schlagen. Er duftete, war wunderschön. Maggie war entspannt. Sie hatte den Navajo-Läufer aus ihrem Schlafzimmer verkauft, weitere Geschenke eingekauft, hatte genug Geld, um sich für eine Weile keine Sorgen machen zu müssen. Sie plauderte mit Zelda, füllte Datteln, eine Familientradition, die niemand aß, wie die ein-gelegte Wassermelonenschale zum Weihnachtsessen.

Keith und Lauren saßen am Esstisch und fädelten Cran-berrys auf, die anderen schmückten den Baum, stritten. Ben und Joel wollten immer alles am Baum haben, Keith und Maggie mochten es schlicht. Jesse verstand nicht, wieso sie keine Eiszapfen hatten. Ben und Joel hatten sie doch letztes Jahr gekauft.

»Ich kann es nicht erwarten, nach Hause zu kommen«, sagte Jesse. Er würde in zwei Tagen nach New Mexico fah-ren, für Weihnachten nach Hause trampen. Kreischen, als er auf eine Katze unter dem Baum trat. Chata, der Hund, lungerte herum, nass, war im Weg. Drei Straßenkünstler trockneten sich am Feuer, reichten Deko und Kugeln herum. In der Küche machten Mabel und Big Mac Karamell und Baiser. Kerzen von Cost Plus leuchteten wie Tante Zelda.

»Ich kann es nicht erwarten, meinem Therapeuten von meinem Urlaub zu erzählen«, sagte Zelda. Maggie fragte sich, was sie ihm sagen würde. Zelda hatte sich zu Mabel nicht geäußert.

Klopfen an der Tür. Linda, die Nachbarin von nebenan, fragte, ob sie die Dusche benutzen dürfte. Sie hasste es, zu baden, wenn sie ihre Tage hatte. Sie kriegt ihre Tage aber oft, sagte Jesse. Nein, ich glaube, sie kommt einfach gern her, besonders, wenn was los ist. Dann verdammt, Maggie, warum lädst du sie nicht einfach ein?

Noch ein Klopfen. John und Ian, zwei Lehrer aus der Schule, in der Maggie unterrichtete. Als sie ihnen die Mäntel abnahm, röhrte Lee auf seiner Harley die Einfahrt hoch, das schwarze Leder tropfend wie ein Taucheranzug. Maggie stellte alle einander vor, führte die beiden Lehrer zu einem Platz am Tisch.

»Ihr kommt gerade rechtzeitig, um euch von Zelda zu verabschieden.« Zelda kam mit einem Tablett voller Piroggen, Plätzchen, Süßigkeiten, gefüllter Datteln herein. Einer der Straßenkünstler reichte Ian einen Joint in einer knöchernen Zigarettenspitze.

»Ach, du lieber Gott, Maggie, rauchst du vor deinen Kindern Dope?«

»Ich rauche es nicht. Wünschte, ich würde. Kein Kater, kein Dickwerden. Ich bin froh, dass keiner meiner Söhne trinkt.«

»Hatte nicht vor, eine Party zu versauen.« John sprach komisch, weil er gerade am Joint gezogen hatte. Eierflip hing ihm im Schnauzbart.

»Oh, du darfst sehr gern bleiben«, sagte Zelda. »Nimm etwas mehr Eierflip.«

Ian und John nippten, räusperten sich.

»Wir wollten mit dir reden, Maggie«, sagte John. Linda kam aus der Dusche, trug einen korallenfarbenen Chenille-Bademantel, ihr nasses Haar war zu Zöpfen gebunden.

»Datteln! Ich mochte deine gefüllten Datteln, Maggie.«

»Nimm welche. Nimm welche mit.«

»Bitte«, sagte Keith. Zelda und Linda gingen ins Wohnzimmer.

Ian sprach in seiner tiefen Erwachsenenstimme, die Maggie, die älteste Lehrerin an der Schule, jedes Mal irritierte.

»Es geht um Dave Woods.«

»Herrgott«, sagte Maggie. Sie war die einzige Lehrerin an der Horizon, die auf Anwesenheit bestand, die Noten gab, nicht nur Bestanden-Durchgefallen.

»Ich habe ihm jede nur mögliche Chance gegeben. Er ist sowohl in Englisch als auch in Spanisch durchgefallen. Ich werde daran nichts ändern, falls ihr deshalb hier seid.«

»Das ist herzlos, Maggie. Wie kannst du so ein lockeres Leben führen und eine derart strenge Lehrerin sein? Wir sollen auf jeden Schüler individuell eingehen.«

»Tja, dieses Individuum ist in meinen beiden Klassen durchgefallen.«

»Das ist, als würdest du nicht an die Philosophie unserer Schule glauben.«

»Philosophie? Dreitausend im Jahr, wunderbarer Campus, gutes Dope, keine Hausaufgaben?« Keith stieß Maggie unter dem Tisch an.

»Kein Grund feindselig zu werden. Wir sind mit guten Absichten hierhergekommen«, sagte Ian.

»Nehmt etwas von den Baisers.« Mabel reichte das Tablett, glitt um den Tisch herum. Johns Blick konzentrierte sich auf ihre schönen BH-losen Brüste. Maggie wünschte, es gäbe nicht so viel zu essen und zu trinken und allgemeine Großzügigkeit. Linda, strahlend, lungerte zwischen zwei Künstlern, ihr Bademantel stand über rubensartigen Oberschenkeln offen.

»Wie nennt man das noch mal?«, fragte John Mabel, die Süßigkeit klebte an seinen Fingern.

»*Divinity* – Baiser mit Nüssen«, sagte Mabel gedehnt.

»Klingt für mich wie ein evangelischer Bischof«, Zelda wieherte los, knuffte Maggie. Beide brachen in weinerliches Kichern aus. Ian nahm sich eine von Maggies Zigaretten. Sie wünschte, er würde wieder mit dem Rauchen anfangen und seine eigenen kaufen. Immerhin hatten die beiden Lehrer das Interesse an Dave Woods schlechten Noten verloren, hörten Mabel und Big Mac zu. Noch einmal »Lay, Lady, Lay«. Maggie ging in die Küche, goss sich Jim Beam in ihren Eierflip. Ben und Lee sahen Lauren dabei zu, wie sie die Süßigkeit in weitere Vierecke schnitt.

»Mach dir keine Sorgen – ich werde die Schule morgen abfackeln.« Lee lächelte. Wieder Klopfen an der Tür.

»Klingt nach einer Verhaftung«, sagte Jesse. Fast. Es war der Vermieter. Ben und Keith schickten die Leute in die Garage, aber es war bereits zu spät. Er hatte gesehen, dass jemand in der Garage wohnte, dass Hippies Dope rauchten.

»Wir haben Freunde über Weihnachten da«, sagte sie, aber er redete vom zerstörten Garten.

»Zerstört? Ich habe das meiste dort angepflanzt, habe zwei Jahre daran gearbeitet. Der Regen hat ihn zerstört.«

»Ich verkaufe das Haus. Nur noch vier Häuser mit Weißen in der Straße.«

»Warum haben Sie das nicht gleich gesagt – nicht nötig, mit an den Haaren herbeigezogenen Gründen zu kommen, um mir etwas anzuhängen.«

»Ich habe durchaus mehr als ›an den Haaren herbeigezogene‹ Gründe, um den Vertrag zu kündigen.«

Maggie atmete aus. »Bitte gehen Sie jetzt«, sagte sie und öffnete ihm die Tür. Sie trank, goss mehr Whiskey in ihren Eierflip und ging ins Wohnzimmer zurück. Sie setzte sich zu Ian und John.

»Tut mir leid, dass ich so unfreundlich war. Dave ist der Hellste, den wir haben … Ich wünschte, ihr hättet ihn in Mathe und Naturwissenschaft ebenfalls durchfallen lassen. So, wie die Dinge liegen, wird er keinen Aufnahmetest am College bestehen. Er weiß, er könnte bessere Noten haben als Fünfen, und ich denke, das wird er auch.«

»Mehr Eierflip?«, fragte Zelda.

»Nein, danke. Morgen ist Schule. Ist das Weihnachtsstück fertig, Maggie?«

»Nein, aber es wird großartig.«

Alle waren gegangen oder in Bens Zimmer in der Garage umgezogen. Joel lag auf dem Sofa, Jesse in seinem Schlafsack. Das Licht war aus, aber die beiden redeten. Oben stritten sich Zelda und Mabel, dann kam Mabel die Treppe heruntergestürmt.

»Also, ich hab's ihr gesagt«, sagte sie und ging, schlug die Tür hinter sich zu. Maggie wusch das Geschirr ab, räumte das Essen weg und fegte den Boden, bis das Weinen aufhörte, dann ging sie auf Zehenspitzen nach oben ins Bad.

»Maggie!«

Zelda saß aufrecht im Bett, Tränenströme zeichneten sich auf der glänzenden Schicht Elisabeth-Arden-Creme ab.

Maggie umarmte sie. »Du musst so müde sein. Ich bin müde. Na komm –« Aber Zelda klammerte sich an sie, ihre glitschige Wange rutschte in Maggies Haare.

»Mabel! Mein *Kind*. Was soll ich denn jetzt machen?«

Maggie machte sich los, ging ins Bad, wo sie die Creme aus ihrem Gesicht wischte, zwei Waschlappen mit Hamameliswasser anfeuchtete.

»Hier, leg dir das auf die Augen. Hör auf zu weinen.« Sie saß auf der Bettkante, legte sich den anderen Lappen auf die Augen.

»Meine Tochter«, sagte Zelda. »Du kannst das überhaupt nicht verstehen.«

»Vielleicht nicht. Ich habe den Eindruck, dass es mir egal wäre, wenn einer meiner Söhne schwul sein sollte. Andererseits, wenn einer von ihnen ein Bulle oder ein Hare Krishna würde, würde ich mir vielleicht die Kugel geben.«

Zelda fing wieder an zu weinen. »Ich bin einfach so –«

»Du bist verletzt. Mabel geht's gut. Hast du Schlaftabletten?«

»Valium.« Zelda zeigte auf ihre Schminktasche.

Maggie gab ihr die Tablette und ein bisschen Wasser, nahm auch eine. Sie richtete Zeldas Kopfkissen, schaltete das Licht aus. Im Licht der Bekins-Reklame wirkte Zelda alt und zerbrechlich.

»Alles in Ordnung?«

»Nein. Ich fühle mich alt und hab Angst.«

Maggie hielt sie, küsste ihre glitschige Stirn. »Aber ich bin froh, dass du gekommen bist.«

Unten wurde Maggie klar, dass sie vergessen hatte, sich auszuziehen oder ihr Gesicht zu waschen. Zu müde. Sie holte Decken aus dem Schrank, schenkte sich ein Glas Bourbon ein, kletterte in die Hängematte, hatte die Zigaretten vergessen, kletterte wieder hinaus und hinein, ordnete die Decken um sich herum, das Glas und der Aschenbecher auf dem Boden, richtete sich ein, um selbst ein bisschen zu weinen.

»Mein Gott«, sagte Jesse aus dem Wohnzimmer. Er stand auf, warf sich den Schlafsack über die Schulter.

»Wo gehst du hin?«

»Im Pick-up schlafen. Hab dich noch nie selbstmitleidig gesehen.«

Als er gegangen war, hörte sie auf zu weinen, rauchte eine Zigarette, trank das Glas aus. Racines *Phèdre*, 2.Akt. Er ist weg! Sie lachte über sich selbst, stand auf und wusch sich das Gesicht über der Spüle, versteckte die Flasche Jim Beam für den nächsten Morgen in der Waschmaschine.

Verdammt, es ist Morgen. Noch zwei Tage Schule. Das Stück. Weihnachten. Ich schaffe es nicht. Ich schaffe es, muss mit dem Trinken aufhören. Hab es schon wieder so schnell vermasselt. Werde es morgen reduzieren. Jesse wird in wenigen Tagen weg sein. Das wird es leichter machen. Nicht wirklich. Morgen nach der Schule werde ich das Radio für Joel kaufen und das Buch für Lauren auch. Zelda reist ab – Gott sei Dank! Mein Bett! Ich habe seit Wochen nicht mal mit Joel geredet. Ich bin eine miese Mutter. Muss nüchtern werden, für meine Söhne. Gott, ich bin ein Wrack. Dieses Haus ist ein Wrack.

Sie goss sich Wein ins Glas, trug Glas und Flasche mit sich herum, während sie Staub wischte und die Möbel polierte. Sie fegte, wischte und wachste die Böden. Joel schlief weiter, auch, als sie die Couch verrückte. Im Regen leerte sie den Müll aus, pflückte einen großen Strauß von Lindas rosafarbenen Weihnachtssternen. Lindas Schlafzimmerfenster flog auf. »Was zum Teufel machst du da? Es ist vier Uhr morgens!« Das Fenster schlug wieder zu. Verdammt noch mal, mit manchen Leuten ist nichts anzufangen, bevor sie ihre erste Tasse Kaffee haben. Im Haus arrangierte Maggie die Blumen in einer Messingvase. So. Sieht schon besser aus. Sie rückte Gemälde gerade, schaltete die Lichter des Weihnachtsbaums an. Reibe ein bisschen Käse, mache jetzt überbackene Makkaroni und kaufe Radio und Buch nach der Schule.

»Wieso putzt du die Fenster? Es ist fünf Uhr morgens, Mama.« Keith war angezogen, verschlafen.

»Hey. Ich konnte nicht schlafen. Sie sind ganz verrußt vom Kamin. Wieso bist du so früh auf?«

»Schulausflug. Ich räume jetzt die Weinflasche weg. Du wirst es sonst nicht in die Schule schaffen. Hör auf, Mama, frühstücke mit mir.«

Er brachte die Flasche nach oben. Sie wusste, er würde sie in die Zwischendecke hinter der Badezimmerwand stellen. Sie setzte Kaffeewasser auf, presste Orangensaft aus, machte Würstchen und überbackenen Toast. Weder sie noch Keith sprachen, sie lasen die Zeitung. Zelda kam herunter, blass, mit ihrem Gepäck. Maggie machte ihr Frühstück. Keith ging, nachdem er sie beide zum Abschied umarmt hatte, genau in dem Moment, in dem Mabel kam, um ihre Mutter zum Flughafen zu bringen. Die drei Frauen tranken Kaffee, ohne die üblichen Höflichkeiten auszutauschen.

Es war noch dunkel, als Zelda und Mabel gingen. Maggie schlotterte draußen, winkte der SCHWESTERN SIND STARK-Stoßstange hinterher, um für Joel und Ben überbackenen Toast zu machen. Während sie aßen, fiel ihr die Flasche in der Waschmaschine ein. Jesse kam von draußen herein. »Ich mache mir selbst Frühstück«, sagte er.

Es war so neblig auf dem Freeway, dass sie Angst hatte, Zeldas Flugzeug könnte nicht starten. Sie hatte Angst, mit anderen Autos zusammenzustoßen, und dann hatte sie Angst, dass sie überhaupt nicht auf dem Freeway war. Ausfahrt. Einen Hügel hoch und um ihn herum. Der Mormonentempel glühte magisch wie ein Schloss aus *Der Zauberer von Oz*. Der Monolith einer Telefonzelle, weißes Licht. Sie rief in der Horizon-Schule an, sagte, ihr Auto wäre liegengeblieben. Müsste wahrscheinlich auch ihre Klassen am Nachmittag ausfallen lassen. Nein, nicht die Probe – die würde auch ohne sie gut laufen. Nein, danke. Der Abschleppdienst würde jede Minute da sein. Sie fuhr den Hügel zur MacArthur Street hinunter, wo es keinen Nebel gab, aber sie hatte immer noch Angst. Den ganzen Weg ins Zentrum von Oakland fuhr sie hinter einem 53er-Bus her, wartete an jeder Seitenstraße, bis die Passagiere aus- und eingestiegen waren. Im Zentrum fuhr sie hinter einen 43er-Bus auf der Telegraph Street her und folgte ihm bis nach Hause. Sie war zu betrunken, um klar zu sehen.

Sie ließ den Mantel und die Tasche mit den Büchern hinter der Eingangstür fallen, stieg die Treppen zu ihrem Zimmer hoch. Es war dunkel, die Vorhänge geschlossen. Jesse lag schlafend in ihrem Bett. »Hey, was soll das?«, sagte sie, aber er regte sich nicht. Sie kletterte über ihn drüber und schlief sofort ein, aber er wachte auf und drehte sich zu ihr um, warf seine Stiefel von sich. »Hallo, Maggie.«

DIE PONY BAR, OAKLAND

Es gibt bestimmte perfekte, ganz eigene Geräusche. Ein Tennisball, ein Golfball, der genau getroffen hat. Ein Flugball im Lederhandschuh des Fängers. Das nachhallende Dröhnen eines Knock-outs. Mir wird schwindlig vom Geräusch eines perfekten Eröffnungsstoßes im Billard, ein klarer, schräger Stoß, gefolgt von einem drei- oder viermaligen gedämpften Gleiten und aufeinanderfolgenden Klacks. Das schmeichelnde Drehen der Kreide auf dem Queue. Billard ist, wie man es auch betrachtet, erotisch. Normalerweise in einem gedimmten pulsierenden Jukeboxlicht.

Zikaden in Santiago. Rote Sonnenschirme, grünes Gras, weiße Anden. Rotweiß gestreifte Segeltuchstühle im Prince of Wales Country Club. Ich unterschieb Rechnungen für Limonade, gab den Kellnern in Smokings Trinkgeld, applaudierte John Wells. Perfektes Knacken des Kricketschlägers. Ich trug weiß, passte wegen der Grasflecke auf, flirtete mit Jungen, die in graue Flanellhosen der Grange School gekleidet waren, im Sommer in blaue Jacken. Gurkensandwiches zum Tee, Sonntagspläne für Viña del Mar.

In der Pony Bar erinnerte ich mich, dass ich mich auf dem grünen Gras so fremd fühlte wie auf dem Barhocker neben dem Motorradfahrer. Auf seine Handgelenke waren Scharniere tätowiert, in der Beuge seines Ellbogens, in den Kniekehlen.

»Du brauchst ein Scharnier auf deinem Hals«, sagte ich.

»Du brauchst ein Feuer im Arsch.«

TÖCHTER

Der Mut meiner eigenen Überzeugungen? Nicht mal an einer Sichtweise kann ich länger als fünf Minuten festhalten. Nicht anders als ein Radio in einem Pick-up. Ich rase dahin ... Waylon Jennings, Stevie Wonder ... man fährt über ein Viehgitter und bums, ist es ein Priester aus Clint, Texas. Dein Lachen ist Müll. Lachen? Leben? Von einem Tag auf den anderen nimmt der 40er-Bus eine andere Route. An manchen Tagen sind Leute aus Chaucer drin, aus Damon Runyon. Brueghels Bauernhochzeit. Ich fühle mich allen von ihnen nah, bin eins mit ihnen. Wir sind ein lebendiger Wandteppich aus Fahrgästen, dann gibt es eine Epidemie des Gilles-de-la-Tourette-Syndroms, und wir sind alle Opfer, gefangen in einer dampfenden Kapsel, für immer. Manchmal sind alle müde. Der ganze Bus völlig erschöpft. Schwere Einkaufstüten. Sperrige Einkaufswagen, Kinderwagen. Die Stufen hochkeuchend, ihre Haltestellen verschlafend, sinken die Leute zusammen, schwanken schlaff wie schläfriger Seetang an den Stangen. Oder alle haben Geschwulste auf dem Kopf. Eine Reihe nach der anderen, sie stehen, sind bepackt, und allen wachsen Haare aus dem Kopf. Kein Wacholder oder Eukalyptus oder Moos, sondern eine Milliarde Strähnen, Fäden von Haar. Punkerhaar, blaues Venushaar, nasser Afro. Ach, der Mann vor mir hat überhaupt keine Haare. Er hat noch nicht mal die allerkleinsten Löcher im Kopf, aus denen sie sprießen könnten. Gleich werde ich ohnmächtig. Ein kleines Mädchen in der Schuluniform von St. Ignatius steigt in den Bus ein. Jemand, eine Großmutter, *halt still, Kind*, hat ihr das Haar so straff zu Zöpfen geflochten, dass ihre Augenwinkel zur Seite gezogen werden. Die Zöpfe sind mit weißen Schleifen gebunden, echten Satinbändern. Sie sitzt hinter dem Fahrer. Die Morgensonne schimmert auf ihrem perfekten Scheitel, formt einen Heiligenschein hinter ihrem Kopf. Mir gefällt das Haar des Kindes. Ich berühre mein eigenes, streichle meine eigenen Haare, die kurz und spröde sind wie die eines Samojeden oder Chows. Guter Junge. Töte, Wolfsblut.

Ich hätte den Job zum Auffädeln von Zuchtperlen annehmen sollen. Für einen Arzt zu arbeiten, also, da geht es den ganzen Tag um Leben oder Tod. Ich schwebe umher, ein richtiger Engel der Barmherzigkeit. Oder ein Ghul. Mmmm, Dr. B. … interessant, diese Untersuchungsergebnisse von Mr. Morbidos Knochenmark. So heißt er, wirklich. Die Wahrheit ist verrückter als meine Vorstellungskraft, die bei den Dialysemaschinen völlig durchdreht. Der Durchbruch in der modernen Medizin. Lebensretter, die am späten Nachmittag zu kopflosen Plastikvampiren werden, das Blut nur so wegtrinken. Die Patienten werden blasser und blasser. Die Maschinen machen ein summendes Sauggeräusch mit einem gelegentlichen Schlürfen, das wie Lachen klingt.

Am späten Nachmittag bin ich so weit, dass ich Riva Chirenkos Tochter erwürgen könnte. Ich weiß nicht, wie sie heißt. Niemand nennt sie Mrs. Tomanovich. Sie ist Mr. Tomanovichs Frau. Rivas Tochter. Irena Tomanovichs Mutter. Sie ist das, was an uns Frauen grundsätzlich nicht stimmt, diese Schleppe aus der Steppe. Aber ein anderes Mal respektiere ich genau diese Frau, Riva Chirenkos Tochter, verehre sie. Wenn ich es nur wie sie akzeptieren könnte, einfach akzeptieren. Akzeptanz ist Glaube, sagte Henry Miller. Ihn könnte ich auch erwürgen.

Gestern fand die Weihnachtsfeier im Dialysezentrum statt.

Wie auch immer ich es betrachte, es war eine reizende Feier, ein Fest. Alle Patienten und ihre Familien. Rocky Robinson kam. Niemand hatte ihn gesehen, seit er eine Leichentransplantation bekommen hatte, und er sah gut aus. Zwischen Dialysepatienten gibt es eine Verbindung, wie zwischen Menschen bei den Anonymen Alkoholikern oder Erdbebenüberlebenden. Sie sind sich der Gnadenfrist bewusst, gehen zärtlicher und respektvoller miteinander um als gewöhnliche Menschen.

Ich war mit dem Buffet und dem Punsch beschäftigt. Es war gut, massenhaft Essen. Kein zusätzliches Salz. Mr. Tomanovich, Riva Chirenkos Schwiegersohn, half aus, stand am Kopfende des Tisches, begrüßte alle Gäste. Essen gut! Trinken gut!

Es war wesentlich gesünder, als ich Menschen noch als Tiere wahrnahm. Mr. Tomanovich als schwitzende Seekuh. Jetzt sind sie alle bloß noch Krankheiten. Gürtelrose oder toxischer Schock. Mr. Tomanovich leidet ganz sicher an Bluthochdruck mit seinem roten Gesicht und den Schweißringen unter seinen puderweißen Achselhöhlen. Latente Glomerulosklerose und Niereninsuffizienz. Seiner Frau, Riva Chirenkos Tochter, dem Yak … steht eine Hysterektomie bevor, ihr Leiden steckt in der Gebärmutter.

Riva Chirenko selbst hat den Zustand der Krankheit hinter sich gelassen. Das hört man oft über kleine alte Damen. Weil die großen alten Damen alle sterben, außer Riva, die 130 Kilo wiegt und achtzig Jahre alt ist. Rote Samtfalten ergießen sich über ihre Plastikliege. Rotes Blut gluckert vor sich hin. Gleichmäßig tropft es aus der Infusionsflasche in die Gebirgslandschaft ihrer Arme. Sie sieht aus wie der Weihnachtsmann. Weiße Haare und Augenbrauen, rosige Wangen, weißes Haar sprießt aus ihrem Kinn. Auf Russisch bellt sie ihre Tochter an, die ihr Luft zufächelt, ihre Stirn mit einem kühlen Tuch betupft, ihr mit schwermütiger Stimme auf Russisch etwas vorsingt. Vom Speiseraum hin und zurück, füllt sie den roten Teller jedes Mal mit Leckereien für ihre Mutter. Köttbullar, Croissants mit Schinken, Roastbeef, gefüllte Eier, Spargel, Quiche, Brie, Oliven, Zwiebeldip, Kürbiskuchen, Champagner, Cranberrysaft, Kaffee. All das verschwindet einfach still in Riva Chirenkos erstaunlich kleinem und hübschem Mund.

»Wo ist Dr. B?«, fragt Mr. Tomanovich immer wieder. Ich arbeite seit zwei Jahren für ihn und weiß nie, wo er ist. Befreit er vielleicht gerade ein Dialyse-Shunt von geronnenem Blut? Macht einen Mittagsschlaf? Sitzt Schiwe? »Er ist in einer OP«, sage ich.

Jedes Mal, wenn Riva Chirenkos Tochter den Teller ihrer Mutter füllt, berührt sie die Haare von Irena, ihrer Tochter, und fordert sie auf, zu essen. Auf Russisch sagt sie: »*Kuschai, dochka.*« Auch Irenas Vater kommt immer mal vorbei und sagt: »*Tebe ne choroscho?*«

Sie sagen: »Reiß dich zusammen, du kleine Schlampe!« Nein, natürlich nicht. Sie sagen. »Iss, meine kleine Prinzessin.«

Irena, die Tochter, sitzt auf dem einzigen Stuhl, den es im Speiseraum gibt. Ein hässlicher Plastikstuhl, ganz unpassend. Ich möchte ihn wegwerfen, einen anderen für sie ausborgen, kaufen, schnell. Von der Seite, mit langem Hals, sieht sie gebogen wie ein Albinodinosaurier aus, eine Marmorkobra, ein magersüchtiger Windhund. Sehen Sie, ich bin verrückt. Das hört sich grotesk an. Dabei ist sie das entzückendste Wesen, das ich je gesehen habe. Blasse grüne Augen, Haare wie weißer Honig, wie das Innere einer Birne. Sie ist vierzehn, ganz in Weiß, trägt fingerlose Spitzenhandschuhe, wie sie gerade in Mode sind. Ihre knochigen Hände liegen im Schoß wie kleine weiße Vögel, die man in Guadalajara im Ganzen isst … zu viel Zimt. Sie trägt weiße Spitzenstrümpfe ohne Füße. Pulsierende blaue filigrane Muster an den Knöcheln. Ihre Mutter berührt ihr blasses Haar. Irena zuckt zurück, beachtet ihre Mutter in keiner Weise. Wenn ihr Vater dasselbe macht, spricht sie nicht mit ihm, entblößt aber ihre edlen weißen Zähne.

Endlich kommt Dr. B. Es gibt einen Aufruhr. Patienten und ihre Familien umzingeln ihn. Sie himmeln ihn an. Er sieht müde aus. Mr. Tomanovich lässt seine Frau übersetzen. Er hat darauf gewartet, Dr. B. Fotos von Irena auf Hawaii zeigen zu können. Irena hatte den Vatertagswettbewerb von Skagg's Drugstore gewonnen. Ein Aufsatz: »Mein Dad ist der Größte!« Eine Reise nach Hawaii für sie und ihre Eltern. Natürlich konnte ihre Mutter Riva Chirenko nicht allein lassen. Auch am Muttertagswettbewerb von Skagg's Drugstore hatte Irena sich beteiligt, aber nur lobende Erwähnung gefunden und die Polaroidkamera bekommen, mit der all die Fotos gemacht worden waren. Irena neben einer Strilizie. Irena mit einem Blumenkranz, in einem Zuckerrübenfeld, auf der Terrasse. Kein Strand. Sie hasst Sonne.

Dr. B. lächelt. »Sie haben Glück, dass Sie ein so talentiertes hübsches Kind haben.«

»Gott ist gut!« Das sagt Riva Chirenkos Tochter immer. Gott hat sie aus Russland hergeführt. Gott hat ihrer Mutter die Dialysemaschine verschafft.

Dr. B. schaut Irena an, wie sie dasitzt, den Kopf erhoben, voller Verachtung. Schneeflocken rieseln herab. Sie hebt ihre winzige weiße Hand, damit er sie schütteln kann, küssen? Sie beschreibt einen Bogen in der Luft, bereit, gekrümmt. Sie verwandelt sich in einen ägyptischen Fries. Dr. B. starrt sie an. Er ist wie gelähmt.

»Hast du etwas gegessen?«, fragt er. Herrgott noch mal. Dieses Kind hat seit Jahren nichts mehr gegessen. Dr. B. geht, um Patienten und Gäste zu begrüßen. Irena dreht ihre ausgestreckte Hand und zeigt auf die Garderobe. Mr. Tomanovich eilt, um ihren pelzbesetzten Mantel zu holen, legt ihn ihr um. Ihre Mutter kommt herbei, knöpft den Mantel zu, befreit ihre Haare vom Pelz, streicht über Irenas Kopf. Irena zuckt nicht zurück, spricht nicht. Sie wendet sich zum Gehen. Ihr Vater berührt ihren Rücken. Sie erstarrt und bleibt stehen. Er nimmt seine Hand weg und öffnet die Tür, folgt ihr hinaus.

Ich mache den Speiseraum sauber. Die meisten Gäste sind gegangen, sind im Begriff zu gehen. Die Dialysepatienten müssen noch eine Stunde durchhalten. Einige übergeben sich, andere schlafen. Die Kassette spielt »Away in a manger, no crib for His bed«. Das Lieblingsweihnachtslied meiner Großmutter, aber es machte mir Angst, weil sie immer sagte, ich solle kein Neidhammel sein. Ich dachte, der Hammel in der Krippe hätte das Jesuskind gefressen.

Das Essen hat genau gereicht. Nichts ist mehr übrig, außer zwei große Tupperware-Schüsseln, die Anna Ferraza mitgebracht hat. Ein echter Reinfall. Erdbeerwackelpudding und Cranberrys, bitter wie Hölle. Ich lasse es da. Die Farbe sieht hübsch aus neben den roten Tellern, dem Weihnachtsstern.

Nur ein paar Krankenschwestern und Techniker sind noch da. Dr. B. ist in seinem Büro am Telefon. Am Weihnachtsbaum, der mitten im Zimmer steht, hängen hunderte von Kugellichtern, die lauter gluckern und plätschern als die Dialysemaschinen, und es ist, als würden sie den Baum transfundieren. Man kann die grünen Nadeln des Baums riechen. Riva Chirenkos Tochter fächelt Riva immer noch Luft zu, obwohl sie schläft. Schließlich hört sie auf, erhebt sich. Sie ist steif und hat Schmerzen. Osteoporose. Postmenopausaler Knochenschwund. Sie bedeckt Riva mit einem weichen Tuch, kommt, als ich gerade mit einer vollen Mülltüte hinausgehen will, ins Speisezimmer. Mir wird klar, dass Riva Chirenkos Tochter noch kein Abendessen hatte. Sie küsst meine Wange. »Vielen Dank für die Party! Frohe Weihnachten!« Ihre Augen sind grün wie die ihrer Tochter.

242

Fröhliche Augen. Nicht das dämliche Lächeln missbrauchter Kinder oder religiöser Fanatiker. Fröhlich.

Ich leere den Müll und rede einen Moment mit einem der Techniker über Speisesalz und wo er für seine Frau einen Pullover finden kann. Ich erkundige mich beim Anrufdienst, ob es irgendwelche Nachrichten gibt. Die Bestellungen der Hypoallergene für Ruttle, mehr nicht. Maisie, die Telefonistin, fragt mich, ob ich morgen frei habe. Ja! Gott ist gut, Maisie. Sie lacht. Nicht zu mir, gar nicht.

Ich gehe meinen Mantel holen. Mir fällt der Cranberry-wackelpudding ein, und mir wird klar, dass Riva Chirenkos Tochter ihn essen, ihn genießen wird.

REGNERISCHER TAG

Mann, diese Entzugsanstalt wird voll, wenn es regnet. Ich hab's satt, auf der Straße zu sein, verstehst du? Meine alte Lady und ich sind rüber zu den überdachten Tribünen ... schön dort – wirklich ruhig und viel Platz. Dann hat es angefangen zu regnen, und sie fing an zu weinen. Ich hab sie immer wieder gefragt: Was ist los, Schatz? Was ist los? Und weißt du, was sie dann gesagt hat? »Die ganzen Kippen werden nass.« So ein Scheiß, also habe ich sie geschlagen. Sie ist ausgeflippt, die Bullen haben sie in den Knast gebracht und mich hierher. Ich kann eine Ausnüchterung gut gebrauchen. Problem ist, dass ich, wenn ich ausnüchtere, anfange zu denken. Alkoholiker denken mehr als die meisten Leute, und das ist die Wahrheit. Ich trinke bloß, um die Wörter abzuschalten. Scheiße, was, wenn ich Trommler wäre. Beim letzten Mal, als ich hier war, gab es eine *Psychology Today*-Folge, in der sie über Betrunkene aus Pennervierteln geredet haben. Das war der Beweis, dass Alkies mehr denken. Hieß, sie schnitten in Tests besser ab als normale Leute und hätten ein besseres Gedächtnis. Es gab nur eine Sache, bei der sie schlecht abschnitten, was ganz und gar nicht funktionierte, aber ich weiß nicht mehr, was es war.

UNSERES BRUDERS HÜTER

Manche Menschen, die sterben, verschwinden einfach wie Kiesel im Teich. Der Alltag glättet sich wieder, und alles geht weiter wie zuvor. Andere Menschen sterben, bleiben aber noch für lange Zeit unter uns, entweder, weil sie die Fantasie der Menschen beflügeln wie James Dean, oder weil die Seele einfach nicht loslassen kann wie die unserer Freundin Sara.

Sara starb vor zehn Jahren, aber immer noch sagen alle, sobald eine ihrer Enkelinnen irgendetwas Intelligentes oder Herrisches äußert: »Sie ist genau wie Sara!« Wenn ich zwei Frauen vorbeifahren und zusammen lachen höre, richtig lachen, denke ich immer, es ist Sara. Und natürlich erinnere ich mich in jedem Frühling, sobald ich im Garten etwas einpflanze, an den Feigenbaum, den wir im Abfalleimer bei PayLess gefunden haben, an den schlimmen Streit, den wir wegen des miniaturhaften, korallenfarbenen Rosenbusches bei East Bay hatten.

Unser Land ist gerade in den Krieg gezogen, deshalb denke ich jetzt an sie. Sie konnte wütender auf Politiker werden als jeder andere, den ich kenne, und das lautstark äußern. Ich möchte sie anrufen; sie hatte immer etwas zu tun für mich, gab einem das Gefühl, dass man etwas tun konnte.

Obwohl wir uns alle weiterhin an sie erinnern, haben wir sehr bald, nachdem sie gestorben war, aufgehört, darüber zu reden, wie sie starb. Sie wurde brutal ermordet, ihr Kopf mit einem »stumpfen Gegenstand« zertrümmert. Ein Geliebter, mit dem sie zusammen war, hatte wiederholt damit gedroht, sie umzubringen. Sie hatte jedes Mal die Polizei gerufen, aber die sagten, sie könnten da nichts tun. Der Mann war Zahnarzt, ein Alkoholiker, etwa fünfzehn Jahre jünger als sie. Trotz der Drohungen und der anderen Male, in denen er sie geschlagen hatte, wurde keine Waffe gefunden, kein Beweis, dass er am Tatort war. Er wurde nie verurteilt.

Sie wissen, wie das ist, wenn eine Freundin sich verliebt. Also, ich gehe davon aus, dass ich zu Frauen spreche, zu starken Frauen, älteren Frauen. (Sara war sechzig.) Wir behaupten, es sei großartig, Herr über uns selbst zu sein, dass wir ein erfülltes Leben führen. Aber wir sehnen uns doch danach, erkennen sie wieder. Die Liebe. Als Sara durch meine Küche wirbelte und lachte, »Ich bin verliebt. Ist das zu glauben?«, freute ich mich für sie. Wir alle. Leon war attraktiv. Gebildet, sexy, wortgewandt. Er machte sie glücklich. Später, als sie ihm verzieh, verziehen wir ihm auch. Verpasste Verabredungen, unfreundliche Worte, Gedankenlosigkeit, ein Schlag. Wir wollten, dass alles in Ordnung war. Wir wollten alle immer noch an die Liebe glauben.

Nach Saras Tod zog ihr Sohn Eddie in ihr Haus. Ich putzte sein Haus jeden Dienstag, so kam es, dass ich bei Sara putzte. Zuerst war es schwer, in ihrer sonnigen Küche zu sein, ohne all die Pflanzen, nur die Erinnerungen waren noch immer da. Klatsch, Gespräche über Gott, unsere Kinder. Im Wohnzimmer waren Eddies CDs, Radios, Computer, zwei Fernseher, drei Telefone. (So viel elektronische Ausrüstung, dass ich einmal, als das Telefon klingelte, an die Fernbedienung ging.) Sein nicht zueinander passendes Gerümpel an Möbeln hatte die große leinenbezogene Couch ersetzt, auf der Sara und ich unter einer Decke gelegen und, einander zugewandt, geredet hatten. Einmal, an einem regnerischen Sonntag, hatten wir so wenig Energie, dass wir Bowling schauten und *Lassie*.

Als ich das Zimmer zum ersten Mal sauber machte, war es furchtbar. Die Wand, vor der ihr Bett gestanden hatte, war immer noch mit ihrem Blut bespritzt und verkrustet. Mir wurde übel. Nachdem ich sauber gemacht hatte, ging ich hinaus in den Garten. Ich musste lächeln beim Anblick der Azaleen, Narzissen und Ranunkeln, die wir zusammen gepflanzt hatten. Wir wussten nicht, an welchem Ende wir die Ranunkeln einpflanzen sollten, also beschlossen wir, die Hälfte davon mit der Spitze nach unten und die andere Hälfte mit der Spitze nach oben einzupflanzen. Sodass wir immer noch nicht wissen, welche schließlich gekommen sind.

Ich ging wieder hinein, um zu saugen und das Bett zu machen, sah unter Eddies Bett einen Revolver und ein Gewehr. Ich erstarrte. Was, wenn Leon zurückkam? Er war verrückt. Er könnte mich ebenfalls umbringen. Ich holte beide Waffen hervor. Die Hände zitterten. Ich versuchte zu ergründen, was du mit ihnen gemacht hattest. Ich wollte, dass Leon kam, damit ich ihn abknallen konnte.

Ich saugte unter dem Bett und legte die Waffen zurück. Meine Gefühle widerten mich an, und ich gab mir große Mühe, an etwas anderes zu denken.

Ich tat so, als wäre ich in einer Fernsehserie. Eine Putzfrau-Detektivin, eine Art weiblicher Columbo. Schwachsinnig, kaugummikauend … aber während sie Staub wischt, sucht sie eigentlich nach Hinweisen. Sie macht einfach immer zufällig in Häusern sauber, in denen gerade ein Mord verübt wurde. Nicht sichtbar, feudelt sie den Küchenboden, während Verdächtige belastende Dinge in ein in der Nähe stehendes Telefon sprechen. Sie lauscht heimlich, findet blutige Messer in der Wäscheschublade, achtet darauf, das Schüreisen nicht abzustauben, stellt Spuren sicher …

Leon tötete sie vermutlich mit einem Golfschläger. So lernten sie sich kennen, im Claremont Golf Club. Ich schrubbte die Badewanne, als ich das Quietschen des Gartentors hörte, ein Stuhl, der über die Holzterrasse schabte. Jemand war hinten im Hof. Leon! Mein Herz hämmerte. Durch das bunte Glasfenster konnte ich nichts sehen. Ich krabbelte ins Schlafzimmer und schnappte den Revolver, krabbelte zu den französischen Fenstern, die zum Garten hinausgingen. Ich spähte nach draußen, die Pistole griffbereit, obwohl meine Hand so stark zitterte, dass ich nicht hätte schießen können.

Es war Alexander. Verdammt. Der alte Alexander, der auf einem Adirondack-Stuhl saß. Hey, Al!, rief ich und ging die Pistole wegschaffen.

Er hielt einen Tontopf mit rosafarbenen Fresien fest, den er Sara schon lange hatte vorbeibringen wollen. Ihm war gerade danach gewesen, herüberzukommen und sich in ihren Garten zu setzen. Ich ging hinein und goss ihm eine Tasse Kaffee ein. Bei Sara gab es Tag und Nacht Kaffee. Und etwas Gutes zu essen. Suppen oder Gumbos, gutes Brot, Käse und Gebäck. Nicht diese Winchell Doughnuts und tiefgekühlten Makkaroni-Gerichte, die Eddie immer hatte.

Alexander war Professor für Englisch. Er konnte stundenlang monologisieren, Gerard Manley Hopkins sickernde Goldrubinen. Er und Sara kannten sich seit vierzig Jahren, waren damals junge idealistische Sozialisten gewesen. Er war immer in sie verliebt gewesen, flehte sie an, ihn zu heiraten. Lorena und ich beschworen sie, es zu tun. »Mach schon, Sara … lass ihn für dich sorgen.« Er war gut. Edel und zuverlässig. Aber wenn eine Frau sagt, ein Mann ist nett, heißt das gewöhnlich, dass sie ihn langweilig findet. Und, wie meine Mutter zu sagen pflegte: »Je versucht, mit einem Heiligen verheiratet zu sein?«

Und genau davon hatte Alexander gesprochen …

»Ich war zu langweilig für sie, zu vorhersehbar. Ich wusste, dass dieser Kerl nichts Gutes bedeutete. Ich hoffte nur, dass ich in der Nähe sein würde, wenn er sie verließ, um die Scherben aufzusammeln.«

Tränen traten ihm in die Augen. »Ich fühle mich für ihren Tod verantwortlich. Ich wusste, dass er ihr wehgetan hatte, ihr weh tun würde. Ich hätte irgendwie eingreifen müssen. Aber das Einzige, woran ich dachte, waren mein eigener Groll und meine Eifersucht. Ich bin schuld.«

Ich hielt seine Hand und versuchte, ihn aufzuheitern, und wir unterhielten uns eine Weile, erinnerten uns an Sara.

Nachdem er gegangen war, ging ich hinein, um die Küche sauber zu machen. Hey, was, wenn Alexander tatsächlich schuld war? Was, wenn er in jener Nacht mit dem Fresientopf vorbeigekommen war oder um zu sehen, ob sie Scrabble spielen wollte? Vielleicht hatte er durch die Vorhänge an den französischen Fenstern geschaut und gesehen, wie Sara und Leon sich liebten? Er hatte gewartet, bis Leon gegangen war, durch die Vordertür, und war hineingegangen, rasend vor Eifersucht, und hatte sie umgebracht. Er war auf jeden Fall ein Verdächtiger.

Am nächsten Dienstag war das Haus nicht so schmutzig wie gewöhnlich, also verbrachte ich die letzte Stunde damit, zu jäten und den Garten neu zu bepflanzen. Ich war im Geräteschuppen, als ich die Glocken und Schellentrommeln hörte. Hare Hare Hare. Saras jüngste Tochter Rebecca tanzte skandierend um den Schwimmingpool.

Zuerst hatte Sara sich darüber geärgert, dass sie eine Krishna geworden war, aber eines Tages fuhren wir die Telegraph Street entlang und sahen sie inmitten einer Gruppe von ihnen. Sie sah so schön aus, wie sie sang und herumhüpfte, in ihren safranfarbenen Gewändern. Sara hielt am Straßenrand, einfach, um ihr zuzusehen. Sie zündete sich eine Zigarette an und lächelte. »Weißt du was? Sie ist in Sicherheit.«

Ich versuchte, mit Rebecca zu reden, wollte, dass sie sich

hinsetzte und einen Kräutertee mit mir trank oder so was, aber sie wirbelte weiter wie ein Derwisch herum, wehklagend. Dann sprang sie auf das Sprungbrett und drehte sich, unterbrach ihren Gesang mit heftigen Ausbrüchen. »Das ist der Fluch der bösen Tat!« Sie fantasierte weiter davon, wie ihre Mutter rauchte und Kaffee trank, davon, dass sie rotes Fleisch gegessen hätte und Käse mit Harz oder irgendwas drin. Und Unzucht. Sie stand jetzt am vorderen Ende des Sprungbretts, und jedes Mal, wenn sie »Unzucht!« brüllte, federte sie etwa einen Meter in die Höhe.

Verdächtige Nummer zwei.

Ich putzte nur einmal in der Woche bei Eddie, aber ausnahmslos jedes Mal betrat wenigstens eine Person den Hof. Ich bin sicher, dass auch an jedem anderen Tag jemand vorbeikam. Denn so war sie, Sara, Herz und Türen offen für alle. Sie half in großem Stil, politisch, in der Gemeinschaft, aber auch im Kleinen, jedem, der sie brauchte. Sie ging immer ans Telefon, schloss nie die Türen ab. Sie war immer für mich da gewesen.

An einem Dienstag tauchte aus dem Nichts die schlimmste Verdächtige von allen im hinteren Hof auf. Clarissa. Eddies Ex-Freundin. Wow. Ich glaube nicht, dass sie je zuvor auch nur in der Nähe von Saras Haus gewesen war. Sie hasste sie so sehr. Sie hatte versucht, Eddie zu überreden, die Anwaltskanzlei seiner Mutter zu verlassen. Sie schrieb Sara Briefe, in denen sie sie beschuldigte, herrisch und besitzergreifend zu sein, und sie stritt sich die ganze Zeit mit Eddie über seine Karriere als Anwalt und über seine Mutter. Clarissa und ich sind befreundet gewesen, bis es schließlich darauf hinauslief, dass ich mich zwischen den beiden Frauen entscheiden musste. Aber erst, nachdem ich sie Hunderte Male hatte sagen hören: »Oh, ich würde Sara am liebsten umbringen.« Und da war sie nun, stand unter der lavendelfarbenen Glyzinie, die das Tor verdeckte, am Bügel ihrer dunklen Brille kauend.

»Hey, Clarissa«, sagte ich.

Sie war überrascht. »Hey. Ich habe nicht erwartet, hier irgendjemanden zu sehen. Was machst du hier?« (Typisch für sie … im Zweifelsfall Angriff.)

»Ich putze Eddies Haus.«

»Gehst du immer noch putzen? Das ist krank.«

»Ich hoffe wirklich, dass du nicht so mit deinen Patienten sprichst.« (Clarissa, die Psychotherapeutin, verdammt noch mal …) Ich dachte angestrengt darüber nach, welche Fragen meine Putzfrau-Detektivin ihr stellen würde. Ich stand auf dem Schlauch, sie war zu einschüchternd. Sie war wirklich *capable de tout.* Aber wie sollte ich das beweisen?

»Wo warst du in der Nacht, als Sara umgebracht wurde?«, platzte es aus mir heraus.

Clarissa lachte. »Meine Liebe … möchtest du andeuten, dass ich mich des Verbrechens schuldig gemacht habe? Nein. Zu spät«, sagte sie, als sie sich umdrehte und zum Tor hinausging.

Im Laufe der nächsten Wochen wuchs meine Liste mit Verdächtigen, von Richtern über Polizisten bis zu Fensterputzern, jeder.

Bei den Fensterputzern lag es bloß an der Waffe, die Stange, die sie zusammen mit dem Eimer mit sich herumtrugen. Es war unheimlich, seine Silhouette hinter der Gardine zu sehen. Ein großer Mann, der eine Stange trug. Ich hatte mir schon seit Jahren über ihn Gedanken gemacht. Er ist ein obdachloser junger Schwarzer, der nachts in den Bussen von Oakland schläft und manchmal in der Lobby der Notaufnahme des Alta Bates. Tagsüber geht er von Tür zu Tür und fragt die Leute, ob sie ihre Fenster gereinigt haben möchten. Er hat immer ein Buch dabei. Nathaniel Hawthorne. Jim Thompson. Karl Marx. Er hat eine schöne Stimme und ist sehr gut gekleidet, Tennis-Sweater, T-Shirts von Ralph Lauren.

Nachdem Sara ihn fürs Fensterputzen bezahlt hatte, gab sie ihm immer ein paar gute, grässliche alte Sachen von Eddie. Er bedankte sich, danke, Ma'am, sehr höflich, aber ich war mir immer sicher, dass er sie auf seinem Weg nach draußen in den Müll warf. Vielleicht verkörperte sie etwas oder so. Ein Overall mit kaputtem Reißverschluss der letzte Strohhalm?

»Hallo, Emory, wie geht es dir?«

»Gut und Ihnen? Ich habe gesehen, dass Miss Saras Sohn jetzt hier wohnt … habe mich gefragt, ob er seine Fenster geputzt haben will.«

»Nein. Ich mache jetzt für ihn sauber und putze auch die Fenster. Warum versuchst du es nicht in seinem Büro in der Prince Street?«

»Gute Idee. Danke«, sagte er. Er lächelte und ging.

Okay, sagte ich zu mir selbst. Reiß dich zusammen und hör sofort mit diesem Verdächtigungskram auf.

Ich ging hinein und nahm mir einen Kaffee, ging wieder hinaus und setzte mich in den Garten. Oh. Die japanische Schwertlilie blühte. Sara, wenn du sie nur sehen könntest.

Sie hatte mich an jenem Tag mehrmals angerufen, mir von seinen Drohungen ihr gegenüber erzählt. Ich hatte da schon die Geduld mit ihr verloren, was Leon betraf … warum trennte sie sich nicht einfach von ihm? Ich hörte ihr zu und sagte Sachen wie: »Ruf die Polizei. Geh nicht ans Telefon.«

Warum habe ich, als sie anrief, nicht gesagt: »Komm sofort zu mir?« Warum habe ich nicht gesagt: »Sara, pack deine Tasche … lass uns wegfahren aus der Stadt.«

Ich habe kein Alibi für die Nacht des Verbrechens.

VERLOREN IM LOUVRE

Als Kind versuchte ich, genau den Augenblick zu erfassen, in dem ich vom Wachen ins Schlafen hinüberwechselte. Ich lag ganz still und wartete, aber bevor ich mich versah, war es Morgen. Während ich älter wurde, versuchte ich es immer wieder. Manchmal fragte ich andere, ob sie es je ausprobiert hätten, aber sie verstanden nie, was ich meinte. Ich war über vierzig, als es zum ersten Mal geschah, und ich hatte es nicht einmal versucht. Eine heiße Sommernacht. Lichtbögen von Autoscheinwerfern wischten über die Zimmerdecke. Das Surren eines Sprengers beim Nachbarn. Ich erwischte den Schlaf. Gerade, als er mich still wie ein kühles Laken bedeckte, eine leichte Liebkosung meiner Augenlider. Ich spürte den Schlaf, als er mich überwältigte. Morgens wachte ich glücklich auf, und ich musste es nie wieder versuchen.

Mir war ganz sicher nie in den Sinn gekommen, den Tod zu erwischen, obwohl ich in Paris genau das tat. Sehen, wie er über einen kommt.

Das klingt bestimmt melodramatisch. Ich war in Paris sehr glücklich, aber auch traurig. Mein Geliebter und mein Vater waren im Jahr zuvor gestorben. Meine Mutter war vor kurzem gestorben. Ich dachte an sie, als ich durch die Straßen ging oder in den Cafés saß. Besonders Bruno, mit dem ich in Gedanken redete, lachte. Meine Freundinnen aus der Kindheit, Mädchen, die im Gras lagen, am Strand und davon redeten, eines Tages nach Paris zu gehen. Sie waren ebenfalls tot. Und Andres auch, der mir *Auf der Suche nach der verlorenen Zeit* geschenkt hatte.

In den ersten Wochen erkundete ich jedes Touristenziel der Stadt. Die Orangiere, die hübsche Sainte Chapelle an einem sonnigen Tag. Das Haus von Balzac, das Victor-Hugo-Museum. Ich saß oben im Deux Magots, wo alle wie Kalifornier oder wie Camus aussahen. Ich ging zu Baudelaires Grab in Montparnasse und fand es witzig, dass die Feministin Simone de Beauvoir mit Sartre begraben war. Ich ging sogar in ein Museum für medizinische Instrumente und in ein Briefmarkenmuseum. Ich bummelte über die Rue de Courcelles und spazierte die Champs Elysées entlang. Napoleons Grabstätte, der Sonntagsvogelmarkt. Rue Serpente. An einigen Tagen fuhr ich mit der Metro Strecken, die der Zufall kombinierte, und lief und lief durch jedes neue Viertel. Ich saß auf dem Platz unter Colettes Wohnung und ging in den Jardin du Luxembourg mit allen spazieren, von Flaubert bis Gertrude Stein. Ich ging mit Albertine zum Boulevard Haussmann und zum Bois de Boulogne. Alles, was ich sah, schien ein lebendiges Déjà-vu, dabei sah ich das, was ich gelesen hatte.

Ich nahm den Zug nach Illiers, um das Haus der Tante zu sehen und das Dorf, von dem Proust sich viel für Combray abgeschaut hatte. Ich nahm einen sehr frühen Zug und stieg in Chartres aus. Der Tag war stürmisch, so dunkel, dass kein Licht durch die Buntglasfenster drang. Eine alte Frau betete in einer Seitenkapelle, und ein Junge spielte die Orgel. Sonst war niemand da. Es war zu dunkel, um den Steinboden zu sehen, aber er war so abgetreten, dass er geschmeidig wie Satin war. Im trüben Licht, das durch die schmutzigen Glasfenster fiel, traten die komplizierten Schnitzereien deutlich hervor. Die erlesenen Steinfiguren schienen besonders eindrucksvoll, ohne jede Farbe, so, wie Schwarz-Weiß-Filme den Anschein von Echtheit haben.

Der kleine Zug nach Illiers war genauso, wie ich ihn mir vorgestellt hatte. Die öde, unbarmherzige Landschaft, die Arbeiter und Landfrauen, die Bambussitze. Die Spitze des Kirchturms! Der Zug hielt lange genug, damit ich aussteigen konnte. Unheimlich war, dass keine Autos zu sehen waren, nur ein Fahrrad, das an der Bahnhofsmauer lehnte. Ich wusste den Weg, die Avenue de la Gare mit den Linden hinunter, jetzt im Oktober fast kahl, die nassen Blätter dämpften meine Schritte. Rechts an der Rue de Chartres, weiter über die Florent d'Illiers zum Marktplatz. Ich sah niemanden.

Ich spazierte durch das Dorf, wartete darauf, dass die Führung durchs Haus begann, die um zehn Uhr stattfinden sollte. Schließlich sah ich doch einige Leute, die so altmodisch gekleidet waren, als wäre ich in die damalige Zeit zurückversetzt worden.

Am Tor zu Tante Amiots Haus stand ein älteres deutsches Ehepaar. Sie läuteten und lächelten, und ich läutete und lächelte ebenfalls. Die Klingel hörte sich genau so an, wie sie sollte. Ein alter Mann, der uns über seine Zigarette hinweg zumurmelte, ließ uns herein. Er sprach zu schnell, als dass ich oder die Deutschen ihn hätten verstehen können, aber das machte nichts. Wir folgten ihm durch das winzige Haus. So wenige Stufen musste Marcels Mutter nur hinaufgehen! Eine Begonie auf dem Treppenabsatz schien fehlplatziert. Die schimmlige, fensterlose Küche gar kein »Miniaturtempel der Venus«.

Wir drei blieben lange in Marcels Schlafzimmer, schweigend. Wir lächelten einander an, aber ich wusste, dass auch sie eine tiefe Traurigkeit verspürten. Der Krug, die Wunderlampe, das kleine Bett.

Ich stand im zementierten Garten. Ich versuchte, das Haus als tristen, schäbigen Ort zu betrachten und die Siedlung als ein typisches Dorf, aber sie verwandelten sich immer wieder in den Garten, das Haus, das Dorf von Combray und bedeuteten mir viel.

Das Esszimmer war richtig hässlich. Beflockte grüne Tapete und wuchtige Möbel. Es war jetzt ein Museum mit Postkarten und Büchern. In einer verglasten Vitrine lag die Originalseite aus einem Manuskript, in krakeliger Handschrift beschrieben, die Tinte mittlerweile braun, das Papier vergilbt. Die »Seite« war mehrere Millimeter dick, weil über jeden Satz weitere Sätze geklebt worden waren wie geriffelte Kartoffelchips, auf denen wiederum weitere Klauseln klebten und hier und da ein Wort, das auf eine Formulierung geklebt war. Diese Anhänge waren sorgfältig und wie ein Akkordeon zusammengefaltet, aber so dicht, dass sie fächerförmig auseinanderfielen. Die Vitrine war verschlossen, aber die aufgeklebten Papiere öffneten und schlossen sich leicht, als ob die Seite atmete.

»Finis«, sagte der alte Mann und führte uns zur Tür. Ich verstand, dass die deutsche Frau mich einlud, mit ihnen zusammen zum »Méséglise Weg« zu spazieren. Ich bedankte mich und sagte, dass nicht mehr viel Zeit blieb, bis mein Zug fuhr, was sie nicht verstanden, aber als ich sagte, die Kirche St. Jacques, nickten sie. Wir schüttelten einander die Hände, herzlich im eiskalten Niesel, und drehten uns noch einmal um, winkten.

Als ich die Kirche erreichte, regnete es stark, und ich war enttäuscht, festzustellen, dass sie verschlossen war. Ich war auf der Suche nach einem Café, als eine uralte, an Arthritis leidende Frau mich rief und dabei ihren Stock schwenkte. »J'arrive!« Sie schloss eine quietschende Seitentür auf und ließ mich in die Kirche. Sie war dunkel, nur von Votivkerzen beleuchtet. Die Frau bekreuzigte sich und nahm einen Staubwedel, der hinter der Kommunionbank lag, ließ ihn umherschnellen, während sie mich herumführte, leise aus einem Mund ohne Zähne sprach. Sie ließ mich wissen, dass sie Matilde hieß und achtundneunzig Jahre alt war. Sie war die Hausmeisterin der Kirche, fegte sie und wischte Staub und stellte Blumen auf den Altar. Ihre blassen grauen Augen konnten mich kaum sehen und sahen glücklicherweise auch die Spinnweben am Kreuz nicht oder die vertrockneten Astern. Während wir umhergingen, erklärte sie mir die Kirche. Ich schnappte »elftes Jahrhundert, umgebaut im fünfzehnten« auf. Ich tat etwas Geld in die Almosenbox und zündete drei Kerzen an. Dann zündete ich noch eine an, für mich oder für sie. Ich kniete auf dem kalten Holz und sprach ein Ave-Maria. Mittlerweile war ich erschöpft und hatte Hunger. Aber da war sie, die Bank der Duchesse de Guermantes. Ich wollte still dort sitzen. Um, na ja, *perdu* zu sein, aber stattdessen verlor ich mich mit Matilde. Sie bekreuzigte sich noch einmal, kniete vor dem Altar, neben mir. Plötzlich griff sie nach meinem Arm und krächzte: »*Bérénice! Petite Bérénice!*« Dann umarmte sie mich und küsste mich auf beide Wangen, glücklich, mich wiederzusehen, wie es meiner Mutter ginge, Antoinette. Sie hatte uns jahrelang nicht gesehen. Sie dachte, ich würde in Tansonville leben, wo sie geboren worden war. Sie erzählte mir von Leuten aus Illiers (meine Mutter kam aus Illiers), stellte mir Fragen zu meiner Familie, ohne die Antworten abzuwarten. Sie hörte so schlecht, dass sie mein schlechtes Französisch nicht bemerkte. Sie fragte, ob ich verheiratet sei. »*Oui. Mais il est mort!*« Sie war so traurig, das zu hören, dass sich ihre Augen mit Tränen füllten. Als ich ihr sagte, dass ich gehen müsse, um meinen Zug zu erreichen, dass ich jetzt in Paris leben würde, küsste sie mich noch einmal auf die Wangen. Sie weinte nicht, stellte sachlich fest, dass sie mich nie wiedersehen, dass sie bald sterben würde, vermutlich.

Auf dem Weg zum Bahnhof weinte ich grundlos. Ich nahm ein sehr schlechtes Mittagessen im einzigen Gasthaus im Ort ein.

Im Zug nach Paris versuchte ich mich an irgendein Bett aus meiner Kindheit zu erinnern, aber es gelang mir nicht. Ich konnte mich auch nicht richtig an die Betten meiner Kinder erinnern. So viele Kinderkörbchen und Wiegen und Stockbetten, Ausziehbetten, Klappbetten, Wasserbetten. Keines schien mir so wirklich wie das kleine Bett in Illiers.

Am nächsten Tag sah ich mir Prousts Grab auf dem Père Lachaise an. Der Tag war schön, klar, und die alten Grabstätten gruppierten sich dicht umeinander wie die Skulpturen von Louise Nevelson. Alte Frauen saßen auf Bänken und strickten, überall waren Katzen. Vielleicht sah man so wenige Menschen, weil es so früh war, nur Friedhofswärter und die Strickerinnen, einen untersetzten Mann in einer blauen Windjacke. Ich hatte einen Plan, und es machte Spaß, nach Chopin und Sarah Bernhardt, Victor Hugo und Artaud, Oscar Wilde zu suchen. Proust lag bei seinen Eltern und seinem Bruder begraben. Armer Bruder, man stelle sich das vor. Auf Prousts schwarzem Grab gab es viele Buketts von Parmaveilchen. Sein glänzender schwarzer Grabstein wirkte vulgär vor dem blassen ausgebleichten Stein, der auf dem Friedhof vorherrschte. Es wird etwa hundert Jahre dauern, ehe er so alt und schön wie der von Eloise und Abelard aussieht oder wie der Mann, auf dessen Grabstein stand: IL A FROID.

Ich lief schneller die baumgesäumten Wege entlang, zum Teil, weil es kalt und windig wurde, aber auch, weil der Mann in der Windjacke etwa eine halbe Reihe hinter mir war. Der Wind blies mir den Plan aus der Hand, genau in dem Moment, in dem es anfing zu schütten. Ich rannte in die Richtung, in der ich den Ausgang vermutete, musste aber schließlich über ein Geländer springen und mich in einer bemoosten Krypta unterstellen. Abgesehen davon, dass mir kalt war, war es wunderbar, zuzuschauen, wie die gelben und roten Blätter im Wirbelwind von den Bäumen gepustet wurden, wie die silbernen Regenvorhänge die Steine verdunkelten. Aber es wurde immer dunkler und kälter, und ich hörte nicht nur das Heulen des Windes, sondern Stöhnen, qualvolles Weinen. Schwermütige Klagelieder, diabolisches Gelächter. Ich sagte mir, ich sei verrückt, aber ich hatte Angst und war überzeugt davon, dass der Mann in der Windjacke der Tod war, der kam, um mich zu holen. Dann lief die Gruppe von Jim-Morrison-Fans vorbei, in ihrem Ghettoblaster lief »This is the end, my friend!« Ich kam mir ziemlich lächerlich vor. Ich verließ die Krypta und versuchte, dem Klang ihrer Stimmen zu folgen, denn ich war jetzt hoffnungslos verloren. Es schien logisch, dass ich den Tod erwischte, zu dieser Stunde, auf dem Père Lachaise, als ich rannte und rannte und es keinen Ausgang gab. Aus der Ferne hörte ich Straßenverkehr und Hupen, sah aber nirgends auch nur eine Seele, nicht eine Katze, keine Vögel, nicht einmal den Mann in der Windjacke.

Nein, nicht dort holte ich mir den Tod, obwohl mir, als ich mich hinsetzte, um mich auszuruhen, dieser Gedanke kam. Was, wenn ich hier an Unterkühlung starb? Ich hatte keine Papiere, keinen Ausweis. Sollte ich meinen Namen aufschreiben und hinzufügen: »Bitte begraben Sie mich hier auf dem Père Lachaise«? Aber ich hatte keinen Stift. Ich beschloss, auf einem der Wege immer geradeaus zu gehen. Dann würde ich wenigstens an eine Mauer stoßen und, wenn ich Glück hatte, die Richtung wählen, die hinausführte. Mir war schwindlig vor Hunger, meine schönen italienischen Schuhe waren vom Regen aufgeweicht und verursachten Blasen. Ich kam genau in dem Moment in Sichtweite einer Mauer, als ich ein vertrautes, trauriges und verwahrlostes Grab inmitten der gut gepflegten und mit frischen Blumen bestückten anderen Gräber sah. Es war in der Nähe des Grabes von Colette gewesen, das sich in der Nähe des Tors und der Blumenverkäufer befand. Liebe Colette, sie war noch da. Die Tore waren abgeschlossen, und der Tod kam mir erneut in den Sinn, aber ein Mann trat aus einer Bude und ließ mich hinaus. Die Blumen waren weg, aber ein Taxi stand am Bordstein.

Ich aß in einem griechischen Restaurant in der Nähe meines Hotels, bestellte dann einen Espresso und ein Stück Gebäck, zwei Espressi und zwei Gebäckstücke. Ich rauchte und betrachtete die Leute, die vorbeigingen, und da fragte ich mich zum ersten Mal, ob ich den Tod so erwischen könnte, wie ich den Schlaf erwischt hatte. Wenn Menschen starben, waren sie sich dessen bewusst, des Augenblickes, in dem er sie holte? Als er starb, sagte Stephen Crane zu seinem Freund Robert Barr: »Es ist nicht schlimm. Man fühlt sich schläfrig – und es ist dir egal. Nur ein wenig träumerische Sorge darüber, in welcher Welt man sich eigentlich befindet, das ist alles.«

Croissant und Café Crème am nächsten Morgen, und dann ging ich in den Louvre. Die Pyramide wurde gerade gebaut, weshalb es genauso schwierig war, in das Museum hineinzukommen, wie es schwierig gewesen war, aus dem Friedhof herauszukommen. Schließlich sah ich den Louvre. Schon kilometerweit zu laufen, um hineinzugelangen, war aufregend. Er ist monumental. Ich hatte nie etwas so Unermessliches gesehen. Vielleicht das erste Mal, als ich den Mississippi überquerte.

Von innen war der Louvre so elegant und prachtvoll, wie ich es mir immer vorgestellt hatte. Ich hatte schöne Fotos von der Nike von Samothrake gesehen. Und natürlich liebe ich sie wegen Mrs. Bridge. Aber nichts hatte mich auf das ungeheure Ausmaß der Halle vorbereitet. Auf die Art, wie sie dasteht, so majestätisch, so, wie soll ich sagen, siegreich, über der Menge in diesem Raum.

Am ersten Tag ging ich sehr langsam, ehrfürchtig. Nicht wegen der Kunst, obwohl mich die Siegesgöttin Nike und

Ingres erschauern ließen, viele Kunstwerke taten das, sondern wegen der Erhabenheit des Ortes, seiner Geschichte. Obwohl es Mumien gab und Anubi und Särge, war ich innerlich nicht mit dem Tod beschäftigt. Ein sich umarmendes Paar auf einem Etruskischen Sarkophag war sogar so schön, dass ich ein besseres Gefühl hatte, was Jean-Paul und Simone anging.

Ich ging von Raum zu Raum, in die oberen und unteren Etagen und wieder in die oberen, ging mit hinter dem Rücken verschränkten Händen, wie ich mir das bei Henry James vorstellte. Ich dachte an Baudelaire, der selbst Delacroix hier gesehen hatte, während er eine alte Dame durch das Museum geleitete. Ich mochte alles. Saint Sebastian. Die Rembrandts. Die *Mona Lisa* sah ich nie. Immer gab es vor ihr eine Schlange, und sie befand sich hinter genauso einem Fenster, wie man es von den Spirituosenläden in Oakland kennt.

Ich saß draußen in einem Café in den Tuilerien. Der Kellner brachte mir einen Crocque-Monsieur und einen Café Crème. Er sagte, er sei drinnen, falls ich ihn brauchen sollte, es wäre zu kalt, um draußen zu sein. Ich saß da und wünschte mir, mit jemandem über alles, was ich gesehen hatte, reden zu können. Es war schlimm, kein wirkliches Gespräch auf Französisch führen zu können. Ich vermisste meine Söhne. Ich war traurig wegen Bruno und meiner Eltern. Nicht traurig, weil ich sie vermisste, sondern weil ich es eigentlich überhaupt nicht tat. Und wenn ich starb, wäre es dasselbe. Sterben ist wie Quecksilber zerschlagen. So schnell fließt alles wieder zusammen in die bebende Lebensmasse. Ich sagte mir, ich sollte mich ein bisschen entspannen, ich wäre zu lange allein gewesen. Und doch saß ich da, schaute auf mein Leben zurück, eigentlich ein Leben voller Schönheit und Liebe. Es schien, als wäre ich hindurchgegangen, wie durch den Louvre, beobachtend und unsichtbar.

Ich ging hinein und bezahlte beim Kellner, sagte ihm, er

hätte recht, es sei zu kalt draußen. Auf dem Rückweg ins Hotel hielt ich vor einem Friseursalon und ließ mir die Haare waschen. Ich bat die Friseurin, sie noch einmal zu spülen, so verzweifelt wollte ich berührt werden.

Am zweiten Tag im Louvre machte es mir Freude, zu den Werken zurückzugehen, die mir richtig gefallen hatten. Bronzinos Bildhauer. Géricaults Pferde! *Das Epsom Derby Pferderennen.* Die Vorstellung, dass er mit gerade einmal dreiunddreißig Jahren an einem Sturz vom Pferd gestorben war. Ich bog in einen Raum mit Flämischer Kunst ab und war dann irgendwie wieder zurück bei den Rembrandts, und als ich die Treppe hinunterging, kam ich in den Raum mit den Mumien. Dann ging ich völlig verloren, wie auf dem Friedhof, obwohl tausende Menschen um mich herum waren. Ich ging eine Treppe hinauf, die ich zuvor nicht gesehen hatte. Ich setzte mich auf den Absatz, um mich auszuruhen. Das Seltsame war, zu wissen, dass draußen ein paar Leute auf den Straßen waren. Vielleicht fünf oder sechs Tische mit Kaffeetrinkern im Café in den Tuilerien. Aber im Inneren des Louvre gab es Horden von Menschen. Tausende und Abertausende, die hinauf- und hinuntergingen, an den Pharaonen und den Apollos und an Napoleons Salon vorüberströmten.

Vielleicht waren wir alle in einem Mikrokosmos gefangen. Was für ein lachhaftes Wort im Zusammenhang mit dem Louvre. Vielleicht waren wir alle Teil einer Darstellung, die jemand zusammen mit dem Schmuck und den Sklaven liebevoll in jemandes Grab platziert hatte, jeder von uns mumifiziert, aber dennoch pfiffig treppauf und treppab laufend, an all den Kunstwerken vorbei, deren Schöpfer längst tot waren. An den Rembrandts und an Fragonards *Riegel* vorbei, dessen arme Liebende ebenfalls längst tot waren. Wahrscheinlich waren sie nur Modelle gewesen, die ihren Lohn mit Stunden und Tagen in dieser unbequemen Haltung hatten verdienen müssen. Für immer so steckengeblieben! Ich hatte keine Ahnung, wohin mich die Treppe führen würde. O Gott, Etrusker! Dass niemand mich ansprach oder auch nur anschaute, trug zu der Illusion bei, dass wir alle bis in alle Ewigkeit Darsteller des Unsterblichkeitsstücks wären, also ignorierte ich die anderen ebenfalls, während ich wahllos hier abbog, dort eine Treppe hochging, bis ich in einer beinahe hypnotischen Trance und, wie es schien, eins war mit der Göttin von Hathor, mit der Odaliske.

Schließlich zwang ich mich zu gehen, Austern und Pastete im Café Apollinaire zu essen und ins Bett zu fallen und, ohne etwas zu lesen oder zu denken, einzuschlafen. Noch weitere drei- oder viermal ging ich in den Louvre und betrachtete jedes Mal neue Skulpturen oder Wandteppiche oder Schmuck, aber nicht, ohne mich selbst zu verlieren, bis es schien, als entflöge ich der Zeit.

Ein interessantes Phänomen war, dass ich, wenn ich falsch abbog und auf die Nike stieß, augenblicklich in die Realität zurückversetzt wurde. Am letzten Tag, als ich im Louvre war, vermutete ich, dass mich eine bestimmte Treppe zu ihr führen würde, und um das zu verhindern, durchquerte ich den Raum, ging durch einen schmalen Korridor und eine unbekannte Treppe hinunter.

Mein Herz hämmerte. Ich war aufgeregt, aber nicht sicher, weshalb. Ich stieß auf eine neue Halle. Ein Flügel, der mir gänzlich unbekannt war. Ich hatte nichts darüber gelesen, keine Fotos gesehen. Es war eine merkwürdige und charmante Sammlung von Alltagsartefakten aus verschiedenen Zeiten. Wandteppiche und Teegeschirr, Messer und Gabeln. Nachttöpfe und Schüsseln! Schnupftabakdosen und Uhren und Schreibtische und Kronleuchter. Jeder kleine Raum enthielt entzückend profane Gegenstände. Eine Fußbank. Eine Armbanduhr. Scheren. Dieser Bereich war so unbedeutend wie der Tod. Es kam so unerwartet.

SOMBRA

Der Kellner hob ihre Serviette vom Boden auf, ließ sie auf ihren Schoß gleiten, mit der anderen Hand stellte er schwungvoll einen Teller mit pastellfarbenem Obst vor ihr auf den Tisch. Von überall her kam Musik, keine Transistorradios, die durch die Straßen der Stadt getragen wurden, sondern Mariachis aus der Ferne, ein Bolero aus einem Radio in der Küche, das Pfeifen des Messerschleifers, ein Leierkastenmann, das Singen von Arbeitern auf einem Gerüst.

Jane war eine pensionierte Lehrerin, geschieden, ihre Kinder erwachsen. Sie war seit zwanzig Jahren nicht in Mexiko gewesen, nicht mehr, seit sie hier mit Sebastian und ihren Söhnen in Oaxaca gelebt hatte.

Sie war immer gern allein gereist. Aber gestern, am Teotihuacan, war sie so überwältigt gewesen, dass sie es laut hätte aussprechen wollen, um Zeugnis von der Farbe der *maguey* abzulegen.

Sie war gern allein in Frankreich gewesen, wo sie einfach irgendwohin gehen, mit Menschen reden konnte. Mexiko war schwierig. Die Wärme der Mexikaner hob ihr Alleinsein deutlich hervor, die verlorene Vergangenheit.

An diesem Morgen hatte sie sich an der Rezeption des Majestic eingefunden und einer geführten Tour zu den sonntäglichen Stierkämpfen angeschlossen. Der gewaltigen Plaza, den Fans allein gegenüberzutreten, wäre einschüchternd gewesen. *Fanático*, »Fan« auf Spanisch. Stellen Sie sich fünfzigtausend Mexikaner vor, die alle rechtzeitig eintreffen, lange vor vier Uhr, wenn die Tore noch geschlossen sind. Aus Respekt vor den Stieren, sagte ihr Taxifahrer.

Die Gruppe für die Stierkämpfe traf sich um halb drei in der Lobby. Darunter waren zwei amerikanische Ehepaare. Die Jordans und die McIntyres. Die Männer waren Chirurgen, auf einer Tagung in Mexiko City. Sie waren tennisfit und sonnengebräunt. Ihre Frauen waren teuer gekleidet, aber in dieser Zeitschleife, in der sich Ehefrauen von Ärzten befinden, indem sie Hosenanzüge tragen, die in Mode gewesen waren, als sie ihre Ehemänner durch die medizinische Fakultät gebracht hatten. Die Frauen trugen billige, schwarze, spanisch aussehende Hüte mit einer roten Rose, die als Souvenir auf den Straßen verkauft wurde. Sie dachten, es wären »lustige« Hüte, und merkten nicht, wie kokett und hübsch sie damit aussahen.

Es gab vier japanische Touristen. Die Yamatos, ein altes Ehepaar in schwarzer, traditioneller Kleidung. Ihr Sohn Jerry, ein hochgewachsener, gutaussehender Mann in den Vierzigern, mit seiner jungen japanischen Braut Deedee in amerikanischen Jeans und Sweatshirt. Sie und Jerry sprachen Englisch miteinander, Japanisch mit seinen Eltern. Sie errötete, wenn er ihren Nacken küsste oder ihre Finger zwischen die Zähne nahm.

Es stellte sich heraus, dass Jerry ebenfalls Kalifornier war, ein Architekt, Deedee Chemiestudentin in San Francisco. Sie würden noch zwei weitere Tage in Mexico City verbringen. Seine Eltern waren aus Tokio gekommen, um sich ihnen anzuschließen. Nein, sie hatten noch nie einen Stierkampf gesehen, aber Jerry fand, dass das sehr japanisch wirkte, weil es das miteinander verband, was Mishima die japanischen Eigenschaften der Eleganz und Brutalität nannte.

Jane freute sich, dass er so etwas sagen würde zu ihr, fast einer Fremden, sie mochte ihn sofort.

Die drei redeten über Mishima und Mexiko, während sie

zusammen auf Ledersofas saßen und auf den Reiseleiter warteten. Jane erzählte dem Paar, dass sie ihre Flitterwochen ebenfalls in Mexico City verbracht hatte.

»Es war wunderbar«, sagte sie. »Magisch. Damals konnte man die Vulkane anschauen.« Warum denke ich überhaupt ständig an Sebastian? Ich werde ihn heute Abend anrufen und ihm sagen, dass ich auf dem Plaza Mexico gewesen bin.

Señor Errazuriz sah selbst wie ein alter Stierkämpfer aus, schlank, königlich. Sein zu langes fettiges Haar ringelte sich in einer möglicherweise ungewollten *colita*. Er stellte sich vor, bat sie, sich zurückzulehnen und eine Sangria zu trinken, während er ihnen ein bisschen was von den *corridas* erzählte, ihnen einen knappen historischen Abriss gab und erklärte, was sie erwarten würde.

»Die Form jeder *corrida*, zeitlos und präzise wie eine musikalische Partitur. Aber mit jedem Stier das Element der Überraschung.«

Er sagte ihnen, sie sollten etwas Warmes mitnehmen, auch wenn es jetzt gerade heiß sei. Gehorsam holten sie sich alle einen Pullover, betraten einen bereits überfüllten Fahrstuhl. *Buenas tardes.* In Mexiko ist es Brauch, die Leute zu grüßen, die man in einem Fahrstuhl trifft, in der Schlange vor der Post, in einem Wartezimmer. Es macht das Warten tatsächlich leichter, und in einem Fahrstuhl muss man nicht geradeaus starren, weil man nun Kenntnis voneinander genommen hat.

Sie stiegen gemeinsam in einen Hotelbus. Die beiden Frauen setzten ihre Unterhaltung über eine manisch-depressive Frau namens Sabrina fort, die in Petaluma oder Sausalito begonnen hatte. Die amerikanischen Ärzte schienen sich unwohl zu fühlen. Die älteren Yamatos sprachen leise auf Japanisch, schauten hinab in ihren Schoß. Jerry und Deedee sahen einander an oder lächelten für Fotos, die sie Jane von sich machen ließen, im Hotel, im Bus, vor dem

Springbrunnen. Die beiden Ärzte bremsten und zuckten zusammen, während der Bus über die Insurgentes in Richtung Plaza raste.

Jane saß mit Señor Errazuriz vorn. Sie sprachen spanisch. Er sagte ihr, dass sie Glück hätten, heute Jorge Gutiérrez zu sehen, den besten Matador in Mexiko. Es gab auch Roberto Domínguez, einen ausgezeichneten Spanier, und Alberto Giglio, einen jungen Mexikaner, der auf der Plaza sein Debüt, sein *alternativa*, gab. Das sind keine besonders romantischen Namen, merkte Jane an, Gutiérrez und Domínguez.

»Sie haben sich noch kein *apodo* wie ›El Litri‹ verdient«, sagte er.

Jerry merkte, wie Jane ihn und seine Frau ansah, als sie sich küssten.

Er lächelte ihr zu.

»Entschuldigung, ich wollte nicht unhöflich sein«, sagte sie, errötete aber gleichzeitig wie ein Mädchen.

»Sie denken sicher an Ihre eigenen Flitterwochen!« Er grinste.

Der Bus parkte in der Nähe der Arena, und ein Junge mit einem Lappen begann, die Fenster zu putzen. Vor Jahren hatte es in Mexiko Parkuhren gegeben, aber niemand sammelte das Geld ein oder vollstreckte die Strafzettel. Die Menschen benutzten Munition oder zertrümmerten einfach die Uhren, so wie sie es auch mit den Telefonzellen machten. Jetzt sind die Telefonzellen kostenfrei, und es gibt keine Parkuhren mehr. Aber es sieht so aus, als hätte jede Parkbucht ihren eigenen Parkservice, der auf dein Auto aufpasst, einen Jungen, der aus dem Nichts auftaucht.

Elektrisierend, belebend, die Begeisterung der Menge vor der Plaza. »Wie bei den World Series im Baseball!«, sagte einer der Ärzte. An Ständen wurden Taccos, Poster, Stierhörner, Umhänge, Fotos von Dominguin, Juan Belmonte, Manolete verkauft. Eine riesige Bronze-Statue von El Amrillita stand draußen vor der Arena. Einige Fans legten Nelken vor seinen Füßen ab. Um das zu tun, mussten sie sich vorbeugen, weshalb es so aussah, als würden sie vor ihm in die Knie gehen.

Die Taschen der Gruppe wurden von schwer bewaffnetem Sicherheitspersonal durchsucht. Alles Frauen, so wie die meisten Wachleute in ganz Mexiko. Der gesamte Polizeiapparat von Cuernavaca ist weiblich, wurde Jane von Señor Errazuriz erklärt. Drogenfahnder, Motorradpolizei, Polizeipräsident. Frauen sind nicht so empfänglich für Bestechung und Korruption. Jerry sagte, ihm sei aufgefallen, wie viele Frauen es in öffentlichen Ämtern gebe, viel mehr als in den USA.

»Natürlich. Unser ganzes Land wird von der Jungfrau von Guadalupe beschützt!«

»Allerdings nicht so viele weibliche Stierkämpfer, oder?«

»Einige wenige. Gute. Aber im Ernst, es obliegt den Männern, gegen Stiere zu kämpfen.«

Unten in der Plaza harkten *monosabios* in rotweißen Uniformen den Sand. Pointillistische Farbwirbel, während die Zuschauer die Reihen hinaufstiegen, dem blauen Himmelszelt entgegen. Händler huschten mit schweren Eimern voller Bier und Cola beladen an den Metallgeländern oberhalb der zementierten Sitze vorbei, rannten auf und ab über Treppen, die so schmal waren wie in der Pyramide von Teotihuacan. Die Gruppe schaute in die Programmhefte, auf Fotos und Statistiken der Toreros, der Stiere aus der Herde von Santiago.

Männer in schwarzen Lederanzügen, Zigarren rauchend, *charros* mit großen Hüten und silbergeschmückten Mänteln versammelten sich um die *barrera*. Abgesehen von den beiden spanischen Hüten war ihre Gruppe ganz und gar nicht angemessen gekleidet. Als wären sie alle zu einem Ballspiel gekommen. Die meisten der Mexikanerinnen und Spanierinnen waren zwanglos, aber äußerst elegant gekleidet, mit viel Make-up und Schmuck.

Ihre Plätze lagen im Schatten. Die Plaza war perfekt aufgeteilt in *sol y sombra*. Die Sonne war grell.

Um fünf vor vier liefen sechs *monosabios* in der Plaza herum und hielten ein Stoffbanner hoch, auf dem die Botschaft stand: »Wer dabei erwischt wird, Kissen zu werfen, muss Strafe zahlen.«

Um vier Uhr spielten die Trompeten den mitreißenden Paso Doble zur Eröffnung. »Carmen!«, schrie Mrs. Jordan. Das Tor öffnete sich, und die Prozession begann. Zuerst die *alguaciles*, zwei schwarzbärtige Männer auf Araberpferden, gekleidet in Schwarz, gestärkte weiße Halskrausen, federgeschmückte Hüte. Ihre schönen Pferde tänzelten und stolzierten und bäumten sich auf, als sie die Plaza überquerten. Direkt hinter ihnen kamen die drei Matadoren in glitzernden Lichtanzügen, bestickte Umhänge über der linken Schulter. Domínguez in Schwarz, Gutiérrez in Türkis und Giglio in Weiß. Hinter jedem Matador folgte seine *cuadrilla* von drei Männern, ebenfalls in aufwendigen Umhängen. Dann die dicken Picadores auf gepolsterten Pferden, die Scheuklappen trugen, dann die *monosabios* und *areneros* in Rotweiß. Die Männer, die die toten Stiere am Ende wegschafften, waren in Blau gekleidet. Im vergangenen Jahrhundert gab es in Madrid eine berühmte Gruppe trainierter Affen, die im Theater auftraten, deren Kostüme die gleichen waren wie die der Männer, die in den Stierkampfarenen arbeiteten. Man nannte sie die Weisen Affen – *monosabios*. Der Name blieb an den Männern in den *corridas* haften.

Die Toreros trugen alle lachsfarbene Strümpfe, Ballettschuhe, die unangemessen dünn zu sein schienen. Nein, sie müssen den Sand spüren. Ihre Füße sind das Wichtigste, sagte Señor Errazuriz. Er bemerkte, wie sehr Jane die Farben und die Kleidung gefielen, die wattierten, gesteppten

Polster, die die Pferde der Picadores bedeckten. Er sagte ihr, dass die Matadoren in Spanien damit anfingen, weiße Strümpfe zu tragen, aber die meisten echten Aficionados dagegen waren.

Ein *monosabio* kam aus dem *torillo*-Tor und hielt ein hölzernes Schild hoch, auf dem CHIRUSIN 499 KILOS stand. Die Trompete erschallte, und der Stier stürzte in den Ring.

Der erste *tercio* war wunderschön. Giglio machte elegant wirbelnde *faenas*. Sein *traje de luces* glitzerte und schimmerte in der späten Sonne, verwandelte sich in eine Aura aus Licht, die ihn umgab. Außer einem rhythmischen *olé* während der Pässe war die Plaza still. Man konnte Chirusins Hufe hören, seinen Atem, das Rascheln des rosafarbenen Umhangs. »Torero!«, rief die Menge, und der junge Stierkämpfer lächelte, ein argloses Lächeln reinster Freude. Das war sein Debüt, und er wurde von den Fans stürmisch willkommen geheißen. Aber es gab auch viele Pfiffe, weil der Stier nicht mutig war, sagte Señor Errazuriz. Zum Auftritt der Picadores erklang die Trompete, und die *peones* lenkten den Stier tanzend zum Pferd hinüber. Es war unbestreitbar schön.

Die Amerikaner waren eingelullt von der ballettgleichen Eleganz des Stierkampfs, überrascht, und es machte sie krank, als der Picador damit begann, den langen Haken hinten in den *morrillo* des Stiers zu stechen, wieder und wieder. Blut spritzte heraus und glitzerte rot. Die Fans pfiffen, die gesamte Arena pfiff. Das machen sie immer, sagte Señor Errazuriz, aber er hört nicht auf, ehe der Matador es nicht anordnet. Giglio nickte, und die Trompeten spielten, kündigten den nächsten *tercio* an. Giglio platzierte die drei Paar weiße *banderillas* selbst, rannte leichtfüßig auf Chirusin zu, tanzte, wirbelte in der Mitte des Rings herum, wich den Hörnern knapp aus, stach perfekt zu, jedes Mal symmetrisch, bis er sechs weiße Flaggen über dem fließenden roten Blut angebracht hatte. Die Yamatos lächelten.

Giglio war so elegant, so glücklich, dass alle, die zusahen, begeistert waren. Trotzdem ist der Bulle böse, gefährlich, sagte Señor Errazuriz. Die Menge gab dem jungen Mann volle Unterstützung, er hatte so viel *trapio*, Stil. Aber er konnte den Stier nicht töten. Einmal, zweimal, dann wieder und wieder. Chirusin blutete aus dem Maul, aber er fiel nicht. Die *banderillos* trieben den Stier im Kreis herum, um seinen Tod zu beschleunigen, als Giglio einmal mehr mit dem Schwert zustieß.

»Barbarisch«, sagte Dr. McIntyre. Die beiden amerikanischen Ärzte standen gleichzeitig auf und nahmen ihre Ehefrauen mit. Die Frauen mit ihren hübschen Hüten blieben mehrmals auf der steilen Treppe stehen und schauten zurück. Señor Errazuriz sagte, er würde sie zu einem Taxi bringen und selbstverständlich dafür bezahlen. Er wäre gleich zurück.

Die alten Yamatos schauten höflich zu, wie Chirusin starb. Das junge Paar war begeistert. Die *corrida* erschien ihnen kraftvoll, majestätisch. Endlich legte sich der Stier nieder und starb und Giglio zog das blutige Schwert heraus. Maultiere zogen den Stier fort, begleitet von Pfiffen und Buhrufen der Menge. Sie machten den Stier für den schlimmen Tod verantwortlich, nicht den jungen Matador. Jorge Gutiérrez, sein *padrino*, umarmte Giglio.

Vor der nächsten *corrida* herrschte eine rasende Betriebsamkeit. Menschen rannten hoch und runter, besuchten einander, rauchten, tranken Bier, spritzten sich Wein in den Mund. Händler verkauften *alegrías* und leuchtend grüne ovale Pasteten, Pistazien, Schweinsleder, Domino's Pizza.

Ein warmes Lüftchen ging, und Jane erschauderte. Eine Welle schlimmster Angst überkam sie, das Gefühl von Vergänglichkeit. Es war möglich, dass die gesamte Plaza verschwand.

»Ihnen ist kalt«, sagte Jerry. »Hier, ziehen Sie Ihren Pullover an.«

»Danke«, sagte sie.

Deedee langte über Jerrys Schoß und berührte Janes Arm.

»Wir bringen Sie nach draußen, wenn Sie gehen möchten.«

»Nein, danke. Ich glaube, es liegt an der Höhe.«

»Jerry hat damit auch Probleme. Er hat einen Schrittmacher, manchmal fällt ihm das Atmen schwer.«

»Sie zittern immer noch«, sagte Jerry. »Sind Sie sicher, dass alles in Ordnung ist?«

Das Paar lächelte sie freundlich an. Sie lächelte zurück, war aber immer noch erschüttert von der Erkenntnis unserer Bedeutungslosigkeit. Es wusste noch nicht einmal irgendjemand, wo sie war.

»Oh, gut, Sie sind rechtzeitig wieder da«, sagte sie, als Señor Errazuriz zurückkam.

»Ich verstehe das nicht«, sagte er. »Ich selbst kann keine amerikanischen Filme sehen. *GoodFellas. Miami Blues.* Das ist grausam in meinen Augen.« Er zuckte mit den Schultern. Den Yamatos gegenüber entschuldigte er sich wegen der Stiere aus Santiago, als wären sie eine nationale Peinlichkeit. Der Japaner versicherte ebenso höflich, dass sie, im Gegenteil, dankbar seien, hier sein zu dürfen. Stierkampf sei eine schöne Kunst, auserlesen. Es ist ein Ritus, dachte Jane, als die Trompeten erklangen. Keine Aufführung, sondern ein Todessakrament.

Das Kolosseum pulsierte, pochte mit Schreien nach Jorge, Jorge. Pfiffe und wütender Hohn für den Punktrichter. *Culero!* Arschloch! Weil er den Stier Platero nicht beseitigt hatte. *No se presta*, er bietet sich nicht an, sagte Señor Errazuriz. Beim zweiten *tercio* stolperte der Stier und stürzte und saß dann einfach da, als wäre ihm einfach nicht danach, aufzustehen. »*La Golondrina! La Golondrina!*«, sang eine Gruppe auf der sonnigen Seite.

Señor Errazuriz sagte, das sei ein Lied über Schwalben, die wegfliegen, ein Abschiedslied. »Sie sagen, auf Wiedersehen mit diesem *pinche*-Stier!« Jorge war ganz offensichtlich empört und wollte den Stier so schnell wie möglich töten. Aber es gelang ihm nicht. Wie vor ihm Giglio ließ er das Schwert am Stier abprallen, stach zu hoch, zu weit hinten ein. Schließlich starb das Tier. Niedergeschlagen, gedemütigt verließ der Stierkämpfer den Ring. Die anhaltenden »torero«-Rufe seiner loyalen Fans mussten sich wie Spott angefühlt haben. Die *monosabios* kamen mit den Maultieren, um Platero zu holen, der weggeschleift wurde, von Pfiffen und Flüchen und tausenden fliegenden Kissen begleitet.

Während Giglio lyrisch und Gutiérrez formvollendet, gebieterisch gewesen waren, war Domínguez, der junge Spanier, feurig und herausfordernd, fegte den Stier Centenario hinter sich her über den Sand, wobei sein Umhang aufflammte wie das Rad eines Pfaus. Er stand mit vorgebeugtem Becken nur wenige Zentimeter vom Stier entfernt. *Olé, olé.* Der Matador und der Stier wirbelten wie Wasserpflanzen herum. Die Picadores kamen in den Ring, die *banderillos* wechselten einander ab. Umhänge wehten, sie lockten den Stier zum Pferd. Der Stier griff den Bauch des Pferdes an. Wieder und wieder rammte der Picador den Speer in den Stier. Wütend scharrte der Stier im Sand, den Kopf gesenkt, dann donnerte er auf den *banderillero* zu, der am nächsten stand.

In diesem Moment sprang ein Mann auf das Feld. Er war jung, trug Jeans und ein weißes Hemd mit einem roten Schal. Er raste an den Untergebenen vorbei, trat dem Stier gegenüber und führte einen reizenden Pass aus. Olé. Die gesamte Plaza brach in einen Aufschrei aus, jubelte und pfiff, warf Hüte. »*¡Un espontáneo!*« Zwei Polizisten in grauen Flanellanzügen sprangen in die Arena und verfolgten den Mann, wobei sie ungeschickt in ihren hochhackigen Stiefeln durch den Sand rannten. Domínguez kämpfte elegant mit dem Stier, wann immer er in seine Richtung kam. Centenario hielt das

Ganze für eine Party, sprang auf und ab wie ein verspielter Labrador, ging erst auf einen *subalterno*, dann auf einen Wächter, dann auf ein Pferd, dann auf den Mann im roten Schal los. Bumm – er versuchte, einen Picador umzuwerfen, rannte dann los, um die beiden Polizisten zu erwischen, stieß beide um, verletzte einen, indem er dessen Fuß zerschmetterte. Alle drei Untergebenen verfolgten den Mann, hielten aber an und warteten jedes Mal, sobald der Mann mit dem Stier kämpfte.

»¡*El Espontáneo! El Espontáneo!*«, brüllte die Menge, aber weitere Polizisten betraten den Ring und warfen ihn über die *barrero*, wo ihn Handschellen erwarteten. Er wurde in Gewahrsam genommen. Für die *espontáneos* gebe es hohe Strafen und Bußgelder, sagte Señor Errazuriz, sonst würden die Leute es ständig tun. Aber die Menge bejubelte ihn weiter, während der verletzte Polizist weggetragen wurde und die Picadores zur Musik die Arena verließen.

Domínguez wollte den Stier zueignen. Er bat den Richter um Erlaubnis, ihn dem *espontáneo* zuzueignen und ihn freizulassen. Dem wurde stattgegeben. Dem Mann wurden die Handschellen abgenommen. Wieder sprang er über die *barrera*, diesmal, um die *montera* des Stierkämpfers entgegenzunehmen und ihn zu umarmen. Hüte und Jacken flogen ihm von den Sitzen vor die Füße. Er verbeugte sich mit der Eleganz eines Toreros, sprang über den Zaun und kletterte weit hinauf zu den sonnigen Sitzreihen bis zur Uhr. In der Zwischenzeit lenkten die *banderilleros* den Stier ab, der jetzt völlig am Ende seiner Kräfte war, wie ein hyperaktives Kind im Ring umhertaumelte, seine Hörner in den Holzzaun und die *burladeros* rammte, wo die *cuadrilla* sich versteckte. Noch immer sangen alle fröhlich »¡*El Espontáneo!*« Sogar die alten Japaner riefen mit! Das junge Paar lachte, umarmte sich. Was für ein herrliches, überwältigendes Durcheinander.

Domínguez wurde der Tausch des Bullen verweigert, aber es gelang ihm, sich dem nervösen Tier mit Tatkraft und viel Mut zu stellen, da Centenario unberechenbar und wütend geworden war. Wann immer er versuchte, den Stier zu töten, scheute er zurück und machte einen Satz. Fang mich, wenn du kannst! Also gab es erneut mehrfaches blutiges Stechen an den falschen Stellen.

Jane dachte, Jerry würde den Matador anbrüllen, aber er hatte einfach nur aufgeschrien, versucht, aufzustehen. Er fiel auf die Betonstufen. Sein Kopf war auf den Beton geschlagen, blutete rot in sein schwarzes Haar. Deedee kniete neben ihm auf den Stufen.

»Zu früh«, sagte sie.

Jane schickte einen Wächter zu einem Arzt. Jerrys Eltern knieten eine Stufe über ihm nebeneinander, während die Händler treppauf und treppab an ihnen vorbeihasteten. Mit einem hysterischen Kichern bemerkte Jane, dass sich in den Staaten eine Menschenmenge versammelt hätte, wohingegen in der Arena niemand den Blick von der Plaza abwandte, in der Giglio gegen einen weiteren Stier namens Navegante kämpfte.

Der Arzt traf genau in dem Moment ein, als der Picador unten auf den Stier einstach, begleitet von schrillen Pfiffen und Protesten. Schwitzend wartete der kleine Mann, bis der Lärm nachließ, geistesabwesend hielt er dabei Jerrys Hand. Als die Pidacores verschwanden, sagte er zu Deedee: »Er ist tot.« Aber das wusste sie, seine Eltern wussten es. Der alte Mann hielt seine Frau im Arm, und sie sahen zu ihm hinab. Sie sahen ihren Sohn voller Trauer an. Deedee hatte ihn umgedreht. Er hatte einen amüsierten Gesichtsausdruck, seine Augen standen halb offen. Deedee lächelte zu ihm hinab. Ein Händler, der Regenmäntel verkaufte, bedeckte ihn mit blauem Plastik. »Danke«, sagte Deedee.

»Fünftausend Pesos, bitte«, sagte er.

Olé, olé. Giglio wirbelte im Ring umher, die *banderillas* angriffsbereit über seinem Kopf. Im welligen Zickzack tanzte er auf den Stier zu. Zwei weibliche Wachleute kamen. Sie kämen mit der Tragbahre die Treppe nicht hinunter, sagte eine von ihnen zu Jane. Sie müssten warten, bis die *corrida* vorbei sei, um eine zum *callejón* zu bringen, dann könnte sein Körper über die *barrera* gehoben werden. Kein Problem. Sie würden kommen, sobald sie durchkämen. Ein weiterer Wachmann sagte zu Jerrys Eltern, sie müssten auf ihre Plätze zurückkehren, sonst könnten sie verletzt werden. Gehorsam setzte sich das alte Ehepaar wieder hin. Sie warteten, flüsterten. Señor Errazuriz redete sanft auf sie ein, und sie nickten, obwohl sie ihn nicht verstanden. Deedee hielt den Kopf ihres Mannes im Schoß. Sie griff nach Janes Hand, starrte blind in den Ring, wo Giglio zum Töten Schwerter austauschte. Jane sprach mit dem Fahrer des Krankenwagens, übersetzte für Deedee, nahm die American Express Card aus Jerrys Portemonnaie.

»War er sehr krank?«, fragte Jane Deedee.

»Ja«, flüsterte sie. »Aber wir dachten, wir hätten mehr Zeit.«

Jane und Deedee umarmten einander, die Armlehne zwischen ihnen drückte sich in ihre Körper wie Traurigkeit.

»Zu früh«, sagte Deedee noch einmal.

Die Plaza war auf den Beinen. Jorge hatte Giglio einen neuen Stier gegeben, Genovés, als Geschenk für seine *alternativa*. Vor der nächsten *corrida* kamen blaugekleidete *areneros* mit Schubkarren, um das Blut mit Sand zu bedecken, andere harkten ihn glatt. Die Plaza war leer, als die Tragbahre von unterhalb der *barrera* heraufgerollt wurde. Wartet am Eingang, sagten die Sanitäter, aber Deedee weigerte sich, ihn zu verlassen. Es dauerte lange, bis Jerrys Körper aufgehoben und durch die jetzt rasende Menge hinuntergetragen und auf die Tragbahre gelegt worden war. Draußen im *callejón*, außerhalb des Rings, mussten sie wieder warten, *banderilleros* ausweichen, die vorbeirannten, dem Mann, der Wasserflaschen brachte, um den roten Umhang zu befeuchten, den *mozo de las espadas*, dem Mann, der das Schwert trug. Entrüstete Schreie zu Deedee, weil sie eine Frau war, im *callejón* ein Tabu.

Señor Errazuriz und Jane begleiteten das alte Ehepaar auf dem langen, langen Stieg hinauf zur Spitze der Plaza. Giglio hatte Genovés mit einem perfekten Stoß getötet. Als Preis bekam er zwei Ohren und einen Schwanz. Der mutige Stier wurde in der Plaza triumphierend im Kreis herumgeschleift, begleitet von »*¡Toro! ¡Toro!*«-Rufen. Menschen überschwemmten die schmalen Stufen, viele betrunken, alle ekstatisch. Der *alguacil* ging über den Sand auf Giglio zu, trug Ohren und Schwanz.

Jane ging hinter den Yamatos. Señor Errazuriz und ein Wachmann gingen unter dem Geschmetter der Trompeten voraus, den ohrenbetäubenden »*Torero, torero*«-Rufen. Rosen und Nelken und Hüte flogen durch die Luft, verdunkelten den Himmel.

LUNA NUEVA

Die Sonne ging mit einem Zischen unter, als die Welle an den Strand schlug. Die Frau ging weiter den schwarz-weißen, im Schachbrettmuster gefliesten *malecón* zu den Felsenklippen auf dem Hügel hinauf. Auch andere Menschen nahmen ihren Spaziergang wieder auf, nachdem die Sonne untergegangen war, wie Zuschauer beim Verlassen des Theaters. Es liegt nicht nur an der Schönheit des tropischen Sonnenuntergangs, dachte sie, an seiner Bedeutung. Auch in Oakland versank die Sonne jeden Abend im Pazifik, und wieder war ein Tag zu Ende. Auf Reisen nimmt man Abstand von den eigenen Tagen, von der fragmentierten, unvollkommenen Linearität der eigenen Zeit. So wie beim Lesen eines Romans die Ereignisse und Menschen sinnbildlich werden und nie vergehen. Der Junge stößt an einer Mauer in Mexiko einen Pfiff aus. Tess lehnt ihren Kopf an eine Kuh. Sie werden das für immer tun; die Sonne wird nicht aufhören, im Meer zu versinken.

Sie ging auf eine Plattform über den Klippen. Der violette Himmel spiegelte sich schillernd im Wasser. Unterhalb der Klippen war ein großer steinerner Swimmingpool in die zerklüfteten Felsen hineingebaut worden. Wellen schlugen gegen die hinteren Mauern und ergossen sich in den Pool, versprengte Krebse. Ein paar Jungen schwammen im tieferen Wasser, aber die meisten Leute wateten darin herum oder saßen auf den moosigen Felsen.

Die Frauen kletterten über die Felsen hinunter zum Wasser. Sie zog das Hemdblusenkleid aus, das ihren Badeanzug bedeckt hatte, und setzte sich zu den anderen auf die rutschige Mauer. Sie sahen zu, wie der Himmel blasser wurde und ein orangener Mond am malvenfarbenen Himmel erschien. *¡La luna!* Die Menschen weinten. *¡Luna nueva!* Der Abend wurde dunkler, und der orangene Mond wurde golden. Der Schaum, der in den Pool herabstürzte, war von einem stechenden, metallischen Weiß; die Kleidung der Badenden zerfloss in ein gespenstisches Weiß, wie unter Stroboskoplicht.

Die meisten Badenden im silbernen Pool waren vollständig bekleidet. Viele von ihnen waren aus den Bergen oder von weit entfernten Ranchos gekommen; ihre Körbe lagen haufenweise auf den Felsen.

Und sie konnten nicht schwimmen, weshalb es schön war, liegend im Pool zu schweben und sich von den Wellen schaukeln und hin und her wirbeln zu lassen. Als die Brecher die Mauer unter sich verbargen, schienen sie überhaupt nicht mehr in einem Pool zu sein, sondern in ihrem eigenen ruhigen Kehrwasser mitten im Ozean.

Über ihnen, vor dem Hintergrund der Palmen auf dem *malecón*, gingen die Straßenlampen an. Die Lichter glühten wie bernsteinfarbene Laternen auf ihren kunstvollen, schmiedeeisernen Pfählen. Das Wasser im Pool spiegelte die Lichter tausendfach wider, zuerst als Ganzes, dann in blendende Fragmente zersprungen, dann wieder ganz wie volle Monde unter dem winzigen Mond am Himmel.

Die Frau tauchte ins Wasser. Die Luft war kühl, das Wasser warm und salzig. Krebse schnellten über ihre Füße, die Steine unter ihren Sohlen waren samtig und zerklüftet. Erst da fiel ihr ein, dass sie vor vielen Jahren in diesem Pool gewesen war, bevor ihre Kinder schwimmen konnten. Eine deutliche Erinnerung an die Augen ihres Mannes, der sie über den Pool hinweg ansah. Er hielt einen ihrer Söhne, während sie den anderen schwimmend in den Armen hielt. Mit der Süße dieser Erinnerung ging kein Schmerz einher. Kein Gefühl von Verlust oder Bedauern oder Vorgeschmack des Todes. Gabriels Augen. Das Lachen ihres Sohnes, das von den Klippen übers Wasser widerhallte.

Auch die Stimmen der Badenden prallten von den Steinen ab. Oh!, riefen sie wie bei einem Feuerwerk, wenn die kleinen Jungen ins Wasser tauchten. Sie schaukelten in ihren weißen Sachen. Mit den wirbelnden Kleidern wirkte es so festlich, als würden sie auf einem Ball Walzer tanzen. Unter ihnen zeichnete das Meer filigrane Muster in den Sand. Ein junges Paar kniete im Wasser. Sie berührten einander nicht, waren aber so verliebt, dass es der Frau so vorkam, als würden winzige Pfeile und Bögen aus ihnen heraus ins Wasser schießen wie Leuchtkäfer oder phosphoreszierende Fische. Sie trugen weiße Kleidung, wirkten aber vor dem dunklen Himmel nackt. Ihre Sachen klebten an ihren schwarzen Körpern, an seinen starken Schultern und Lenden, ihren Brüsten und ihrem Bauch. Wenn die Wellen anbrandeten und abebbten, wurde ihr langes Haar aufgetrieben und bedeckte sie mit Ranken schwarzen Nebels und senkte sich wieder schwarz und tintig ins Wasser hinab.

Ein Mann, der einen Strohhut trug, bat die Frau darum, seine Babys mit ins Wasser zu nehmen. Er übergab ihr das kleinste, das Angst hatte. Es entglitt den Armen der Frau wie ein wilder Pavian und kletterte auf ihren Kopf, zog an ihren Haaren, schlang Beine und Schwanz um ihren Hals. Sie machte sich von dem schreienden Baby los. »Nimm das andere, das zahme«, sagte der Mann, und dieses Kind lag tatsächlich friedlich im Wasser, während sie mit ihm schwamm. So still, dass sie dachte, es wäre eingeschlafen, aber nein, es summte. Auch andere Menschen sangen und summten in der Kühle der Nacht. Die Sichel des Mondes wurde weiß wie der Schaum, als weitere Menschen die

Treppe hinunter ins Wasser kamen. Nach einer Weile nahm ihr der Mann das Baby ab und ging, zusammen mit seinen Kindern.

Auf den Felsen versuchte ein Mädchen, ihre Großmutter zu überreden, in den Pool zu steigen. »Nein! Nein! Ich werde hinfallen!«

»Kommen Sie rein«, sagte die Frau. »Ich schwimme mit Ihnen einmal durch den ganzen Pool.«

»Wissen Sie, ich habe mir das Bein gebrochen, und ich habe Angst, es mir wieder zu brechen.«

»Wann war das?«, fragte die Frau.

»Vor zehn Jahren. Es war eine schreckliche Zeit. Ich konnte kein Feuerholz hacken. Ich konnte nicht auf den Feldern arbeiten. Wir hatten nichts zu essen.«

»Kommen Sie rein. Ich werde auf Ihr Bein achtgeben.«

Schließlich ließ die alte Dame sich von ihr die Felsen hinunterhelfen und ins Wasser führen. Sie lachte, klammerte sich mit ihren gebrechlichen Armen an den Hals der Frau. Sie war leicht, wie ein Sack Muscheln. Sie roch nach Holzkohlenfeuer. »*¡Qué maravilla!*«, flüsterte sie am Hals der Frau. Ihre silbernen Zöpfe schwebten ihnen durchs Wasser hinterher.

Sie war achtundsiebzig und hatte das Meer noch nie zuvor gesehen. Sie lebte auf einem Rancho in der Nähe der Chalchihuites. Sie war mit ihrer Enkelin auf der Ladefläche eines Lkw in die Hafenstadt gefahren.

»Mein Mann ist letzten Monat gestorben.«

»*Lo siento.*«

Sie schwamm mit der alten Dame bis zur Mauer auf der anderen Seite, wo die kühlen Wellen über sie hereinstürzten.

»Gott hat ihn endlich geholt, erhörte endlich meine Gebete. Acht Jahre lag er im Bett. Acht Jahre, in denen er nicht sprechen konnte, nicht aufstehen oder allein essen konnte. Lag da wie ein Baby. Ich hatte Schmerzen vor Müdigkeit, meine Augen brannten. Endlich, als ich dachte, er wäre eingeschlafen, versuchte ich mich fortzuschleichen. Da flüsterte er meinen Namen, ein grauenhaftes Krächzen. *¡Consuelo! ¡Consuelo!* Und seine skeletthaften Hände, Hände wie tote Eidechsen, krallten sich an mich. Eine schreckliche, schreckliche Zeit.«

»*Lo siento*«, sagte die Frau wieder.

»Acht Jahre. Ich konnte nirgendwohin gehen. Nicht mal an die Ecke. *¡Ni hasta la esquina!* Jede Nacht habe ich zur Heiligen Jungfrau Maria gebetet, ihn zu sich zu nehmen, mir etwas Zeit zu schenken, ein paar Tage ohne ihn.«

Die Frau umfing die alte Dame und schwamm noch einmal mit ihr in den Pool hinaus, hielt den zerbrechlichen Körper an sich gedrückt.

»Meine Mutter ist vor gerade mal sechs Monaten gestorben. Für mich war es genauso. Eine schreckliche, schreckliche Zeit. Ich war Tag und Nacht an sie gebunden. Sie erkannte mich nicht und sagte hässliche Dinge zu mir, Jahr um Jahr, krallte sich an mich.«

Warum erzähle ich der alten Dame diese Lüge?, fragte sie sich. Aber es war gar keine so große Lüge, die verfluchte Umklammerung.

»Sie sind jetzt weg«, sagte Consuelo. »Wir sind *liberated*, befreit …«

Die Frau lachte; *liberated* war so ein amerikanischer Ausdruck. Die alte Dame dachte, sie würde lachen, weil sie glücklich war. Sie umarmte die Frau fest und küsste sie auf beide Wangen. Sie hatte keine Zähne, weshalb der Kuss weich wie eine Mango war.

»Die Heilige Jungfrau hat meine Gebete erhört!«, sagte sie. »Es erfreut Gott zu sehen, dass Sie und ich frei sind.«

Die beiden Frauen ließen sich durchs dunkle Wasser vor- und zurücktreiben, die Kleidung der Badenden wirbelte um sie herum wie ein Ballett. Nicht weit von ihnen küsste sich das junge Paar, und für einen Augenblick sprühten über ihnen die Sterne, bevor Nebel sie und den Mond verbargen und das Licht der Straßenlaternen trübte.

»¡*Vamos a comer, abuelita!*«, rief die Enkelin. Sie zitterte, von ihrem Kleid tropfte es auf die Steine. Ein Mann hob die alte Dame aus dem Wasser, trug sie über die verwinkelten Felsen zum *malecón* hinauf. In der Ferne spielten Mariachis.

»¡*Adiós!*« Die alte Frau winkte von der Brüstung.

»¡*Adiós!*«

Die Frau winkte zurück. Am äußersten Rand des Pools schwebte sie im seidigen warmen Wasser. Die Brise war unfassbar sanft.

KAMPA VERLAG

Lucia Berlin
Welcome Home
Erinnerungen, Bilder und Briefe

Aus dem amerikanischen Englisch
von Antje Rávik Strubel
Mit einem Vorwort von Jeff Berlin

Lucia Berlins Erzählungen, die zu den schönsten literarischen Wiederentdeckungen der letzten Jahre gehören, gehen auch deshalb so unter die Haut, weil sich in ihnen ihr eigenes wechselvolles Leben spiegelt. 18 Mal zog sie um, wurde mit 32 Jahren als Mutter von vier Söhnen bereits zum dritten Mal geschieden, war nirgends richtig zu Hause. Kurz vor ihrem Tod 2004 schrieb sie an einem Buch, das mehr als 20 kurze autobiographische Texte enthält, chronologisch geordnete Erinnerungen an die Orte, die sie prägten und an denen auch ihre Geschichten spielen. Sie beginnen 1936 in Alaska und enden (viel zu früh) 1966 im Süden Mexikos, mehr Zeit blieb ihr nicht. Ergänzt durch eine Auswahl von Fotos und Briefen, gibt der von ihrem Sohn Jeff herausgegebene Band einen faszinierenden Einblick in den Lebensstoff, aus dem Lucia Berlin ihre einzigartige Literatur geschaffen hat: »Da waren sie, die Geschichten ihrer Kindheit, die wir so oft gehört hatten, als wir noch klein waren. Nur geordnet und nicht mehr als Fiktion getarnt.« (Jeff Berlin im Vorwort).

»Lucia Berlin hatte ein raues, zum Teil hartes, auf jeden Fall aber ein überaus intensives Leben. Ihre autobiographischen Texte legen davon ein eindrucksvolles Zeugnis ab.«
Katja Lückert / WDR, Köln

KAMPA VERLAG

Kathleen Collins
Nur einmal

Storys

Aus dem amerikanischen Englisch
von Brigitte Jakobeit und Volker Oldenburg
Mit einem Nachwort von
Daniel Kampa und Cornelia Künne

In der hitzigen Atmosphäre der Bürgerrechtsbewegung ziehen Studenten und Aktivisten durch New York. Schwarze und Weiße, die glauben, dass eine bessere Zukunft möglich ist, wenn man nur bereit ist, sich dafür einzusetzen. Junge schwarze Frauen kämpfen für Gleichheit und Emanzipation und entdecken neue Freiheiten, ihren Vätern gegenüber und ihren Liebhabern. So vieles scheint möglich in diesem Sommer. Alle träumen sie von einer Welt, in der das Leben nicht entweder schwarz oder weiß ist. Und die Liebe? Kennt sie wirklich keine Farben? Kann sie der Wirklichkeit standhalten?

»Sexy, radikal und intim.«
Miranda July

»Leidenschaftlich und leichtfüßig, wütend und feinfühlig. Kathleen Collins' Erzählungen beschwören auf wenigen Seiten Figuren, Themen und Schauplätze herauf … Und Collins' Humor ist köstlich.«
Zadie Smith

KAMPA VERLAG

Żanna Słoniowska
Das Licht der Frauen

Roman

Aus dem Polnischen
von Olaf Kühl

Im Herzen von Lemberg: ein Haus mit einer ganz besonderen Glasmalerei. Hier leben vier Frauen, die einander ebenso lieben, wie sie sich hassen. Sie eint ihr Freiheitsdrang, ihre Aufsässigkeit – und ihre unglücklichen Lieben. Bis zu dem Tag, der alles verändert: Marianna wird auf offener Straße erschossen. Vom Fenster aus beobachtet ihre Tochter wenige Tage später, wie sich der Trauerzug zu einer Demonstration auswächst. Marianna war nicht nur eine gefeierte Sängerin an der Lemberger Oper, sondern auch Aktivistin im Kampf für eine unabhängige Ukraine. Unter demselben Fenster steht Jahre später ein Mann, der Mariannas Tochter ihre Heimatstadt näherbringt – und die viel zu früh verstorbene Mutter.

Vor dem Hintergrund der bewegten Geschichte der Stadt Lemberg, die jahrhundertelang unter dem Einfluss unterschiedlicher politischer Mächte stand, erzählt Żanna Słoniowska von vier starken Frauen aus vier Generationen, von Müttern und Töchtern, von privaten und gesellschaftlichen Revolten, dem unbedingten Glauben an Freiheit, Emanzipation und an die Liebe.

>»Nur wenige Romane bewegen so sehr
>gleichermaßen Herz und Verstand.«
>*Financial Times, London*